dtv
premium

Ausführliche Informationen über
unsere Autoren und Bücher
finden Sie auf unserer Website
www.dtv.de

Denis Thériault

MICH GIBT ES NICHT

Roman

Aus dem Französischen
von Saskia Bontjes van Beek

Deutscher Taschenbuch Verlag

Von Denis Thériault
sind im Deutschen Taschenbuch Verlag erschienen:
Siebzehn Silben Ewigkeit (24743 und 14054)
Das Lächeln des Leguans (24823)

MIX
Papier aus verantwortungsvollen Quellen
FSC® C013736

Deutsche Erstausgabe 2012
Deutscher Taschenbuch Verlag GmbH & Co. KG,
München

Die Originalausgabe erschien in Kanada unter dem Titel
›La fille qui n'existait pas‹

Umschlagkonzept: Balk & Brumshagen
Umschlaggestaltung: Wildes Blut, Atelier für Gestaltung,
Stephanie Weischer unter Verwendung eines Fotos von
plainpicture/Arcangel
Gesetzt aus der Minion Pro 10,4/13,65˙
Satz: Greiner & Reichel, Köln
Druck und Bindung: Kösel, Krugzell
Gedruckt auf säurefreiem, chlorfrei gebleichtem Papier
Printed in Germany · ISBN 978-3-423-24947-8

Für Louis, wo auch immer er sein mag.

1

Aude liebte den Anblick des Meeres. Nichts bereitete ihr eine größere sinnliche Freude. Nichts begeisterte sie so sehr wie das überwältigende Schauspiel des Meeres, selbst wenn es nur abgebildet war, wie hier in der Metro, auf einer digitalen Werbefläche, auf der die exotischen Reize eines fernen und sonnigen Urlaubsziels angepriesen wurden. Das echte Meer hatte Aude, die aus der Waldregion im Norden stammte, noch nie gesehen, doch hatte sie sich geschworen, eines Tages dorthin zu reisen, mit Ozzy. Vorerst begnügte sie sich damit, auf dem Bahnsteig der Metro vor dem bunten Video davon zu träumen. Das Meer zog sie ganz in seinen Bann. Alles andere, die Passanten um sie herum, die gekachelten Wände, die gewölbte graue Decke, war an den Rand ihres Blickfelds gedrängt, sodass Aude das Gefühl hatte, im säuselnden Wind, inmitten kreischender Möwen auf dem Strand zu stehen und die verschiedenen Blautöne des Horizonts zu studieren, während die Wellen das Ufer mit flüchtigen Küssen säumten und unzählige Edelsteine darauf zurückließen. Audes Fantasie ging mit ihr durch: Schon trat der Ozean über den Rahmen des Bildschirms, ergoss sich in die Metrostation und überflutete sie wild schäumend, ja verwandelte sie in ein grau-grünes Aquarium, in dem man seltsamerweise nach wie vor atmen konnte. Die Wände bedeckten sich mit Anemonen; Sträuße aus Algen schossen aus den Kacheln hervor und ließen ihr Haar wogen; engelhafte Quallenprozessionen zogen vorüber und Myriaden vielfarbiger Fische tummelten sich um zweibeinige Krustentiere, die auf den versunkenen Bahnsteigen verweilten. Ein melancholischer Gesang drang aus der finsteren Tiefe des Tunnels, aus der ganz langsam eine riesige Gestalt, ein majestätischer Finnwal, nahte. Der Wal wagte sich in diese unterseeische Höhle vor. Sanftmütig, trotz seiner Körperfülle erstaunlich grazil, glitt er schwerelos über die Gleise. Vielleicht war er ja auf der Suche nach seinesgleichen, denn er musterte Aude aus seinem großen gütigen, neugierigen Auge, mit einem erst fragenden, dann erschrockenen Blick, denn aus dem Tunnel drang ein dumpfes Grollen, ein Dröhnen, das rasch anschwoll, das Gewässer aufwühlte …

Die einfahrende Metro brach unversehens den Zauber und machte den Wal, den Ozean und alles Übrige zunichte. Der Zug bremste, kam zum Stehen. Die Tür eines Waggons öffnete sich vor Aude, die wie angewurzelt dastand. Dann schloss sie sich wieder. Die Metro fuhr ohne sie weiter. Das Meer hatte sich gehorsam wieder in den Bildschirm an der Wand zurückgezogen. Auf dem Strand zeichneten sich Buchstaben im Sand ab: KUBA – SONNE TAG FÜR TAG verhieß der Werbespot. Aude fuhr zusammen, sie wusste nicht, wie sie hierhergelangt war, hatte keinerlei Erinnerung an die Reise, die sie in diese Metrostation, ins tiefste Innere der Stadt, geführt hatte. Das kümmerte sie aber auch nicht weiter. Ihr waren solche Gedächtnislücken durchaus vertraut; darin äußerte sich ihr ganz persönlicher Wahnsinn. Aude litt von jeher unter Aussetzern. Ihr Leben war von Leerstellen durchsetzt. Aber das war nicht weiter schlimm. Sie legte diesen neuen ihr entglittenen Zeitabschnitt ganz einfach in einem Schubfach ihrer Sammlung verlorener Momente ab, in ihrem kleinen Museum im Geiste, aus dem er eines Tages, seines Sinnes entleert, wieder emporsteigen würde. Sie stellte sich auf eine Rolltreppe und tauchte an der Oberfläche jener riesigen Stadt aus Kreide auf, in der man ums Überleben kämpfte, in der kein unterseeischer Traum je etwas auszurichten vermochte.

An jenem fahlen Herbstmorgen fröstelten alle in der besetzten Fabrikhalle, und Aude gestattete, das Kohlebecken aufzustellen, damit es etwas wärmer wurde. Die Clique bildete einen Kreis, und nun konnte der Rat der Chaoten tagen. Aude hatte die Sitzung einberufen und war in ihrer Funktion als Anführerin deren Vorsitzende. Links von ihr saß Emma, eine zierliche Gruftipuppe Anfang zwanzig. Daneben Proust, ein alter Mann mit dem langen Hals eines Stelzvogels, dann Matsheshu mit seinem kohlrabenschwarzen Haar, der einzige echte Ureinwohner der Gruppe, und schließlich Frigon, bis zu den Augen mit Ornamenten tätowiert, die ihm das wilde Aussehen eines Maori-Kriegers verliehen. Dann war da noch Mollusque, ein jugendlicher Koloss mit dem gewölbten Bauch eines Buddhas, der seinen Hund Nonosse streichelte, und zur Abrundung des erlauchten Zirkels Raoul, ein bärtiger Gnom, der so klein war, dass er, obwohl er als Einziger stand, die anderen kaum überragte. Der Zwerg bat darum, dass man ihm während der Sitzung die Protokollführung überließ. Aude gewährte ihm diese Gunst, und Raoul übernahm eilfertig diese wichtige Aufgabe, die seiner Meinung nach darin bestand, energisch mit seiner Armbanduhr herumzufuchteln.

Der Rat der Chaoten, höchste Instanz der Clique, wurde gewöhnlich nur dann einberufen, wenn sämtliche Mitglieder anwesend waren. Doch fehlte an jenem Tag einer seiner wichtigsten Vertreter, ein ungewöhnlicher Umstand, auf den Mollusque in seiner Sorge um die Einhaltung der Regeln geflissentlich hinwies: »Warum ist Ozzy nicht da?«, piepste er mit einer Fistelstimme, die in einem scharfen Kontrast zu seiner imposanten Körperfülle stand.

»Das hat seine Gründe«, antwortete Matsheshu, der Indianer.

»Wir müssen Dinge besprechen, die ihn betreffen; deshalb haben wir gewartet, bis er fort ist«, erläuterte geduldig der alte Proust, der dank seiner langjährigen Lehrtätigkeit an die bedächtigen Denkprozesse mancher Gemüter gewöhnt war.

Aude bestätigte, tatsächlich gehe es um die Vorbereitung des Geburtstagsfestes für Ozzy, der demnächst achtzehn werde. Dies sei ein besonderer Anlass, der auf besondere Weise begangen werden solle. Sie forderte die Mitglieder des Rates auf, Vorschläge zu machen.

»Wir feiern eine Party!«, tönte Raoul.

»Ja!«, rief Frigon, der Tätowierte. »Eine super Party!«

»Mit einer Torte und lauter guten Sachen zum Essen«, schwärmte der beleibte Mollusque und leckte sich die Lippen.

»Und zum Trinken«, setzte Proust hinzu, der trotz der frühen Stunde nicht ohne Wodka auskam.

Aude heftete ihren Blick auf Emma, die kein Wort sagte.

Wie hätte es auch anders sein sollen: Emma war stumm. Doch dank ihrer Augen, jener unermesslichen telepathischen Schächte, in deren Tiefe sich ihre Seele auftat, ließen sich ihre Gefühle erahnen. Emma kritzelte einige Worte in ihr Notizbuch, das sie Aude reichte. »Wir müssen dekorieren«, las diese vor.

»Ja, wir werden die ganze Halle dekorieren«, rief Mollusque begeistert. »In der Mitte stellen wir einen Tannenbaum auf.«

Aude erklärte dem behäbigen Burschen, dass es nicht um Weihnachten gehe und man deswegen auch keinen Tannenbaum brauche. Als sie seine Enttäuschung sah, erlaubte sie ihm dann aber doch, wenigstens Girlanden aufzuhängen, worauf Mollusque wieder lächelte. Da ergriff Raoul das Wort: Er wünsche sich ein paar Spiele, um die Party aufzupeppen.

»Wir veranstalten einen Tanzwettbewerb«, sagte er zappelnd, da er einfach nicht stillsitzen konnte.

»Wie wär's mit einem dressierten Hund?«, trumpfte Mollusque auf, während Nonosse einen kunstvollen Rückwärtssalto machte.

»Wollen wir ein Theaterstück aufführen?«, schlug Proust vor. »Ich habe soeben ›Antigone‹ wiedergelesen …«

»Anti-was?«

»›Antigone‹. Das ist der Name der Heldin. Eine Tragödie des göttlichen Sophokles. Für jeden gäbe es darin eine Rolle«, versuchte der Gelehrte sie zu begeistern. »Das würde Ozzy bestimmt gefallen.«

»Mit mir brauchst du nicht zu rechnen«, nörgelte Frigon. »Theater ist doch nur was für Schwule!«

Proust hob missbilligend eine Braue: »Ein übles Vorurteil, das sich allein mit haarsträubender Unwissenheit entschuldigen lässt!«, empörte er sich. »Sie Elender sollten wissen, dass die Kunst kein Geschlecht besitzt.«

Er zückte ein Exemplar des Stücks, das sich wie zufällig in seiner Tasche fand, und deklamierte andächtig die ersten Verse aus dem Prolog, worauf Frigon eine Reihe dröhnender Furze ertönen ließ. Aude hielt sich die Nase zu. Sie bezweifelte, dass sich Ozzy für das Theater der Antike interessierte, behielt ihre Vorbehalte jedoch aus Respekt für den alten Mann lieber für sich. Die Aussicht, Theater zu spielen, rief kaum Begeisterung hervor; das allgemeine Interesse galt inzwischen Raoul, der wegen eines seiner Meinung nach genialen Geistesblitzes ganz aufgeregt von einem Fuß auf den anderen trat: »Ein Feuerwerk!«, gluckste er – seinen Einfall verdankte er möglicherweise Frigons Furzkanonade. »Das wär doch was. Ozzy würde sich freuen.«

Diese Idee fand Mollusques spontanen Beifall, stieß aber sonst auf allgemeinen Unwillen, da ihre Umsetzung allzu viele Risiken in sich barg: Vorausgesetzt, es gelänge ihnen überhaupt, Feuerwerkskörper zu beschaffen und diese abzuschießen, ohne sich die Visagen in die Luft zu sprengen, mussten sie dann nicht befürchten, dass der Lärm und all das Gefunkel eine unerwünschte Aufmerksamkeit auf die besetzte Halle lenken würde?

»Ein klitzekleines«, flehte Raoul. »Ein winziges Feuerwerk, nur für uns …«

Doch Aude befand, dass man sich lieber mit ein paar bengalischen Lichtern auf der Geburtstagstorte begnügen sollte. Um gleich Nägel mit Köpfen zu machen, suchte sie Freiwillige, gründete verschiedene Ausschüsse und verteilte die Aufgaben. Das Besorgen der Spirituosen fiel natürlich Proust zu. Matsheshu würde sich um das Essen kümmern, wobei Mollusque ihn in logistischen Fragen unterstützen sollte. Emma würde für die Dekoration verantwortlich sein, und die letzte Gruppe, bestehend aus Raoul, Proust und Mollusque, wurde mit der Aufgabe betraut, ein kleines Stück zu inszenieren, in dessen Verlauf ein Tanz zu sehen wäre, ein dressierter Hund auftreten und eine Szene aus besagtem Theaterstück aufgeführt werden würde, das dem Gelehrten so sehr am Herzen lag. Proust, dessen Nasenflügel nach wie vor unter dem Eindruck von Frigons Blähungen pikiert bebten, konstatierte, dass Letzterer keinem Komitee angehöre, und verurteilte den trägen Egoismus, in dem jener sich so gefalle. Frigon, der bei dem Aufruf nach Freiwilligen tatsächlich noch nicht einmal den kleinen Finger gerührt hatte, rang sich dazu durch, einen Zeigefinger in die Luft zu strecken und dem ehemaligen Professor diese zweifelhafte Reverenz zu erweisen, um dann Aude herausfordernd anzusehen: »Ich übernehme den Ordnungsdienst. Sofern die Chefin nichts dagegen einzuwenden hat«, murmelte er und warf Aude einen schiefen Blick zu.

Aude verkniff sich eine Reaktion, da sie ahnte, dass der Tätowierte nur darauf wartete. Seitdem er sechs Monate zuvor zur Clique gestoßen war, hatte Frigon sie ständig provoziert und gepiesackt. In seinem Bestreben, sich in den Vordergrund zu drängen, machte er ihr bei jeder Gelegenheit die Autorität streitig, was gelegentlich zu heftigen Auseinandersetzungen führte. Zweifellos hatte er es darauf abgesehen, einen Krieg innerhalb der Clique vom Zaun zu brechen, und Aude, die nicht das geringste Bedürfnis verspürte, sich wegen einer so nichtigen Sache mit ihm anzulegen, wich der Falle lieber aus, indem sie die Versammlung auflöste. Proust erhob jedoch gegen die in seinen Augen verfrühte Beendigung der

Sitzung Einspruch: »Wir vergessen dabei einen wesentlichen Punkt: Ohne Geschenk kann es keinesfalls ein dieser Bezeichnung würdiges Geburtstagsfest geben«, verkündete er. »Schließen wir uns also zusammen, um Ozzy ein prächtiges Geschenk zukommen zu lassen, und bezeugen ihm damit unsere tiefste Verbundenheit.«

»Einverstanden«, sagte Aude, womit sie für den versammelten Rat sprach. »Was schlägst du vor?«

»Ich habe mich bislang nur oberflächlich mit der Frage befasst«, gestand Proust. »Ziel des Ganzen sollte jedoch sein, Ozzy mittels einer höchst bedeutsamen Gabe zu rühren. Weniger sybillinisch gesprochen: Es geht darum, ihm eine Freude zu machen. Wir sollten demnach eine Antwort auf die grundsätzliche Frage finden: Was mag Ozzy?«

»Er malt gern«, legte Mollusque vor.

»Er liebt die Sonne«, merkte Raoul an.

»Er geht gern auf Friedhöfen spazieren«, warf Matsheshu ein, den mit Ozzy eine Vorliebe für meditative Spaziergänge inmitten alter Grabstätten verband.

Das Sondieren der verschiedenen Fährten löste eine lebhafte Diskussion aus, deren einziges Ergebnis schließlich war, dass sie nirgendwohin führte. Ozzy begeisterte sich tatsächlich für Wandmalerei und verbrachte den Großteil seiner Zeit mit Zeichnen und Malen, nur hatten sie diese Mine an seinen bisherigen Geburtstagen bereits über Gebühr ausgebeutet: Sie konnten ihm doch nicht schon wieder die immer gleiche Malausrüstung schenken! Es war auch allseits bekannt, in welchem Maße Ozzy vom Tagesgestirn fasziniert war, aber die Sonne war schließlich kein Geschenk: Sie konnten ihm doch unmöglich eine Höhensonne überreichen! Was seine Vorliebe für Grabstätten betraf, so wussten sie nicht so recht, was sich daraus ableiten ließe: Ozzy liebte zwar Friedhöfe, aber sollten sie ihm deswegen einen Trauerkranz verehren?

»Wir müssen etwas Besseres finden«, befand Proust. »Bemühen wir unsere Neuronen. Wir sollten Ozzy mit einem Geschenk überraschen, das ihn in den siebten Himmel katapultiert.«

Es herrschte Schweigen. Der Gelehrte hatte die Latte erschreckend hoch gelegt. In dieser schwindelerregenden Höhe wurden gute Einfälle immer rarer, und da keine Sauerstoffmasken von der Decke fielen, wandten sie sich Aude zu, die wegen der besonderen Nähe, die sie mit Ozzy verband, als ideale Kennerin seiner heimlichen Wünsche galt.

»Starrt mich nicht so an. Ich weiß es doch auch nicht«, verteidigte sie sich, da es ihr peinlich war, ihre innigen Gefühle für Ozzy im Scheinwerferlicht ausgebreitet zu sehen, und sie umso weniger den Drang verspürte, preiszugeben, was er ihr an Geheimnissen anvertraut hatte.

Die anderen waren taktvoll oder auch klug genug, nicht weiter in sie zu dringen. Inzwischen hatte Raoul die allgemeine Aufmerksamkeit auf sich gezogen: Er näherte sich der Frage nach einem Geschenk aus einem ganz neuen Blickwinkel und empfahl, nach dem Ausschlussverfahren vorzugehen, indem sie zunächst eine Liste von allem, was es auf Erden gebe, aufstellten, um dann Schritt für Schritt jene Dinge, die Ozzy missfielen, durchzustreichen. Frigon trieb die skurrile Argumentation mit diebischem Vergnügen auf die Spitze und schlug vor, doch lieber den entgegengesetzten Weg einzuschlagen und Ozzy etwas zu schenken, das dieser besonders verabscheue, dazu einen großen Hammer, um es in tausend Stücke zu zertrümmern. In ihrer Begeisterung über dieses Konzept machten sich Raoul und Mollusque daran, alles, was Ozzy zuwider war, aufzulisten, Autogehupe und Kokosnussgeschmack inklusive. Natürlich kamen sie so nicht weiter, und Emma verließ verstimmt den Kreis, gefolgt von Matsheshu, der sich in seinen Winkel verzog, um auf seinem Didgeridoo zu spielen. Proust warf Frigon vor, immerzu nur Chaos zu stiften, worauf der Tätowierte einen Gegenangriff startete und Proust seinen üblen Mundgeruch vorhielt, während Nonosse mit seinem Gebell alle zu übertönen suchte und wie verrückt kläffte. Aude seufzte, obwohl ihr der Anblick solcher Exzesse bei der turbulenten Bande nur allzu vertraut war. Da sie aus Erfahrung wusste, dass der Rat in einem derart fortgeschrittenen Stadium der Anarchie nichts Sinnvolles mehr zustande bringen würde, zog sie sich dann doch recht zufrieden zurück, zumal der Hauptzweck der Versammlung erfüllt war: Die wesentlichen Entscheidungen hinsichtlich der Organisation von Ozzys Fest waren getroffen worden. Der Plan eines gemeinsamen Geschenks hatte sich zerschlagen, was ihr jedoch nichts ausmachte, da sie ohnehin lieber im Alleingang handelte. Sie würde ihrem geliebten Ozzy ein ganz persönliches Geschenk überreichen, das seiner wirklich würdig war, das schönste, das man sich nur vorstellen konnte. Sie musste nur noch herausfinden, was.

Ein Pressluftbohrer durchschlug den Straßenbelag. Der gesamte Verkehr war zum Stillstand gekommen, das Stadtzentrum in eine einzige Parkzone verwandelt. Es wäre eine gute Gelegenheit gewesen, ein paar Windschutzscheiben zu putzen, und Aude bedauerte, ihr Reinigungszubehör nicht dabeizuhaben. Auf dem Bürgersteig herrschte großes Gedränge. Mit Köfferchen ausgerüstete Passanten, Einkäufe schleppende kleine Frauen, skeptische Touristen, herausgeputzte wandelnde Kleiderbügel und andere Todgeweihte – man fühlte sich wie in einem tosenden Strom, der von wahren Regatten plappernder Schülerinnen in zu kurzen karierten Röcken durchfurcht wurde. Aude überließ sich der Strömung. Ihre Luftblase mischte sich, ohne merklich ihre Gestalt zu verändern, unter die anderen und fügte sich in diese gewaltige improvisierte Choreographie. Jeder wich ihrem Blick aus. Man senkte die Augen. Man tat so, als würde sie nicht existieren. Aude hätte zu Unrecht Anstoß daran genommen, denn sie wusste nur zu gut, warum man sie derart ignorierte. Sie flößte den anderen Furcht ein. Das lag an der Narbe, die quer über ihr Gesicht verlief und spontan Abneigung auslöste. Dieses Stigma war allerdings nur der auffallendste Aspekt ihres abstoßenden Äußeren, das durch ihre Blässe, die groben Gesichtszüge und ihre stämmige Statur noch verstärkt wurde. Aude sah aus wie ein Kerl, sodass Frauen sie häufig für einen Mann hielten und selbst Männer sich manchmal täuschen ließen. Allerdings bemühte Aude sich auch kaum, diesen trügerischen Eindruck zu korrigieren. Sie kleidete sich wie ein Junge, trug einen Bürstenhaarschnitt und legte in jeder Lebenslage ein männliches Verhalten an den Tag. Warum auch sollte sie das bisschen Weiblichkeit in sich pflegen, wenn doch ihre Narbe ohnehin jede Aussicht, das Interesse der Männer zu wecken, zunichtemachte? Und warum sollte sie sich um die Männer kümmern, da ihr doch Ozzys Liebe gehörte und sie restlos erfüllte, da Ozzy sie so liebte, wie sie war, mit ihrem entstellten Gesicht und ihrer fehlenden Anmut? Aude ging also erhobenen Hauptes durch die Welt, ohne sich von ihrer Hässlichkeit beirren zu lassen, frei von äußerlichen Zwängen und jedweder Konvention. Sie war das Mädchen, das nicht existierte, was ihr ganz und gar behagte.

Die Stadt schnarchte auf ihrem Goldhaufen wie ein schlummernder Drache, der seinen mit opulenten Boutiquen verzierten Wanst zur Schau stellte. Die Auslagen zogen an Aude vorüber wie ein nicht enden wollender Saal aus lauter Spiegeln, in denen sie sich immer wieder auf der Suche nach einem außergewöhnlichen Geschenk sah. Was mochte Ozzy wohl gefallen? Ein Surfbrett? Eine Karaoke-Anlage? Ein Wellensittich? Jedes Schaufenster verlieh den darin feilgebotenen Nichtigkeiten Glanz, und Aude nahm all dies in Erwartung einer Offenbarung gierig in sich auf. Ihr Blick heftete sich auf ein Schild. »Geschenke« stand dort geschrieben, daran bestand kein Zweifel. Sie stieß die Tür auf, worauf ein Klingelton erklang.

Im Laden herrschte eine gedämpfte Atmosphäre, die Wohlstand verströmte. Schöner Nippes, schöner Schnickschnack. Aude schritt wachsamen Blickes auf und ab, in der Hoffnung, unter all den Schätzen ein Geschenk zu entdecken, das imstande wäre, das ganze Ausmaß ihrer Liebe für Ozzy auszudrücken. Ein altmodisches Kaleidoskop, das auf ansprechende Weise Formen und Farben vervielfachte, weckte ihr Interesse. Wäre dieses Spielzeug dazu angetan, Ozzys poetische Pupille zu erfreuen? Was konnte man schon einem Traumtänzer schenken, der sich nur nach dem nicht Greifbaren sehnte? Audes Anwesenheit lockte eine Verkäuferin an, eine alte Vettel mit faltigem Gesicht, hinter deren gespielter Höflichkeit sie jenen feindseligen Blick erkannte, mit dem man einer potenziellen Diebin begegnet. Gleichgültig erkundigte sie sich nach dem Preis des Kaleidoskops. Faltengesicht konnte ihre Verachtung kaum verhehlen und nannte einen schwindelerregenden Preis. Worauf Aude mit nicht minder herablassender Miene verkündete, der Gegenstand sei nichts Besonderes, und in würdevoller Haltung die Tür ansteuerte. Da bemerkte sie auf einmal auf einem Verkaufsständer ein Kästchen. Ein mit Elfenbeinintarsien verziertes Kästchen aus Ebenholz, auf dessen Deckel eine strahlende Sonne prangte, die über einem Bergsee aufging. Wenn es irgendetwas gab, das Ozzy allem anderem vorzog – Raoul hatte es zu Recht bei der Sitzung erwähnt –, so war es die Sonne. Aude, die das für ein gutes Omen hielt, hob den Deckel an. Es war ein Schmuckkästchen. Eine kristallklare Musik erklang, die das Blut in Audes Adern gefrieren ließ: Die Musik, die aus dem Kästchen drang, war »Schwanensee«, das Ballett von Tschaikowsky. Und wie jedes Mal, wenn sie diese Musik vernahm, wurde Aude überwältigt von einer Flut von Bildern, die aus der Vergangenheit auftauchten … *Ein weißes Haus am Waldrand und vor dem Haus eine große, massige Frau mit strengen Gesichtszügen, Madame Huguette, neben ihr ein junger Bursche mit Schweinsgesicht – Gabriel. Sie stehen auf der Außentreppe, als würden sie für ein Familienfoto posieren, und lächeln verlogen, während die Musik spielt … Ein im Dunkeln entzündetes Streichholz, der Geruch nach Benzin … Das Knarren des Parketts im Flur … Ketten, die aneinanderschlagen und hin und her schwingen, die der Schaukel im Hinterhof, dazu Ozzys entsetzte Schreie …* Um diesem in ihrem Geist ablaufenden Film zu entrinnen, reichte Aude Faltengesicht das verfluchte Kästchen und machte sich aus dem Staub, ohne sich noch einmal umzudrehen.

2

Die besetzte Fabrikhalle befand sich im Herzen der Zone, einem seit Langem den Vogelfreien überlassenen ehemaligen Industriegebiet. Das Gebäude, eine ehemalige Keksfabrik, ragte mit seiner heruntergekommenen Fassade und seinen drei Stockwerken am Ende einer von ähnlichen Ruinen gesäumten Sackgasse empor, neben einem von Autowracks überwucherten Stück Brachland. Aude schlüpfte durch ein Fenster ins Souterrain und nahm dann die Treppe bis zur dritten Etage. Am Ende des Korridors gelangte sie durch eine Stahltür schließlich in eine Halle, in der zu Zeiten, als die Geschäfte noch florierten, die Verwaltung des Keksfabrikanten untergebracht gewesen sein musste. In diesem Gehäuse hatte die Clique wie der weiche Leib eines Einsiedlerkrebses Unterschlupf gefunden. Die Halle war gen Osten mit hohen Fenstern versehen und durchsetzt von Betonpfeilern, die an den Säulengang eines Tempels denken ließen, ein Eindruck, der durch die zahlreichen Wandmalereien noch verstärkt wurde. Basketball spielende Makaken. Eine Eidechse, die in ihr Handy sprach. Ein Frosch, der Rouge auftrug. Eine Gottesanbeterin, die vor einer Versammlung menschlicher

Fliegen und Raupen eine Messe zelebrierte. Zweibeinige Hunde, Schweine im Sonntagsstaat, Säuglinge mit Flügeln, Harpyien und Minotauren: ein ganzes Volk von Zwittergestalten, die eigentlich in ein ägyptisches Grab gehörten. Diese Monstergalerie war Ozzys Werk, angeblich hatte er sie nach der Natur gemalt. Er behauptete nämlich, dass es solche Kreaturen tatsächlich gebe. Und zwar nicht nur in der Fantasie, wie im Fall von Aude, die in der Metro von Walen träumte: Er war felsenfest davon überzeugt und beteuerte, dass er ihnen tagtäglich auf der Straße begegne. Aude zufolge lag das an seiner außergewöhnlichen Sensibilität: Ozzy nehme die Welt auf andere Weise wahr. Er sehe eigentümliche, wundersame Dinge, deren Existenz fragwürdig sei, aber mache nicht gerade das einen Künstler aus? Jedenfalls war das, was er malte, schön. Bizarr, ja befremdlich waren Ozzys Chimären, doch konnte man sich an ihnen nicht sattsehen. Übrigens beschränkte sich seine Kunst nicht allein darauf: Ganz hinten in der Halle hatte er sie, die Chaoten, abgebildet und jeden Einzelnen in eine groß angelegte Komposition integriert, eine Art gemalte Chronik, die die Geschichte der Clique erzählte. Im Vordergrund waren Emma, Ozzy und Aude zu sehen, der ursprüngliche Kern. Die anderen reihten sich dahinter in chronologischer Reihenfolge ein. Matsheshu, dessen Name in der Sprache der kanadischen Ureinwohner »Fuchs« bedeutete und der sich zum Gründungstrio gesellt hatte, kurz nachdem dieses der »Ersten Pflegefamilie« entronnen war; Mollusque, den die Clique zur Zeit der »Dritten Familie« aufgenommen hatte, dann Raoul, mit dem Ozzy gemeinsam aus dem Krankenhaus geflohen war, sowie Proust, der sich der Gruppe kurz nach ihrer Ankunft in der Stadt angeschlossen hatte, und schließlich Frigon, der ewige Nörgler mit seinem Raubvogelprofil. So hatte Ozzy die Entstehung der Clique und deren allmähliches Anwachsen veranschaulicht, während sie sich im Laufe der Jahre von Pflegefamilien zu Wohngruppen, von Ausreißertum zu Landstreicherei, von Norden her auf die Hauptstadt zu bewegt hatte.

Matsheshu blies in sein Didgeridoo, jene riesige australische Flöte, deren Schwingungen die Halle erfüllten. Mollusque brachte Nonosse den aufrechten Gang bei, bestimmt probte er schon für jene Hundedressurnummer, die er auf dem Fest vorführen wollte. Raoul tanzte mit seliger Miene auf der Stelle. Frigon warf mit Messern auf das Werbeplakat eines Immobilienhändlers. Proust las, umgeben von Büchern, während Emma sich unter Zuhilfenahme von reichlich Haargel die kunstvolle Frisur eines zerplatzten Igels machte. Ozzys Winkel war verlassen. Was Aude gar nicht behagte, da allein seine Nähe die Ängste hätte vertreiben können, die die Musik von »Schwanensee« in ihr geweckt hatte. Ihre Rückkehr war jedoch nicht unbemerkt geblieben: Proust kam zu ihr und reichte ihr den Text von ›Antigone‹. Er drängte sie, ihn umso aufmerksamer zu lesen, als er ihr die Titelrolle zugedacht habe. Bevor Aude noch einen Einwand hätte äußern können, kreuzte Mollusque auf und bat sie, ihm noch einmal den Grund für das rätselhafte Weihnachtsbaumverbot zu erläutern, doch wurde er von Raoul unterbrochen. Aude befürchtete, dass der Gnom erneut sein Feuerwerksprojekt vorbringen würde, dabei wollte er sich bloß eine Ausgangserlaubnis einholen. Er beteuerte nervös, er müsse sich unbedingt die Beine vertreten, es sei ganz dringend, aber das fiebrige Flackern in der Tiefe seines Blickes verhieß nichts Gutes. Geduldig erinnerte Aude ihn zum x-ten Mal daran, dass es zu riskant sei, dass er dort draußen automatisch in Versuchung gerate, »es« wieder zu tun, was man doch unbedingt vermeiden wolle, oder etwa nicht? Raoul gab ihr geknickt recht und entfernte sich enttäuscht, doch schon gleich darauf wurde Aude von Gebrüll aus Frigons Richtung aufgeschreckt. Nonosse klammerte sich, von plötzlicher erotischer Leidenschaft erfasst, an das linke Bein des Tätowierten, was diesem so gar nicht behagte. Er rief nach Mollusque und forderte ihn auf, sich seinen verdammten Köter zu schnappen, bevor er ihm den Hals umdrehe. Der behäbige Bursche ließ sich von dieser Drohung nicht aus der Ruhe bringen und begnügte sich damit, nach Nonosse zu pfeifen, der den Ruf seines Herrchens ignorierte und umso heftiger auf dem verbotenen Schienbein ritt. Um die Feurigkeit der Töle abzukühlen, öffnete Frigon seinen Hosenschlitz und pinkelte ihn an. Nonosse hatte es bestimmt darauf abgesehen, doch Mollusque sah die Dinge anders und knöpfte sich den elenden Sprinkler vor, der ihn sich mit der Androhung, ihm ebenfalls eine Dusche zu verabreichen, vom Leib hielt. Unter Berufung auf ihren Status als Anführerin versuchte Aude, den Zwist zu schlichten, worauf Frigon sie zum Teufel schickte, während Mollusque um Hilfe rief, Nonosse sich schüttelte, sie alle mit Urin besprengte und Raoul erneut aufkreuzte, um Aude zu fragen, ob sie ganz sicher sei, dass er das Haus nicht verlassen dürfe. Verärgert zog sie sich in ihre Nische zurück. Sie versuchte, zur Beruhigung ein wenig in ›Antigone‹ zu lesen, konnte sich jedoch nicht konzentrieren, da ihr die Musik einfach nicht aus dem Kopf ging. Mitten in »Schwanensee« bildete sich ein Mahlstrom, der Aude in die Vergangenheit zog, in die Ära der »Ersten Pflegefamilie« …

Ozzy war damals zehn Jahre alt, Emma elf, Aude noch keine zwölf, und sie lebten in jenem Haus am Waldrand, in jenem großen weißen Haus, in dem es Ohrfeigen hagelte und Angst und Schrecken herrschten. Die kleine, ganz private albtraumhafte Welt der Madame Huguette. Sie wurden ständig grob angefahren, gedemütigt, zu etlichen lästigen, bisweilen unsinnigen Aufgaben verdonnert; wurden mit den Resten von Resten ernährt und hart bestraft, meist grundlos, weniger zum Vergnügen, da Madame Huguette so etwas nicht zu kennen schien, als vielmehr aus Prinzip, gemäß irgendeiner abnormen, nicht nachvollziehbaren Logik. Tyrannisch, brutal, unerbittlich, so war Madame Huguette, und jeder Versuch, ihr die Stirn zu bieten, ließ alles nur noch schlimmer werden. Am furchtbarsten war es, wenn sie ihre Lieblings-CD auflegte: »Schwanensee«. Diese Musik steigerte ihre finstersten Neigungen ins Unermessliche, und wenn sie ihr lauschte, wurde es gefährlich, sich in ihrer Nähe aufzuhalten. Sobald die ersten Akkorde von »Schwanensee« erklangen, flüchteten die Kinder in ihr Zimmer im Obergeschoss, eine kleine Mansarde mit nur einem kleinen, nach Osten, der Sonne entgegen ausgerichteten Fenster, und warteten zitternd darauf, dass die Musik aufhörte, der Wahn vorüberging und wieder Stille einkehrte. In diesem Zimmer, das Madame Huguette nur selten betrat, fühlten sie sich allerdings nur bedingt sicher, da Gabriel ihnen bis dorthin nachstellte. Drei Jahre älter und gut zwanzig Kilo schwerer als Aude, flößte Gabriel, diese aus Madame Huguettes Leib hervorgegangene verdorbene Frucht, ihnen ebenso viel Angst ein wie seine Erzeugerin. Gabriel hatte die Boshaftigkeit seiner Mutter geerbt, doch im Unterschied zu ihr, deren grausames Verhalten unberechenbar war, überlegte er sich alles reiflich und ersann absonderliche Experimente, bei denen die Kinder als Versuchskaninchen fungierten. Und während Madame Huguette bei ihren Quälereien keinerlei Unterschiede machte, hatte Gabriel seine besonderen Vorlieben: Vor allem auf Ozzy hatte er es abgesehen. Er zwang ihn in die Rolle seines Sparringpartners. Er quetschte Ozzys Finger in Türen ein, mischte Abführmittel in seine Cornflakes, versteckte Blindschleichen in seinem Bett oder rieb sein Bettzeug mit Traubenkraut ein. Da er wusste, dass Ozzy unter Platzangst litt, machte er sich einen Spaß daraus, ihn in Wand- und Küchenschränke zu sperren, ja sogar in den Wäschetrockner, den er in bestimmten Intervallen einschaltete, um sich dann an seinem verzweifelten Gebrüll zu ergötzen. Ständig bedrängte er Ozzy und misshandelte ihn, er schien erst zufrieden, wenn er ihm eine von Mal zu Mal größere Menge an Tränen entlockt hatte. Gabriel, dieser heimtückischen Verkörperung des Bösen, verdankte Aude die erste wesentliche Offenbarung ihres Lebens, die einer höheren Aufgabe, welche sie als ihre Daseinsberechtigung empfand: Ozzy zu beschützen. Zu verhindern, dass man ihm etwas antat. Ihn, koste es, was es wolle, gegen Gabriel und dessen Scheusal von Mutter zu verteidigen. An diesem gewichtigen Entschluss würde sie für immer festhalten, einem Entschluss, der sich auf sämtliche etwaigen Gefahren oder Bedrohungen, die die Zukunft für Ozzy bereithalten mochte, erstreckte.

Es vergingen Wochen und Monate, in denen Gabriel die mittelalterliche Kunst der Peinigung seiner Mitmenschen immer weiter vervollkommnete. Sobald er sich Ozzy vornahm, ging Aude dazwischen und verteidigte ihn unter vollem Einsatz, allerdings waren die Kräfte ungleich verteilt, und Gabriel ließ sie jede Einmischung teuer bezahlen. Er schlug hart und gezielt zu, damit die Klassenlehrerin nicht wegen irgendeines blauen Flecks Verdacht schöpfen konnte. Aude war zudem gewarnt worden, dass jegliche Indiskretion üble Repressalien gegen Ozzy nach sich ziehen würde: So schwieg sie lieber und tröstete sich mit dem Gedanken, dass dank ihrer Ablenkungsmanöver Ozzy zumindest ein Teil der Hiebe, die eigentlich ihm gegolten hatten, erspart blieben. Gabriels Bosheit schien indessen unerschöpflich zu sein. Aude widerstand ihr, wehrte sich dagegen, ließ sie, so gut es ging, über sich ergehen, doch merkte sie, wie ihre Kräfte sie nach den zahllosen Misshandlungen allmählich verließen, und sie sah den Tag kommen, da sie dem Ganzen nicht mehr gewachsen wäre. Dann würde Gabriel ungehemmt seinen abgründigsten Trieben folgen und mit Ozzy kurzen Prozess machen – eine unerträgliche Vorstellung für Aude. Sie sah sich zu extremen Handlungen gezwungen, ja spielte immer ernsthafter mit dem Gedanken, Gabriel umzubringen. Vielleicht hätte sie ihn auch in die Tat umgesetzt, wenn die Ereignisse sie nicht überrollt hätten. Eines Abends hatte sie Ozzy, nachdem sie überall beunruhigt nach ihm gesucht hatte, in einem Müllbehälter am Straßenrand entdeckt. Stundenlang hatte er, mit Fliegen und Würmern als einziger Gesellschaft, gefesselt und geknebelt darin gelegen. Ozzy war wie gelähmt, atmete bloß noch schwach, und Aude konnte ihn nur unter großer Anstrengung aus seiner Lethargie reißen. Gabriels jüngste Missetat brachte nun das Fass schließlich zum Überlaufen, und so machten sie sich im Schutz der Dunkelheit mit Emma auf und davon. Sie ließen das unheilvolle Haus hinter sich und begaben sich in die Tiefe des Waldes, in den sie immer weiter vordrangen, damit man sie nur ja nicht einholen, nur ja nie finden würde …

Zur Essenszeit war Ozzy noch nicht zu Hause. Der Abend verstrich, ohne dass er es für nötig gehalten hätte aufzutauchen. Audes Geduld ging allmählich zur Neige. War ihm denn nicht klar, dass sie es nicht ausstehen konnte, wenn er sich dermaßen verspätete und einfach so verschwand, ohne Bescheid zu sagen? Sie lief auf und ab und wetterte über Ozzys Verantwortungslosigkeit, was den anderen bloß auf die Nerven ging. Matsheshu forderte sie auf, sich zu beruhigen, und redete ihr gut zu, Ozzy werde sicherlich bald eintreffen. Der Indianer hatte bestimmt wie immer recht, und Aude ließ sich besänftigen. In der Halle herrschte wieder Stille. Mollusque, der schlafen wollte, bat Proust, ihm etwas vorzulesen. Betrunken, aber durchaus Herr seiner Sinne, rezitierte der Gelehrte Emile Nelligans bekanntes Gedicht »Ein Schiff aus Gold« und las dem behäbigen Burschen dann aus einem alten Schulbuch dessen Lieblingskinderreime vor. Raoul schnarchte bereits. Frigon setzte sich einen Schuss Heroin. Matsheshu starrte in die Glut. Emma, die sich zum Ausgehen bereitmachte, schminkte sich in einer Weise, die ihr ohnehin jugendliches Aussehen noch betonte, und verkleidete sich als hübsche kleine Manga-Heldin; für so etwas gab es eine spezielle Kundschaft.

Um elf Uhr hatte Ozzy sich noch immer nicht zurückgemeldet, und Aude begann, sich die schlimmsten Dinge auszumalen. Hatten die Bullen ihn eingelocht? Hatte irgendein Organdieb ihm bei lebendigem Leib sein Herz entnommen? Litt er vielleicht unter einem jener schrecklichen Migräneanfälle, wie sie ihn ganz plötzlich ereilten, mit so verheerender Wirkung, dass er nicht einmal mehr wusste, wie er hieß? Oder war er etwa in die Fänge von Baron Samedi geraten? Aude spürte, wie ihr bei dieser Vorstellung fast das Herz stehen blieb. Baron Samedi war der Boss einer Gang aus Adepten eines fragwürdigen Kultes, einer Mischung aus Santería und Voodoo, die sich »die Kannibalen« nannten.

Als erbittertster Widersacher der Clique wollte Baron Samedi unbedingt herausfinden, wo sich deren Domizil befand, weshalb er immer wieder seine Schergen aussandte. Womöglich hatten sie Ozzy erwischt? Die hasserfüllte Beziehung zwischen Kannibalen und Chaoten reichte zurück auf eine uralte, nie bereinigte Erpressungsaffäre. Baron Samedi, der die Zone als sein Hoheitsgebiet betrachtete, ließ nur zu, dass man sich auf seinem Terrain niederließ, sofern man eine exorbitante Abgabe entrichtete, die zu zahlen die Clique sich partout weigerte. Der Konflikt hatte inzwischen das Ausmaß eines Guerillakrieges angenommen. Jeder Chaot war schon mindestens einmal zusammengeschlagen worden, und im vergangenen Frühjahr hätte Ozzy um ein Haar sein Leben gelassen, als ihn zwei Kannibalen abfingen und übel zurichteten. Seine Rettung verdankte er dem Eingreifen eines Neulings in der Zone, eines Verrückten und begeisterten Anhängers der Kampfkünste, der ihm zu Hilfe gekommen war und seine Peiniger niedergemacht hatte. Dieser Raufbold, dieser abstoßende Samariter, war Frigon, ein ehemaliger Profikämpfer. So hatte sich der Tätowierte seinen Platz in der Clique verdient und waltete seither als Ozzys persönlicher Leibwächter.

Ein schöner Wächter, der, bis zum Anschlag vollgepumpt mit Heroin, auf seiner Pritsche herumlungerte, während Ozzy womöglich gerade in Baron Samedis Schlupfwinkel in Stücke gerissen wurde. Aude hatte Frigon noch nie leiden können und seiner Aufnahme in die Clique nur auf Ozzys Drängen hin zugestimmt. Die Feindseligkeit der Kannibalen rechtfertigte zwar zugegebenermaßen die Einstellung dieses Samurais, doch erregte Frigon in ihr nichts als Widerwillen. Vielleicht sogar ein wenig Eifersucht. Sie konnte es nicht verwinden, dass er sich ihre Rolle der heiligen Beschützerin, die sie Ozzy gegenüber von jeher eingenommen hatte, einfach angemaßt hatte, und verdächtigte ihn außerdem, dass er sich auch noch aus anderen Gründen zu ihrem Bruder hingezogen fühlte: Er wachte aus allzu großer Nähe über Ozzys Leib und dachte sich alle möglichen Vorwände aus, um ihn zu berühren. Mehr noch als seine Arroganz oder Perversion warf sie Frigon jedoch seinen unguten Einfluss auf Ozzy vor. Beeindruckt von der männlichen Ausstrahlung des vor Testosteron nur so strotzenden Kriegers, neigte Ozzy dazu, sich mit diesem zu identifizieren. Er ahmte dessen dreistes Verhalten nach und ging sogar so weit, Audes Autorität infrage zu stellen. Der einst so fügsame, anhängliche Ozzy verwandelte sich in Frigons Gesellschaft in eine heimlichtuerische, sarkastische Person und verschwand gelegentlich tagelang auf mysteriöse Weise. Ihre einstige traute Zweisamkeit litt darunter. Hin und wieder stritten sie sogar, was früher undenkbar gewesen wäre. Seitdem Frigon zu ihnen gestoßen war, distanzierte sich Ozzy zusehends; er entfernte sich von Aude, und das war der eigentliche Grund, warum sie so schlecht auf den Tätowierten zu sprechen war.

Gegen Mitternacht hielt Aude es nicht länger aus und beschloss, Ozzy zu suchen. Sie würde sich, wenn nötig, in das Hauptquartier der Kannibalen wagen und Ozzy von dort fortbringen, selbst wenn sie sich in Lebensgefahr begeben würde. Doch gerade als sie aufstehen und sich auf den Weg machen wollte, wer stand da plötzlich mit seinem hübschen Gesicht eines gefallenen Engels in der Tür? Ozzy grüßte Emma im Vorbeigehen, die, dem Ruf der Nacht folgend, im Aufbruch begriffen war, und schlenderte lässig auf Aude zu. Sie verbarg ihre Erleichterung hinter einer mürrischen Miene. Ozzy küsste sie auf die Wange und legte ein paar Dollarnoten in ihre Hand, verdient mit Kreidemalereien auf Bürgersteigen, um sich dann, als wäre nichts gewesen, zu Matsheshu ans Feuer zu gesellen. Wütend zerknüllte Aude die Scheine. Glaubte der unverschämte Kerl wirklich, sich so leicht ihre Nachsicht erkaufen zu können? Sie würde ihn unverzüglich eines Besseren belehren und warf ihm Egoismus und Leichtsinn vor. Anstatt sich reumütig zu zeigen, wie es eigentlich angemessen gewesen wäre, wehrte Ozzy sich und erwiderte, sie habe ihm weder Befehle zu erteilen noch Vorwürfe zu machen. Aude hielt es für angebracht, ihn daran zu erinnern, dass er, wenn auch nur für die Dauer weniger Tage, noch nicht volljährig sei und auf sie hören müsse. Worauf Ozzy sich empörte: Er warf ihr vor, ihn allzu sehr zu bemuttern, ihn mit ihrer ständigen Wachsamkeit schier zu erdrücken, und zog sich in seinen Winkel zurück, während hier und da schlaftrunken Einspruch erhoben wurde, man möge anständige Leute doch bitte schlafen lassen. Matsheshu schürte schweigend das Feuer. Aude spürte seine Missbilligung. Ihr wurde klar, dass sie sich zu Unrecht so ereifert hatte, und sie kauerte sich neben Ozzy, der seinen ganzen Zorn in ein Graffiti fließen ließ. Er ignorierte sie so hartnäckig, dass ihr das Herz stockte. Sie bat ihn, ihre scharfen Worte nicht übel zu nehmen. Er habe recht, sie sei nicht seine Mutter, sondern bloß seine ältere Schwester und habe deswegen nicht das Recht, ihm sein Verhalten vorzuschreiben. Schon möglich, räumte sie ein, dass sie ihn ein wenig zu sehr beschütze, dass sie ein dummes Huhn sei, doch könne sie nichts dafür, es sei stärker als sie, schließlich wolle sie doch nur sein Bestes. Gerührt von ihren Selbstvorwürfen, entschuldigte sich Ozzy, sie verstimmt, sie beunruhigt zu haben. Und als Zeichen dafür, dass er ihr verzieh, schenkte er ihr ein Lächeln. Ein Lächeln von Ozzy, gab es etwas Schöneres? … Er legte seinen Kopf in Audes Schoß, und nun waren sie nur noch eine liebende große Schwester und ein zutraulicher, reizender kleiner Bruder. Überglücklich strich Aude ihm übers Haar und flüsterte ihm lauter Dinge ins Ohr, die er gern hörte. Sie erzählte ihm vom unendlichen blauen Meer, das von den Winden aufgewühlt und von einer gewaltigen Sonne erwärmt werde. Sie beschrieb jenen verlassenen, rot-weißen Leuchtturm an einer wilden Küste, die, der Brandung ausgeliefert, von den Sirenen aufgesucht werde. Dann schilderte sie auf Ozzys Drängen einmal mehr in aller Ausführlichkeit jenes verlassene Fleckchen Erde am Ozean, jenen geheimen Zufluchtsort, an dem sie eines Tages leben würden, ohne sich verstecken, ohne stets auf der Hut zu sein.

»Wann, Aude? Wann fahren wir dorthin?«, fragte Ozzy träumerisch.

»Bald«, antwortete sie, im festen Glauben, dass es diesen Ort tatsächlich gab.

»Und was ist, wenn sie mich vorher erwischen? Wenn sie mich wieder mit lauter Verrückten einsperren?«

Aude versprach, dass sie das nie zulassen, es nie so weit kommen lassen würde. Und dass sie, wenn es unglücklicherweise doch dazu käme, irgendeinen Weg finden würde, ihn zu befreien. Das wisse er doch, dass sie alles für ihn tun würde?

»Sogar jemanden umbringen?«

Die Frage überraschte Aude, aber sie zögerte nicht einen Moment: Ja, falls nötig, würde sie sogar jemanden umbringen. Zufrieden schloss Ozzy die Augen und schlief in ihren Armen ein. Und Aude wünschte sich selig, die Nacht möge nie enden, damit sie für immer die Schönheit ihres Bruders bestaunen könne. Ozzy, ihr kleiner Liebling, ihre Bestimmung, das letzte noch fehlende Teil in ihrem Puzzle, der einzige Mensch, mit dem sie sich komplett, wirklich fühlte. Auf welch wundersame Weise war er so schnell groß geworden? Hatte sie ihm nicht erst gestern noch die Nase geputzt und die Schnürsenkel zugebunden? Was würde sie darum geben, die Zeit zurückzudrehen und so zu tun, als wäre alles wie früher: Damals hatte Ozzy sich nach nichts anderem gesehnt, als mit ihr eins zu sein. Aber das war unmöglich. Ozzy war nun erwachsen, und in absehbarer Zeit würde er die Nabelschnur, die sie miteinander verband, durchtrennen. Bei dieser Vorstellung blutete Aude das Herz. Es würde nie wieder so sein wie früher. Aber es stand nach wie vor in ihrer Macht, Ozzy glücklich zu machen, indem sie ihm ein herrliches Geburtstagsfest ausrichtete. Sie würde ein prächtiges Geschenk für ihn aussuchen, ja, und Ozzy würde sich darüber freuen, und das würde sie noch eine Zeit lang zusammenschweißen …

Emma kehrte gegen zwei Uhr zurück und übernahm am Kohlebecken die Wache von Matsheshu, der sich schlafen legte. Aude löste sich behutsam aus der Umarmung ihres schlummernden Bruders und gesellte sich zu ihr vor die rötlich glimmenden Holzscheite. Emmas Schminke war zerlaufen, ihr Haar ganz wirr, ihre Knie geschwollen. Ein schlimmer Abend. Aude sah es nicht gern, dass Emma sich für Geld hergab. Sie hatte oft versucht, sie davon abzubringen, doch es war Emmas eigener Entschluss, sich zu prostituieren. Es war ihre Art, sich für die Clique nützlich zu machen, ihren finanziellen Beitrag zu leisten; für sie war das eine Ehrensache. Emma reichte Aude zehn Zwanzig-Dollar-Scheine und ging zu Bett. Aude legte sie zu denen, die Ozzy ihr gegeben hatte, und verstaute alles in einem Hohlraum des Betonbodens unter ihrer Matratze, der den Schatz der Clique barg. Insgesamt waren es an die zwölftausend Dollar, das Ergebnis harter Arbeit. Alles war mehr oder weniger ehrlich verdient worden, von Ozzy, dem Straßenkünstler, Matsheshu, dem Metromusiker, Emma, der Stricherin, und von ihr selbst, Aude, der Scheibenputzerin.

Verschlafen stammelte Ozzy ein paar undeutliche Worte und schleppte sich zu jenem großen Pappkarton, in dem einst ein Kühlschrank verpackt gewesen war und in dem er üblicherweise seine Nächte verbrachte. Diese seltsame Gewohnheit hatte er kurz nach seinem Aufenthalt im Müllkasten angenommen. Wider Erwarten hatte diese schreckliche Erfahrung ihn von seiner Platzangst geheilt. Ozzy behauptete, er sei an jenem Tag im Kasten gestorben. Nach der anfänglichen Panik habe er gespürt, wie ihn eine große Gelassenheit überkommen und ein überwältigender Friede erfüllt habe, worauf er in einen tiefen, befreienden Schlaf gesunken sei.

»Ich war tot«, hatte er Aude später anvertraut. »Und du hast mich auferweckt.«

Aude hatte ihm erklärt, das sei doch absurd, er habe vielmehr das Bewusstsein verloren, bis sie ihn gefunden und wachgerüttelt habe, aber Ozzy wollte nichts davon wissen und hielt hartnäckig an dieser befremdlichen These seines Todes und seiner anschließenden Auferstehung fest. Jedenfalls hatte ihn der Vorfall nachhaltig geprägt. Von da an fühlte er sich zu geschlossenen Räumen und sonstigen Schlupfwinkeln hingezogen und hielt ständig danach Ausschau. Tief beeindruckt von der vollkommenen Seelenruhe, die er im Augenblick des »Sterbens« im Müllkasten erlebt hatte, versuchte er, die damaligen Umstände wiederherzustellen. Daher zog er sich zum Schlafen in einen Karton zurück: Nur so konnte er an jene absolute Stille anknüpfen, Vorbotin eines abgrundtiefen Schlafes, der dem Tod ähnelte.

Aude hörte seine regelmäßigen Atemzüge durch die Wand aus Karton. Sie bedauerte, ihm nicht länger beim Schlafen zusehen zu können, und schloss die Augen.

3

Eben zeigte sich ein erster rötlicher Schein in den Fenstern, als Aude von Emmas verängstigten Seufzern geweckt wurde. Sie schlug ihre Bettdecke zurück und ging zu ihr hinüber, um sie zu trösten. Das arme Mädchen verfolgte, wie sich die von der Morgendämmerung an die Hallendecke projizierten Rauten aus fahlem Licht auf sie zu bewegten, und dieses allmähliche Nahen machte ihr Angst. Dabei war ihre entsetzte Reaktion nichts Ungewöhnliches. Solange Aude zurückdenken konnte, war es jeden Morgen dasselbe: Emma fürchtete sich vor dem Zugriff der Sonne. Selbst bei bedecktem Himmel traute sie sich tagsüber nur selten aus dem Haus. Und auch dann nur, wenn es unbedingt nötig war, als Afghanin verkleidet, um ihre bleiche Haut so wenig wie nur irgend möglich dem Licht auszusetzen. Ihre Angst war jedoch bei Tagesanbruch am allergrößten: Durch die ersten Sonnenstrahlen jäh aus dem Schlaf gerissen, taumelte Emma unversehens in den Abgrund eines namenlosen Schreckens, der nur langsam verging. Aude hätte gern den Grund dafür erfahren. Sie hatte sie schon mehrfach darauf angesprochen, doch Emma weigerte sich hartnäckig, jenes bedrohliche Gefühl, das der Sonnenaufgang in ihr auslöste, näher zu beschreiben. Anstatt einer Antwort kritzelte sie nur jedes Mal denselben Satz: »Wenn ich spreche, sterbe ich.« Nur diese wenigen beunruhigenden Worte, ohne jegliche Erläuterung.

Am anderen Ende der Halle tauchte Ozzy gähnend aus seinem Karton auf. Er war seit Langem an Emmas allmorgendliches Gewimmer gewöhnt und schenkte ihm keine weitere Beachtung. Mit zombieartigen Schritten steuerte er die Tür an, die auf das angrenzende Dach führte, und trat hinaus in den anbrechenden Morgen. Im Gegensatz zu Emma, die das Sonnenlicht scheute, liebte Ozzy es und suchte, ja begehrte es mehr als alles andere. Er hatte darauf bestanden, dass die Clique ihre Zelte in dieser Halle der Fabrik aufschlug, wegen ihrer idealen Ausrichtung gen Osten, weshalb sie bei Tagesanbruch am stärksten vom Sonnenlicht begünstigt wurde. Er verbrachte die Sommermonate damit, sich auf dem angrenzenden Dach, das einer Terrasse ähnelte, bräunen zu lassen und bis zum Geht-nicht-mehr ultraviolette Strahlen zu tanken, sodass Aude sich manchmal fragte, ob ihr Bruder wie eine Solarbatterie funktionierte, weil er die Sonnenenergie über sämtliche Poren in sich aufnahm, sich davon nährte und möglichst viel davon in Erwartung grauer Tage speicherte. Ozzy betete die Sonne im wahrsten Sinne des Wortes an; er weihte ihr einen seltsamen Kult, der bei Tagesanbruch seinen stärksten Ausdruck fand, wenn er sich nach draußen begab, um ihren Aufgang zu begrüßen. Dann huldigte er ihr und betrachtete sie ausgiebig, in einer mystischen Ekstase, aus der ihn nicht einmal ein Erdbeben hätte herausholen können. Er wusste, dass es riskant war, dass er Gefahr lief, sich die Augen zu verderben – Aude hatte ihn immer wieder gewarnt –, aber es war einfach stärker als er. Wenn es zu anstrengend wurde, setzte er eine Schweißerbrille auf, mit der er noch etwas länger ausharren konnte. Und so gelang es ihm hin und wieder, sie zu sehen. Die Bewohner der Sonne. Die im Herzen des Gestirns Ansässigen. Ozzy sagte, sie würden sich ihm offenbaren, seien bereit, ihm ihre wohlwollenden Gesichter zu zeigen, und würden in einer arabisch anmutenden Sprache für ihn singen. Er behauptete, sie würden im tiefsten Inneren der Sonne leben, auf einer schwimmenden Insel, einer lodernden Feuerinsel. Dieses fantastische Eiland hatte er übrigens an die westliche Wand der Halle gemalt: Es schwebte in einem bläulichen Vakuum und brannte lichterloh, überragt von einem rot glühenden Berg, der umgeben war von Wolken, durch die Blitze zuckten. Ozzy beteuerte, man könne die Insel nur bei Sonnenaufgang sehen, in jenem Augenblick kosmischer Magie, wenn sich für einen Moment eine Tür zwischen beiden Welten öffne. Aude hatte schon häufig versucht, diese wundersamen Sonnenwesen und jene von Ozzy geschilderte Feuerinsel zu erblicken, ohne dass es ihr je gelungen war. Selbst mit Hilfe der Schweißerbrille konnte sie nur flüchtig die Sonne betrachten, bevor sie aufgeben musste, weil es sich so anfühlte, als würde eine schwarze Schraube ihre Augen durchbohren. Sie musste sich eingestehen, dass sie für erhabene Betrachtungen nicht begabt war.

Das morgendliche Ritual lief also seit eh und je immer gleich ab: Sobald der Tag anbrach, begab sich Ozzy ins Freie und huldigte der aufgehenden Sonne, während Emma im Halbdunkel zitterte und stöhnte. Dermaßen konträre Reaktionen konnten kein bloßer Zufall sein. Mit der Sonne als gemeinsamem Nenner mussten Emmas Angst und Ozzys Überschwang die beiden entgegengesetzten Terme einer ganz bestimmten geheimen Gleichung sein, die Aude nicht zu lösen vermochte. Wahrscheinlich lag es daran, dass sie ebenfalls daran beteiligt war und irgendeine algebraische Funktion darin innehatte, von der sie nichts ahnte. Vielleicht war sie ja das Gleichheitszeichen? Jedenfalls blieb es für sie ein unlösbares Rätsel, und da Aude es leid war, nach dessen Lösung zu suchen, hatte sie sich mit der Zeit damit abgefunden, dass es in dieser besetzten Halle mit den paradox anmutenden Tagesanbrüchen nun einmal so war, wie es war.

Emma beruhigte sich. Schließlich verflogen ihre Ängste. Ozzy trat leicht wankend, mit tränenumflorten, geröteten Augen, in den Raum. Sobald er wieder normal sehen konnte, holte er seine Pinsel hervor und machte sich an die Arbeit, an ein Wandbild, das direkt neben der lodernden Insel entstand. Es war ein Porträt, und zwar das einer jungen Frau. Die Sonnenprinzessin. Aude hatte sie so getauft, nachdem ihr Bruder ihr anvertraut hatte, dass er sie in der Sonne gesehen habe. Es war das erste Mal, dass er eins jener Fabelwesen darstellte, die die Feuerinsel bevölkerten, und das Porträt war in mehr als einer Hinsicht einzigartig. Zum einen, weil es frontal gemalt war und nicht etwa nach seiner gewohnten ägyptischen Manier von der Seite, vor allem aber weil die Dargestellte von strahlender Schönheit war. Blendend: Diese Bezeichnung kam Aude in den Sinn, als sie stehen blieb, um die erhabene Prinzessin zu bewundern. Die makellose Ebenmäßigkeit ihrer Züge, die betörende Blondheit ihres Haars, die schwindelerregende Tiefe ihres Blickes und die unendliche Hintergründigkeit ihres Lächelns, all das, all diese Anmut war von einem intensiven Leuchten erfüllt: Die junge Frau strahlte. Dem Zauber seiner eigenen Schöpfung verfallen, widmete sich Ozzy seit Wochen ausschließlich diesem einen Porträt, an dem er mit einer an Besessenheit grenzenden Hartnäckigkeit arbeitete. Man konnte ohne Übertreibung sagen, dass diese strahlende Tochter der Sonne ihm buchstäblich ins Auge gefallen war.

Ozzy malte. Emma erholte sich. Die anderen begannen sich einer nach dem anderen zu regen. Frigon machte Liegestütze. Matsheshu fachte das Feuer wieder an. Raoul blickte ratlos von einer Socke zur anderen und schien sich zu fragen, welche er zum Frühstück verspeisen sollte. Mollusque brachte Nonosse bei, bis fünf zu kläffen. Vielleicht war es aber auch andersherum, denn der Köter war schlau, schlauer jedenfalls als sein Herrchen: Der behäbige Bursche hätte das übrigens als Letzter in Zweifel gezogen. Mollusque erzählte, er habe mit fünf Jahren seinen Verstand verloren, wegen eines Mayonnaiseglases, das ihn am Kopf getroffen habe. Die näheren Umstände dieses Vorfalls blieben unklar, und die Beschaffenheit des Wurfgeschosses variierte: Manchmal machte Mollusque auch eine gefrorene Kartoffel für alles verantwortlich. Jedenfalls hatte dieser Zusammenstoß mit irgendeinem Nahrungsmittel seine Neuronen durcheinandergebracht, sodass seine geistige Entwicklung jäh abgebrochen und seine Seele die eines Kindes geblieben war, wohingegen sein Körper immer weiter wuchs und an Fülle zunahm, bis er, gleichsam zur Kompensation, eine imposante Statur erreicht hatte. Während Mollusque und Nonosse die Geheimnisse der Arithmetik erkundeten, nahte Raoul, um Aude verschämt zu fragen, ob er vielleicht heute, nur für einen kurzen Moment, das Haus verlassen dürfe. Aber sie hielt ihn für einen solchen Ausgang noch nicht bereit und musste ihm seine Bitte einmal mehr abschlagen. Der enttäuschte Zwerg zog sich grollend zurück, das sei ungerecht, alle anderen dürften, nur er nicht, und warf Proust, der sich gerade zum Ausgehen rüstete, einen neidischen Blick zu. Der Gelehrte band seine Krawatte, wobei er einige schelmische Verse von Ronsard rezitierte. In seinem Neid wollte Raoul ihm das Geständnis abnötigen, dass er sich zu einem Rendezvous aufmache, was Proust jedoch verneinte. Vielmehr begebe er sich zur Nationalbibliothek, um dort wichtige Recherchen vorzunehmen. Aude lächelte amüsiert, denn sie wusste, dass Raoul ganz richtig lag: Natürlich brach Proust zu einem Stelldichein mit seiner Angebeteten auf, auch wenn er es abstritt. Der alte Mann genehmigte sich einen Schluck Scotch und machte sich auf den Weg. Aude stellte sich vor, wie er mit einem Strauß Margeriten vor der Bibliothek eintraf und auf der Bank vor dem Eingang des Gebäudes Platz nahm, auf der besagte Dame, ganz sittsam in ein Buch vertieft, ihn erwartete. Proust würde ihr seine Blumen überrreichen, eine zerknitterte Ausgabe der ›Lettres québécoises‹ auseinanderfalten, behutsam einen Arm um die angebeteten Schultern legen und, glücklich wie ein gealterter Romeo, ebenfalls zu lesen beginnen. Bedauerlich nur, dass seine Julia aus derselben Bronze gegossen war wie die Bank, an der sie festgeschweißt war, dass sie in Wirklichkeit nur eine zur Außengestaltung der Bibliothek gehörende lebensgroße Statue war. Für Proust jedoch spielte das keine Rolle: Es hielt ihn nicht davon ab, seine Dulzinea zu hofieren und den verblüfften Passanten stolz zuzulächeln.

Proust, dieses wandelnde Lexikon, hatte das College, an dem er seit ewigen Zeiten unterrichtet hatte, verlassen müssen, nachdem man ihn dabei ertappt hatte, wie er in einem Seminar für Differentialrechnung sternhagelvoll Gedichte von Vergil rezitierte. Seitdem ließ er nur noch der Clique das Elixier seiner Weisheit zugutekommen. Ihm war es übrigens zu verdanken, dass Ozzy endlich lesen gelernt hatte. Ozzy hatte sich mit dem Lesen immer schwergetan. In der Schule war er außerstande, das, was an der Tafel oder in den Fibeln stand, zu entziffern. Kaum waren die Worte in seine Augen gelangt, entkamen sie sogleich wieder über seine Ohren, als fehle dazwischen jenes Netz, mit dem sich die Schmetterlinge des Wissens einfangen lassen; die Sätze gingen entzwei, und auf dem Packeis der Seiten stoben die Buchstaben wie in Panik geratene Pinguine auseinander. Das war umso ärgerlicher, als er wissensdurstig war und sich für Bücher begeisterte. Jahr für Jahr hatte er versucht, alles Gedruckte, das ihm in die Hände geriet, zu entschlüsseln, in der Hoffnung, dass sich eines Tages, wenn er nur hartnäckig genug sein Ziel verfolge, die Blockade lösen und er urplötzlich hochgebildet sein würde. Die Begegnung mit Proust war der Lohn für seine Beharrlichkeit. Unter Einsatz eher unorthodoxer pädagogischer Methoden sowie beeindruckender Mengen von belebenden Drinks, und nicht zuletzt weil er sich alle Zeit der Welt nahm, war es dem ungewöhnlichen Lehrer gelungen, den ausgetrockneten Schwamm in Ozzys Schädel nach und nach zu befeuchten, sodass dieser inzwischen recht ordentlich lesen konnte. Ozzy vergaß nie, wem er diesen Erfolg verdankte, und wie er war auch Aude, die sich für ihren Bruder freute, Proust, diesem Zorro des Privatunterrichts, diesem unermüdlichen Kämpfer gegen die Dyslexie und großzügigen Destillierer des Wissens, für alle Zeiten dankbar.

Als sei er soeben aus einem Traum erwacht, wandte sich Ozzy von seiner herrlichen Sonnenprinzessin ab und reinigte seine Pinsel. Dann zog er seine Jacke über und verkündete, er werde ein paar Stunden lang fort sein. Auf der Schwelle begegnete ihm Proust, der freudestrahlend aus der Bibliothek zurückkehrte. Der Täuberich mit dem sich lichtenden Schädel lachte von einem Ohr zum anderen. In seinem Tatendrang wollte er Ozzys Abwesenheit nutzen und schlug Aude vor, eine improvisierte Probe von ›Antigone‹ abzuhalten.

»Ich würde ja gern«, schwindelte sie, »aber ich hatte noch keine Zeit, das Stück zu lesen.«

»Daran soll's nicht scheitern!«, entgegnete Proust, der sich sogleich daranmachte, die Handlung zusammenzufassen.

Im Wesentlichen gehe es um eine junge griechische Aristokratin, die vom König, ihrem künftigen Schwiegervater, zum Tode verurteilt worden sei, nachdem sie ihren im Krieg getöteten Bruder trotz ausdrücklichen Verbots begraben habe. Da Antigone nicht ihre Hinrichtung habe abwarten wollen, habe sie die unheilvolle Angelegenheit beschleunigt und sei freiwillig in den Tod gegangen. Ihr Verlobter und ihre Schwiegermutter seien übrigens ihrem Beispiel gefolgt; am Ende würden alle umkommen, nur nicht der böse König, der stattdessen den Verstand verliere.

»Genau das Richtige für ein Geburtstagsfest«, merkte Aude skeptisch an.

»Ja, es ist tragisch«, räumte der unerschütterliche Alte ein. »Ebendeshalb ist es ja so schön.«

Gefühlvoll beschrieb Proust Antigones schreckliches Dilemma und schilderte die unermessliche Liebe der edlen Heldin für ihren Bruder sowie den entsetzlichen Schock, den ihr die Nachricht von seinem Tod bereitet habe. Der gerissene Alte wusste genau, welche Saiten er anschlagen musste, und Aude wurde von einer überwältigenden Emotion erfasst, ja spürte Antigones quälenden Schmerz, als wäre es ihr eigener. Proust ließ nicht locker, sondern erzählte geradezu schwelgerisch von dem der verzweifelten Schwester auferlegten abscheulichen Verbot, den sterblichen Überresten ihres Bruders die letzte Ehre zu erweisen.

»Stell dir vor, so etwas würde Ozzy zustoßen, er würde plötzlich dahinscheiden und man hielte dich davon ab, dich seines Leichnams anzunehmen, auf dass er den wilden Hunden zum Fraß vorgeworfen werde: Würdest du dann nicht auch aufbegehren?«

Eine überflüssige Frage. Vor lauter Empörung ballte Aude die Hände zu Fäusten. Auf einmal war sie selbst zur kühnen Antigone geworden, zu jener Jungfrau, die es gewagt hatte, sich über den Willen des Königs und die heiligen Gesetze der Stadt hinwegzusetzen, und, ohne zu zögern, ihr Leben hergab, damit der Seele ihres Bruders ewiger Friede vergönnt sei. Als er sah, wie motiviert sie inzwischen war, scharte Proust eilig die übrigen Akteure um sich. Die Rollen waren im Nu verteilt. Um Antigones Verlobten Haimon überzeugend zu verkörpern, hüllte sich Raoul in ein schmutziges Stück Teppich und trat ungeduldig von einem Fuß auf den anderen. Emma, der Proust arglos die Rolle der Vertrauten Ismene zugedacht hatte, hockte misstrauisch an der Wand, während Matsheshu und Mollusque, die den Chor darstellen sollten, ein denkbar ungleiches Paar bildeten. Frigon, der sich bereit erklärt hatte, die Wache zu spielen, schwenkte sein Samuraischwert und drohte alle zu enthaupten. Proust schließlich vervollständigte die beeindruckende Schauspielerriege, wobei er sich die Rolle des grausamen Königs Kreon vorbehalten hatte.

»Vorhang auf!«, verkündete er und klopfte dreimal auf den Boden.

Zwanzig Minuten später herrschte nur noch ein einziges Chaos. Sie kamen nicht über den Anfang des ersten Aktes hinaus, und schon gab es Streit. Dass es nur ein einziges Exemplar des Stückes gab, das man weiterreichen musste, erleichterte die Dinge nicht gerade, genauso wenig Emmas Stummheit – Proust musste ihren Text für sie sprechen. Ebenso problematisch war die mangelnde Synchronität des Chores: Da Mollusque und Matsheshu außerstande waren, ihren Text gleichzeitig zu sprechen, gaben sie nur ein unverständliches Gestammel von sich, durchsetzt von Frigons Flüchen, die nirgendwo im Skript vorgesehen waren. Am problematischsten war jedoch Raouls übertriebener Enthusiasmus, da er einfach nicht einsehen wollte, dass Haimons Auftritt erst für den dritten Akt vorgesehen war, und ständig auf der Bühne erschien, was jedes Mal ein beträchtliches Durcheinander stiftete. Proust verlangte ein Mindestmaß an Disziplin: »Antigones Schicksal liegt in euren Händen!«, verkündete er feierlich, in der Hoffnung, auf diese Weise die edlen Gefühle zu wecken, die in jedem Einzelnen schlummerten – in manchen Fällen allerdings mit unüberhörbarem Geschnarche.

Der Gelehrte fuhr mit seiner Ansprache fort und erinnerte daran, dass dieses außergewöhnliche künstlerische Ereignis der Höhepunkt von Ozzys Fest sein solle, man sich daher in allerbester Form präsentieren müsse, und bestand darauf, noch einmal von vorn anzufangen, auch wenn inzwischen allen die Lust vergangen war – bis auf Raoul, der nach wie vor seinem spektakulären Auftritt entgegenfieberte. Sie fuhren also mit dieser systematischen Zerstörung des Theaterstücks fort und verschandelten die Geschichte der armen Antigone, die auch so schon genügend Probleme hatte. Als Proust erkannte, dass die Probe unvermeidlich auf eine Katastrophe zusteuerte, öffnete er eine Flasche Zinfandel und beschimpfte sie allesamt als gefühllose Idioten. Da reichte es Frigon, der ihn zum Teufel schickte, das bescheuerte Stück und die dumme Kuh Antigone seien ihm scheißegal. Daraufhin machte Raoul sich für die arme, zu Unrecht Verfolgte stark und verfluchte den Tätowierten, wobei er, um seiner Intervention zusätzliches Gewicht zu verleihen, die Hose herunterließ. Proust mahnte ihn, die Würde der Thematik verbiete es, Sophokles in Unterwäsche zu spielen. Worauf Raoul die vermeintliche Regieanweisung falsch auslegte und seine Unterhose auszog, während Mollusque hartnäckig seinen Text herunterbetete, Nonosse eine Reihe von Rückwärtssaltos vollführte, Frigon mit rotierendem Schwert Matsheshu zum Duell forderte und Emma das Ganze mit verstörter Miene beobachtete. In seiner Enttäuschung darüber, derart missverstanden worden zu sein, entkorkte Proust eine weitere Flasche und zog sich schmollend in seinen Winkel zurück. Die anderen schlossen daraus, dass die Probe zu Ende war, und die Truppe zerstreute sich. Aude nutzte die Gelegenheit, um sich davonzumachen. Sie hatte Besorgungen zu erledigen. Ozzys Geburtstag war schon am nächsten Tag, und sie hatte noch immer kein Geschenk für ihn. Was war sie doch für eine abscheuliche Schwester.

4

Das ideale Geschenk! Endlich hatte Aude es gefunden! Es war zu schwer und zu sperrig, als dass sie es gleich hätte mitnehmen können, doch hatte man ihr versprochen, es ganz bestimmt am nächsten Tag gegen zehn Uhr anzuliefern: Sie musste es nur noch vor der Fabrik in Empfang nehmen. Erleichtert, diese aufreibende Suche zu einem guten Ende gebracht zu haben, trat Aude beflügelt den Heimweg an. Sie durchquerte die Zone und malte sich freudig Ozzys Begeisterung aus, da vernahm sie, als sie gerade in die Straße zur Fabrik einbiegen wollte, Schritte, die wie ein Echo auf die ihren widerhallten. Sie wurde verfolgt. Aude wandte sich um. Es war ein Kannibale.

Nicht etwa Baron Samedi persönlich, sondern seine rechte Hand, jener große Halunke mit dem Hyänengesicht, der den Spitznamen Banane trug. Der Kannibale musterte sie rachsüchtig. Er stieß einen Pfiff aus, worauf aus einer nahe gelegenen Gasse ein weiterer Menschenfresser auftauchte. Sie war offenbar in eine Falle geraten: Banane hatte sie beschattet, in der Annahme, dass sie ihn zur besetzten Fabrikhalle führen würde. Aude verwandelte sich in einen Wirbelwind und sprintete über das Brachland, während Banane und sein Komplize die Verfolgung aufnahmen. Sie hoffte, eine falsche Fährte legen und die beiden so weit wie möglich von der Fabrik weglocken zu können, um sie dann abzuhängen. Das schien keineswegs unmöglich, denn sie hatte einen ordentlichen Vorsprung, und die Angst machte ihr Beine. Mit einem Blick über die Schulter stellte sie fest, dass sie ihre Verfolger tatsächlich hinter sich zurückließ, doch erwies sich dies als fatal: Zu spät bemerkte sie jene diagonale Bewegung am Rand ihres Blickfelds, jene Silhouette, die sich auf sie stürzte. Es gab einen heftigen Zusammenprall. Aude ging zu Boden, als wäre sie von einem Rhinozeros umgeworfen worden. Als sie wieder klar sehen konnte, war sie schon umzingelt: Da standen der dritte Kannibale, der sie abgefangen hatte, sowie Banane und sein Kumpan. Um sich ihre Angst nicht anmerken zu lassen, fragte Aude mit entschiedener Stimme, was man von ihr wolle. Banane blaffte ihr eine Tirade von Schimpfworten entgegen. Er schwenkte einen Schlagstock und tat seine Absicht kund, ihr den Kopf abzureißen. Da die Lage ohnehin aussichtslos schien, beschloss Aude, in Schönheit zu sterben, und wehrte sich verzweifelt, während die Kannibalen sie zu Boden drückten. Der Schlagstock fuhr auf sie nieder, und dann war da nur noch das Nichts.

Als Aude wieder zu sich kam, war sie in der Halle. Ozzy stand an ihrem Kopfende, die anderen im Kreis um sie herum. Sie vergewisserte sich, dass all ihre Gliedmaßen an Ort und Stelle waren, und wunderte sich, dass ihr bloß der Kopf wehtat. Ozzy bestätigte ihr, dass sie von der Schlägerei lediglich eine gehörige Beule davongetragen habe. Aude staunte: Warum hatte Banane, der für alles andere als für seinen Großmut bekannt war, sie nur verschont?

»Da musst du dich bei Frigon bedanken«, antwortete Ozzy.

Der Tätowierte lächelte höhnisch. Mit einigem Stolz berichtete er, gerade habe er das Haus verlassen, als vom Brachland Schreie zu ihm gedrungen seien. Als er gesehen habe, wie die Kannibalen Aude vermöbelten, habe er ihnen ein paar aufs Maul gegeben und sie, Aude, in die Halle getragen. Aude wollte sich erkenntlich zeigen und dankte ihm, allerdings nur halbherzig, doch schenkte Frigon ihr keinerlei Beachtung und fuhr fort, sich mit geschwellter Brust seiner Heldentat zu brüsten. Da bemerkte Aude, dass Raoul fehlte. Der Zwerg war nirgendwo zu sehen. Er hatte wahrscheinlich die allgemeine mangelnde Wachsamkeit genutzt, um sich davonzustehlen.

»Wie lange war ich bewusstlos?«, fragte sie besorgt.

»Eine gute Stunde«, schätzte Proust.

Aude fühlte sich überfordert. Raoul war gewiss schon in weiter Ferne. Bestimmt bummelte er durch die Stadt und musterte mit der Miene eines durchgeknallten Irrwischs und einem vor Verlangen glühenden Blick die Passanten, wobei er es kaum erwarten konnte, endlich zur Tat zu schreiten ... Dass gerade er ausgerissen war, ärgerte Aude, die die Clique dafür verantwortlich machte: Hatten sie nicht extra einen Wachdienst organisiert, um solchen Eskapaden vorzubeugen? Wer habe die Aufsicht über Raoul gehabt? Wer sei seiner Pflicht nicht nachgekommen? Allgemeines Zögern, betretenes Schweigen, dann hob Mollusque zögerlich die Hand.

»Ich«, gestand er kleinlaut. »Ich habe vergessen, auf ihn aufzupassen. Ich war zu sehr in Sorge um dich.«

Der behäbige Bursche quälte sich mit Schuldgefühlen, wusste nicht, wohin mit sich. Um nicht ihm die alleinige Schuld zu geben, rügte Aude vielmehr die kollektive Verantwortungslosigkeit und scharte die Clique um sich, um darüber zu beraten, wie man Raouls möglichst schnell wieder habhaft werden könne. Am liebsten hätte sie eine Treibjagd organisiert, doch zuerst mussten die anderen den Ernst der Lage erkennen. Abgesehen von Mollusque, der sein Versäumnis unbedingt wiedergutmachen wollte, war niemandem danach, an einer Menschenjagd teilzunehmen, die die meisten zweifellos für so mühsam wie vergeblich hielten. Aude drängte, sie müssten unbedingt handeln und Raoul ausfindig machen, bevor die Bullen ihn schnappten, zum Sprechen brachten und so von der besetzten Fabrikhalle erfahren würden: Wollten sie denn, dass die Clique sich auflöse und Ozzy erneut in die Anstalt wanderte? Dieses Argument tat seine Wirkung, und sie kamen überein, dass man den Entflohenen so schnell wie möglich nach Hause schaffen müsse. Doch als sie sich gerade gemeinsam aufmachen wollten, um die Zone abzusuchen, kreuzte Raoul auf und legte einen spektakulären Auftritt hin. Er trug nur seine Unterhose und hielt ein Tablett, auf dem eine Flasche Ricard stand.

»Ich habe gewonnen!«, triumphierte er.

Was allgemeines Erstaunen hervorrief. Nicht etwa, weil Raouls Nacktheit sie überrascht hätte: In diesem denkbar natürlichen Zustand kehrte der unverbesserliche Exhibitionist jedes Mal von seinen Ausflügen in die Außenwelt zurück – das war übrigens auch der Grund, warum diese so streng limitiert waren. Dass Raoul splitternackt war, empfand demnach niemand als ungewöhnlich; stutzig machte nur das

Tablett samt Flasche. Wo mochte er sie nur herhaben? Und was genau hatte er »gewonnen«?

»Das Rennen!«, antwortete der schamlose Zwerg.

Raoul berichtete, nach Luft japsend, wie seine Streifzüge ihn ins Quartier Latin geführt hätten, wo er ganz zufällig auf jenes Wettrennen gestoßen sei, das alljährlich unter den schnellsten Kellnern ausgetragen werde. Beim Anblick all der Burschen in Schürzen, die unter dem Beifall der Menge durch die Straßen tänzelten, habe Raoul sich nicht zurückhalten können: Erfasst von der allgemeinen Euphorie, habe er sich die Kleider vom Leib gerissen, das nächstbeste Tablett von einem Tisch geschnappt, und sich leichtfüßig ins Getümmel gestürzt. Er sei am Hauptfeld vorbeigezogen, habe die Läufer an der Spitze überholt und wie der Blitz die Ziellinie überquert, was eine Sensation ausgelöst habe. Er bedauerte nur, dass er nicht habe verweilen können, um seinen Pokal entgegenzunehmen, wegen einiger lästiger Polizisten, die ihn bis in die Metro verfolgt hätten.

Raouls Glanzleistung löste allgemeinen Jubel aus. Frigon verkündete, sie gereiche der gesamten Clique zur Ehre, und Proust betonte überschwänglich, die hellenistische Blöße des Bärtigen knüpfe an die ältesten olympischen Traditionen an und zeuge von jener grundsätzlichen Demut, die wahre Sieger ausmache. Raoul, allseits beglückwünscht, stolz auf seine Leistung, strahlte und kostete in vollen Zügen den allgemeinen Jubel aus, dessen Ursache er war. Es stand jedoch zu befürchten, dass der herzliche Empfang, den man ihm bereitete, ihn dazu ermutigen könnte, wieder rückfällig zu werden, sodass Aude sich gezwungen sah einzuschreiten. Sie dämpfte die allgemeine Begeisterung, indem sie dem Flitzer die Leviten las, ihm vorwarf, sich ohne Erlaubnis einfach davongemacht und somit die Sicherheit der Clique aufs Spiel gesetzt zu haben. Raoul senkte den Blick und hob zu einer Ausrede an, doch da machte sich Frigon zum Fürsprecher des athletischen Zwergs: »Wo bleibt dein Sportsgeist? Erspar uns deine Vorträge und lass uns Raoul feiern. Er hat es verdient!«

Aude erinnerte daran, dass sie als Anführerin dazu verpflichtet sei, auf die Einhaltung der Vorschriften zu achten, worauf der Tätowierte erwiderte, das sei doch nur eine Ausrede, und ihr vorwarf, die Clique zu tyrannisieren. Aude, zutiefst getroffen, gab zurück, er wolle nur Unfrieden stiften, sein Gebaren gehe ihr auf die Nerven. Frigon brüllte, das beruhe ganz auf Gegenseitigkeit: »Ich hätte Banane lieber nicht daran hindern sollen, dir die Fresse zu polieren«, schleuderte er ihr entgegen.

Das Wortgefecht wurde Nase an Nase fortgesetzt, unter Einsatz von ebenso viel Spucke wie Dezibel. Ozzy bat beide, die Waffen niederzulegen, doch Frigon hatte auf Durchzug gestellt und ließ nicht locker: Er warf Aude Amtsmissbrauch vor und forderte sowohl ihre sofortige Abdankung als auch freie, demokratische Wahlen.

»Wir brauchen einen echten Anführer, einen Chef, der die Bedürfnisse der Clique kennt und im Notfall für sie eintreten kann!«, rief er gleichsam als Auftakt seines eigenen Wahlkampfs.

Aude wollte auf keinen Fall tatenlos dabei zusehen, wie der Angeber diesen Staatsstreich inszenierte. Sie forderte ihn auf, seine große Klappe zu halten und sich in seinen Winkel zu verziehen, wenn er nicht aus der Clique ausgestoßen werden wolle. Frigon entgegnete, das solle sie mal probieren, und rempelte sie brutal an. Mollusque ging dazwischen und trennte die beiden Streithähne. Frigon versetzte dem aus dem

Nichts aufgetauchten Blauhelm einen Stoß, der ihn kaum ins Wanken brachte, worauf Nonosse, der sein Herrchen bedroht sah, diesem zu Hilfe eilte und dem Tätowierten in die Waden biss, bis dieser ihm einen Fußtritt verpasste. Der kleine Kläffer wälzte sich winselnd auf dem Boden. Mollusque wurde leichenblass und warf Frigon einen Blick zu, der Mord und Totschlag verhieß.

»Du solltest dich lieber aus dem Staub machen«, raunte Aude Frigon zu.

»Ich habe keine Angst vor dem Fettwanst«, prahlte dieser.

Zu stolz, um den Rückzug anzutreten, trotzte Frigon dem erbitterten Zorn des Riesen, wobei ihm seine Nahkampfkünste allerdings wenig nützten: Mollusque, der ihn massig wie ein Grizzly überragte, packte ihn am Kragen und hob ihn in die Höhe. Frigon jaulte und wehrte sich vergeblich, außerstande, diesem übermächtigen Gegner zu entkommen. Um das drohende Massaker zu verhindern, klammerte sich Aude an Mollusques Arm und forderte ihn auf, sich zu beruhigen und endlich loszulassen, während Matsheshu dasselbe tat und die andere Schulter des entfesselten Titans erklomm. Raoul und Proust stürzten sich ins Handgemenge, waren aber kaum eine Hilfe und stifteten nur noch größeres Chaos. Frigon lief blau an, er schlug wild um sich und trat Raoul mitten ins Gesicht, der ihn, an seinen Füßen zerrend, zu befreien suchte, während Mollusque rotsah und ihn noch fester umklammerte und den lilliputanischen Bemühungen, mit denen man in seinem Umkreis aufwartete, keinerlei Beachtung schenkte. Da ertönte plötzlich ein Aufschrei, der allen in die Glieder fuhr: »Genug jetzt!«

Alle wandten sich Ozzy zu, der zusammengekauert auf seinem Bett lag. Er hielt sich den Kopf, und seine Gesichtszüge waren schmerzverzerrt. Aude stellte fest, dass das allgemeine Gebrüll die heimtückische Migräne, die ständig unter der Schädeldecke ihres Bruders lauerte, geweckt hatte. Mollusque vergaß seine mörderische Wut und ließ Frigon los, der mehr tot als lebendig über den Boden kroch, während Aude zu ihrem aschfahlen Bruder stürzte. Ozzy sträubte sich gegen ihre Hilfe. Er bestand darauf, dass man ihn allein ließ, und Aude, in ihrer Scham darüber, sich in ihrem Zorn vergessen zu haben, zog sich zurück.

Nonosse würde nicht so bald wieder herumspringen: Eine Pfote war gebrochen. Matsheshu und Emma halfen Mollusque, eine Schiene anzubringen. Frigon kam nur langsam wieder zu Atem und erholte sich mühsam von seiner Beinahe-Hinrichtung. Raoul, der sich inzwischen wieder angekleidet hatte, leerte mit dem mürrischen Proust die Flasche Ricard. Ozzys Migräne schien sich abzuschwächen, doch seine Verfassung verschlechterte sich zusehends. Er hing düsteren Gedanken nach und verfiel in eine so melancholische Stimmung, dass man sie förmlich Kreise um ihn ziehen sah. Angesteckt von seiner Apathie kämpfte Aude gegen eine wachsende Benommenheit, und den anderen erging es ebenso: Ozzys Niedergeschlagenheit griff über eine Form von mentaler Mimikry um sich, die die Lippen versiegelte und die Blicke ins Leere gehen ließ. Die Luft schien immer drückender zu werden und die Stille um sie herum sich zu verfestigen. Würden Archäologen sie alle in dieser Weise versteinert vorfinden, wenn sie eines Tages, in einer fernen Zukunft, in diese Grabkammer vorstießen?

Matsheshu regte sich. Er schürte das Feuer, bis es hell flackerte, und blies dann in sein Didgeridoo, dem er sonore Klänge entlockte, die noch lange widerhallten. Aude erschauerte bis ins Mark. Ihr Blut fing wieder an zu pulsieren. Die Erstarrung war aufgehoben. Matsheshu legte sein Didgeridoo beiseite und stimmte ein liebliches indianisches Klagelied an: Da fühlte Aude sich auf einmal erleichtert, ja aufgerufen. Gebannt vom ergreifenden Zauber seines Gesangs, setzte sie sich zu Matsheshu, worauf ihr einer nach dem anderen folgte. Ozzy gesellte sich als Letzter zu ihnen, und Aude sah, dass seine Stirn ganz glatt war, die bösen Geister der Depression waren gebannt. Der Schamane Matsheshu hatte das richtige Signal gegeben; er hatte den passenden Gesang angestimmt, der die Herzen erwärmte, der versöhnlich wirkte. Was wäre die Clique ohne den alten Mat? Was wäre aus ihr geworden, wenn Emma, Ozzy und Aude ihm nicht nach ihrer Flucht aus dem verfluchten Haus begegnet wären und er sie nicht zu jener verlassenen Hütte in der Tiefe des Waldes geführt hätte, die dann zu ihrer neuen Bleibe wurde?

Matsheshu sang. Aude verstand nur wenig von der Sprache der Montagnais, doch ahnte sie, dass es um die Vergangenheit ging, um einstigen Ruhm, um geraubtes Land und gestohlene Hoffnungen. Inzwischen sangen alle mit, sie begleiteten den Indianer, wobei ein jeder seine eigenen Träume trällerte. Aude besang das Meer und jenen mythischen, vor der aufgehenden Sonne in die Höhe ragenden Leuchtturm, in dem sie eines Tages mit ihrem Bruder leben würde. Matsheshu griff erneut nach seinem Didgeridoo und spielte dieses Mal eine heitere, mitreißende Melodie. Raoul sprang auf und wirbelte Grimassen schneidend um das Kohlebecken, verfiel dann in eine lebhafte irische Jig, zu der alle anfeuernd in die Hände klatschten. Raoul forderte Emma auf, mit ihm zu tanzen. Emma lehnte errötend ab, doch ließ er nicht locker und riss sie mit in einen rasenden Rigaudon, bei dem sie schließlich bereitwillig mitmachte. Aude stellte fest, dass sie glücklich war. Glücklich, Ozzy pfeifen und lachen und sich amüsieren zu sehen. Glücklich zu wissen, dass die Clique sich wieder versöhnt hatte, festzustellen, dass sie trotz des gewaltigen Mangels an Liebe, unter dem ein jeder von ihnen gelitten hatte, und trotz allem, was zwischen ihnen stand, nach wie vor eine Familie waren – ihre Familie, die sie gegen keine andere eingetauscht hätte.

5

Dann kam der große Tag, der Geburtstag, und es herrschte eine spürbare Aufregung. Ozzy hätte ganz schön begriffsstutzig sein müssen, um nicht zu bemerken, was um ihn herum vor sich ging, und selbst dann hätte ihn spätestens der Anblick von Mollusque, der eine aus irgendeinem Beet mitsamt der Wurzel ausgegrabene drei Meter hohe Tanne in die Halle schleppte, misstrauisch machen müssen. Ozzy konnte demnach unmöglich übersehen, dass ein Fest für ihn vorbereitet wurde, doch tat er freundlicherweise so, als würde er nichts mitbekommen, und machte sich gegen Mittag davon, um den Vorbereitungen nicht im Wege zu stehen.

»Wo soll ich die Tanne hinstellen?«, fragte Mollusque, sobald Ozzy fort war.

Aude verzichtete darauf, ihm noch einmal zu erklären, warum ein solches Schmuckstück nichts bei einem Geburtstagsfest zu suchen habe, und gestattete ihm, seinen Nadelbaum in der Mitte der Halle, nicht zu nah am Feuer aufzustellen. Unterdessen machten sich die verschiedenen Komitees in der Halle zu schaffen und verwandelten diese in einen summenden Bienenstock. Matsheshu schleppte einen großen Metalltisch herbei, den er irgendwo in der Fabrik entdeckt hatte. Emma breitete darauf eine Tischdecke aus und brachte die Girlanden an, während Aude die Kerzen in den Kuchen steckte und Mollusque, dem bereits das Wasser im Munde zusammenlief, beiseiteschob. Proust, der nach wie vor bedauerte, dass aus ›Antigone‹ nichts geworden war, hatte sich in den Kopf gesetzt, stattdessen einen Chor zu formieren, und bemühte sich, alles zu versammeln, was die Clique an passablen Stimmen zu bieten hatte. So verpflichtete er Matsheshu, Frigon und sogar Raoul, der, beladen mit Tröten und Luftschlangen, aufgeregt hin und her lief und sich in alles einmischen wollte, wobei er viel Wind machte, aber nichts zustande brachte. Aude war damit zufrieden, wie alles voranging, und widmete sich endlich Ozzys Geschenk. Sie schraubte den Deckel der großen Kiste ab, die am frühen Vormittag geliefert worden war und die, während sie Ozzy auf dem Dach mit einem Schwätzchen abgelenkt hatte, Mollusque in ihre Nische getragen hatte. Sie hatte sich nicht lumpen lassen: Das Geschenk hatte sie einiges gekostet. Sie hatte auf die Schätze der Clique zurückgreifen müssen und eine nicht unwesentliche Summe entnommen, aber von der Unterschlagung irgendwelcher Gelder würde niemand erfahren, da sie diese selbst verwaltete. Es würde ohnehin niemand etwas dagegen einzuwenden haben, schließlich war es ja für einen guten Zweck, den besten, den man sich vorstellen konnte, nämlich für Ozzy. Die letzte Schraube löste sich. Das Innere der Kiste wurde sichtbar, worauf die anderen, die sich neugierig um sie scharten, einstimmig ein deutlich vernehmbares »Oh!« von sich gaben, in dem eine respektvolle Scheu mitschwang. Angesichts dieser skeptischen Reaktion packten Aude plötzlich Zweifel. Sie fragte sich, ob Ozzy von einem solchen Geschenk nicht vielleicht enttäuscht oder gar darüber entsetzt sein würde. Doch da ihr ohnehin keine Zeit mehr blieb, etwas anderes zu finden, verdrängte sie diesen verheerenden Gedanken und schlug das Objekt in Unmengen von grünem Papier ein – der Lieblingsfarbe ihres Bruders.

Als er in der Abenddämmerung zurückkehrte, betrat Ozzy mit zögerlichen Schritten die dunkle Halle. Er ahnte natürlich, was ihn erwartete, wäre aber dennoch um ein Haar in Ohnmacht gefallen, als die Chaoten von allen Seiten wie Springteufel auf ihn zu schossen und ihn unter lautem Geschrei, Gewieher und allen nur erdenklichen Glückwunschbekundungen willkommen hießen. Ozzy, gerührt von so viel überschwänglicher Liebe, ließ sich umarmen, das Haar zerzausen und eine alberne Papierkrone aufsetzen. Proust trommelte seinen Chor der ›Heiteren Nachtigallen‹ zusammen, der ein munteres »Happy Birthday, Ozzy« vortrug. Raoul wollte das Programm um seine berühmte Imitation von Dalida bereichern und stimmte »Er war gerade achtzehn Jahr« an, wobei er einen Striptease begann, doch forderte man ihn auf, sich wieder anzukleiden, und machte sich daran, die Geschenke zu überreichen. Aude, die mit wachsender Nervosität dieser Etappe der Festlichkeiten entgegengesehen hatte, ließ den anderen den Vortritt. Proust hatte auf ein sicheres Pferd gesetzt: eine illustrierte Biographie des Malers Klüte, Ozzys Lieblingsmaler, dessen Werk vornehmlich aus Darstellungen der aufgehenden Sonne bestand. Emma legte Ozzy ein schönes ägyptisches Kreuz aus Gold um den Hals, einen weiteren Talisman in seiner Sammlung aus Glücksbringern und Amuletten, die sie ihm im Laufe der Jahre geschenkt hatte. Matsheshu überreichte ihm eine selbst geschnitzte Flöte und schlug vor, gemeinsam in der Metro

Musik zu machen. Raouls Geschenk war ausgefallen: ein ausgestopftes Tier, dessen Bauch mehr oder weniger aufgeschlitzt war, eine Art Biber mit Entenschnabel und Pfoten mit Schwimmhäuten. Da er nicht wusste, um was für ein Tier es sich genau handelte, gestand der Zwerg, es in einem Müllbehälter hinter dem Redpath-Museum entdeckt zu haben. Proust meinte, es handle sich um ein Schnabeltier, eine aus Australien stammende Amphibie, was Raoul zufolge alles erklärte. Frigon überreichte Ozzy ein Springmesser, damit er sich selbst schützen könne, und Mollusque schenkte ihm eine nach Kiefernholz duftende Kerze in Gestalt des Weihnachtsmannes, die Ozzy nur zu besonderen Anlässen anzuzünden versprach. Dann war Aude an der Reihe. Da sie die Enthüllung ihres Geschenks nicht länger hinauszögern konnte, ergab sie sich ihrem Schicksal und bat Mollusque, das Objekt herzubringen, mit dem sie die vage Hoffnung verband, ihren Bruder zu erfreuen. Ozzy war von der Größe des Geschenks beeindruckt und beeilte sich, es auszupacken. Dann stand er sprachlos da. Es war ein Sarg.

Die Idee hatte Aude sofort begeistert. Das Schaufenster eines Bestattungsunternehmens hatte sie dazu inspiriert. Es erschien ihr höchst einleuchtend, dass Ozzy den alten Karton, in dem er schlief, mit Begeisterung gegen einen ungleich bequemeren echten Sarg eintauschen würde. Erst jetzt, in letzter Minute, fragte sie sich besorgt, ob das Geschenk nicht ein wenig unheilvoll sei, ob sie nicht einen schlimmen Fehler gemacht habe. Ozzy starrte mit undefinierbarem Gesichtsausdruck auf den Sarg. Dann richtete er einen gefühlsseligen Blick auf Aude und verkündete, das sei ein ganz großartiges Geschenk. Er umarmte sie zärtlich, und sie, vollkommen fassungslos, fühlte sich so leicht, als würde sie im nächsten

Moment zu schweben beginnen. Über das ganze Gesicht strahlend legte sich Ozzy in den Sarg, und Aude stellte glücklich fest, dass die Größe stimmte; man hätte meinen können, er sei maßgefertigt. »Selbst in Großbritannien hat man bestimmt noch nie einen so schönen Leichnam gesehen«, erklärte Proust in Anspielung auf Ionesco, den er zutiefst verehrte. Ozzy gestand, dass er darauf brenne herauszufinden, welche prächtigen Träume man in einem so schönen Sarg wohl erlebe. Die anderen fassten nach den Griffen, hoben ihn mit Ozzy, der schallend lachend darin hockte, in die Höhe und trugen ihn im Triumphzug um den Tannenbaum, während er einen Zombie à la Michael Jackson imitierte.

Sie tranken, schlugen sich den Bauch mit Kuchen voll und tanzten dann wie übergeschnappte Werwölfe zu Melodien, die DJ Raoul auf seinem I-Pod abspielte. Sie tanzten bis tief in die Nacht und nahmen wundersame Substanzen zu sich, die ihre Kräfte erneuerten. Die Party war auf ihrem Höhepunkt, als Aude sich ziemlich betrunken in ihre Nische zurückzog, erschöpft von all den widersprüchlichen Emotionen der zurückliegenden Tage, doch glücklich, dass das Fest ein solcher Erfolg war. Dann sank sie in einen tiefen Schlaf, zufrieden, ihre Pflicht getan zu haben. Sie träumte allerlei Unsinn: *Wie Ozzy in seinem Sarg über ein aufgewühltes Meer segelte – die Feuerinsel – das Schnabeltier – das Morgenlicht im Fenster ihres Zimmers bei Madame Huguette – eine im Wind schwankende Schaukel – ein Streichholz, das sich im Dunkel entzündete – die Sonnenprinzessin – ein Golfspieler, der mitten in der Nacht einen leuchtenden Ball schlug, den er bis zu den Sternen beförderte. Oh, der makellose Schlag des Golfspielers!*

Die Halle war mit leeren Flaschen, Essensresten und anderen Abfällen übersät, die Aude lieber nicht zu identifizieren versuchte, da ihr speiübel war. Emma stand mit einem Müllsack inmitten all der Überreste und schien sich zu fragen, wo sie anfangen sollte. In dem Versuch, einen Aufräumdienst zu organisieren, brachte Aude Matsheshu, Raoul und Frigon auf Trab, die einstimmig über ihren Kater jammerten. Mollusque war als Einziger in Form und untersuchte Nonosses gebrochene Pfote. Der Hund war schon wieder auf den Beinen, hinkte umher und erholte sich mit einer Geschwindigkeit, die den behäbigen Burschen erfreute: »Bald wird er wieder trainieren können«, prophezeite er zuversichtlich.

Einstweilen möge er die sich gefährlich neigende Tanne nach draußen schaffen, da sie umzufallen drohe, bat Aude ihn, dann gesellte sie sich zu Proust, bei dem sie auch ihren Bruder antraf. Die beiden blätterten in der an Bildern von Sonnenaufgängen überreichen Biographie des Malers Klüte, die der Gelehrte Ozzy geschenkt hatte. Aude riss sie aus ihren hochtrabenden ästhetischen Betrachtungen und forderte sie auf mitzuhelfen.

Als die Aufräumarbeiten gerade auf vollen Touren liefen, stürzte plötzlich Mollusque, der soeben seine Tanne entsorgt hatte, atemlos herbei und verkündete, unten seien Leute.

»Die Kannibalen!«, rief Raoul.

Aude unterdrückte einen Anflug von Panik, dann verlangte sie einen genauen Bericht, aber Mollusque konnte keine weiteren Einzelheiten nennen, er hatte nur Stimmen im Treppenhaus gehört. Aude beschwor die Clique, mucksmäuschenstill zu sein, und schlich in den Korridor, um nachzusehen, was los war. Stimmen hallten zu ihr herauf. Sie folgte ihnen hinab ins zweite Stockwerk und spähte vorsichtig in die Halle, die sich genau unter der ihren befand. Dort standen zwei Männer mit Schutzhelmen. Aude lauschte ihrer Unterhaltung. Sie diskutierten über Kostenvoranschläge und Fälligkeitstermine, woraus Aude schließlich folgerte, dass es sich um einen Immobilienhändler und einen Sprengunternehmer handelte.

Sie planten den Abriss des Gebäudes.

Aude traute ihren Ohren nicht und wäre um ein Haar von den beiden Männern überrascht worden, die sich nach Begehung der Örtlichkeiten auf die Tür zu bewegten. Sie stürzte davon, nahm vier Stufen auf einmal und merkte dann, dass die Eindringlinge ihr folgten, ebenfalls ins dritte Stockwerk heraufkamen. Voller Entsetzen gelangte Aude zurück in die Halle, wo die Clique vor Unruhe beinahe verging. Frigon schwenkte eine Machete, bereit, die Eindringlinge in Scheiben zu schneiden. Aude forderte ihn auf, ihre Weisungen abzuwarten, und wollte die Tür zumachen, doch die verrosteten Angeln sperrten sich. Mollusque kam ihr zu Hilfe, ohne dass es ihm gelang, die widerspenstige Tür ganz zu schließen. Die beiden Kerle nahten nichts ahnend von der anderen Seite. Sie versuchten die Tür aufzustoßen, konnten sie jedoch nicht öffnen, da Mollusque sich mit seinem ganzen Gewicht dagegenstemmte. Sie probierten es noch eine Weile und gaben dann auf. Während sie sich entfernten, hörte man sie von ihrem Vorhaben sprechen, das gesamte Viertel abzureißen, um dort einen riesigen Komplex mit Eigentumswohnungen zu errichten. Frigon schimpfte, weil er sein Schneidwerkzeug nicht hatte zum Einsatz bringen können, während alle anderen Aude anstarrten. In diesem Augenblick kollektiver Fassungslosigkeit erwartete man von ihr, dass sie etwas Beruhigendes sagte, dass sie vorgab, was zu tun sei. Aber ihr fiel nichts ein.

Die Situation erforderte es, unverzüglich den Rat der Chaoten einzuberufen.

»Man könnte sie bitten, ein anderes Viertel abzureißen«, warf Mollusque in die Runde.

»Man braucht nur jeden, der es wagt, seinen Fuß in *unsere* Fabrik zu setzen, umzulegen«, riet Frigon.

»Wie wär's, wenn wir uns als Gespenster verkleideten?«, schlug Raoul vor. »Wir könnten den Arbeitern Angst machen, dann würden sie nicht mehr zur Arbeit kommen wollen …«

Diese Vorschläge wurden jedoch verworfen, der erste als naiv, der zweite als übertrieben, der dritte als grotesk abgetan. Emma kritzelte eine Notiz, die sie Proust reichte: »›Wir müssen von hier weg‹«, las er laut. »Ich kann ihr nur beipflichten. Was bleibt uns anderes übrig?«

Nach großem Palaver kamen sie schließlich zu dem Schluss, dass sie tatsächlich keine andere Wahl hatten, als so schnell wie möglich das Feld zu räumen. Aber wo sollten sie hin? Matsheshu schlug wehmütig vor, sie könnten doch wieder in den Wald zurückkehren, aber die Aussicht, den Mücken der Taiga als Fraß zu dienen, behagte niemandem, und so erwogen sie, ganz einfach eine Wohnung zu mieten. Aude fiel auf, dass Ozzy sich nicht an der Diskussion beteiligte. Er war niedergeschlagen, sichtlich bedrückt von der Vorstellung, demnächst diese Halle verlassen zu müssen, deren Wände er mit so viel Hingabe verziert hatte. Aude sagte sich, dass ihr nächstes Refugium unbedingt den speziellen Bedürfnissen ihres Bruders gerecht werden müsse. Ein Ort, an dem Ozzy sich in aller Ruhe nicht nur seiner Kunst, sondern auch seinen kostbaren Momenten der Sonnenkontemplation widmen konnte: Danach mussten sie suchen. Und während sie sich fragte, wo man wohl eine neue Bleibe finden könne, die ausreichend von der Sonne beschienen war, kam ihr ganz plötzlich eine Erleuchtung: »Kuba!«, rief sie aus. »Dahin fahren wir.«

»Kuba, was ist denn das?«, erkundigte sich Mollusque, der unruhig auf seinem breiten Hinterteil hin und her rutschte.

Auch die anderen waren verblüfft, und sie baten Aude, sich zu erklären: Ob sie tatsächlich daran denke, auf diese ferne Insel auszuwandern? Warum gerade nach Kuba? Was sei daran so besonders?

»Dort gibt es das Meer und es scheint jeden Tag die Sonne«, antwortete sie, wobei sie sich die Werbung in der Metro vergegenwärtigte.

»Warum nicht?«, sagte Proust versonnen. »Sollte man diese unvorhergesehene Demonstration von Baulöwentum nicht als Wink des Schicksals deuten? Ist es nicht an der Zeit, dass wir diesen großen, alten Traum, an den Gestaden des Ozeans zu leben, endlich in die Tat umsetzen?«

Prousts Auffassung fand großen Anklang, und Aude stellte zufrieden fest, dass ihre Idee positiv aufgenommen wurde. Sie ließen ihrer Fantasie freien Lauf, und die Argumente für eine Flucht überschlugen sich geradezu. Warum sollten sie nicht fortgehen? Was hindere sie daran? Warum in der Trostlosigkeit einer den unwirklichen Bedingungen des Nordens ausgelieferten Stadt vor sich hin vegetieren, wenn sie stattdessen in den Tropen friedlich in der Sonne braten könnten? Emma rollte ihre großen verschreckten Augen, was angesichts ihrer Sonnenallergie nur allzu verständlich war, doch beruhigte man sie: Sie würden für sie eine Grotte ausfindig machen, in der sie tagsüber Schutz suchen könne, und ihr eine Burka aus lichtundurchlässigem Stoff anfertigen lassen. Die Vorzüge eines glücklichen kubanischen Postkartenlebens übten einen unwiderstehlichen Reiz aus und schwemmten alles hinweg, was auch nur im Ansatz dagegensprechen könnte. Schon träumten sie von einem türkisblauen Meer und einem von Mangrovenbäumen gesäumten Strand. Vor lauter Aufregung über die Aussicht, sich in einem solchen Garten Eden zu tummeln, bestand Raoul darauf, dass auf der Stelle darüber abgestimmt werde.

»Wer ist dafür?«, posaunte er.

Alle Hände gingen hoch, sogar die von Emma, deren Mut in der Tat bewundernswert war. Alle bis auf eine. Und die gehörte Ozzy. Unter sämtlichen etwaigen Einwänden hatte Aude mit diesem einen nicht gerechnet. Sie hatte ganz selbstverständlich angenommen, dass Ozzy von der Vorstellung, in strahlendem Sonnenschein zu leben, begeistert wäre. Stattdessen starrte er geistesabwesend an die Decke.

»Ich gehe nicht nach Kuba. Ich will in der Stadt bleiben«, sagte er mit trotziger Miene.

»Dabei hatte ich mir bereits ausgemalt, auf Hemingways Spuren zu wandeln«, seufzte Proust.

Die anderen schalteten sich, nicht minder enttäuscht, in die Diskussion ein und jeder gab seinen Senf dazu: Ob Ozzy sich denn nicht danach sehnte, jeden Tag Sonnenschein zu erleben? Hatte er keine Lust, eine neue Welt zu erkunden? Was hatte er gegen Kuba einzuwenden? Würde ihm eine andere Antilleninsel eher zusagen? Aude ließ sich noch spitzfindigere Argumente einfallen und gab zu bedenken, wie sehr die kubanischen Sonnenaufgänge für ihre außergewöhnliche Schönheit berühmt seien, doch witterte Ozzy, dass sie ihm nur etwas vormachte, und warf ihr einen finsteren Blick zu.

»Dann geht doch nach Kuba, wenn ihr unbedingt wollt, aber ohne mich!«, stieß er hervor, löste sich aus dem Kreis und verließ wütenden Schrittes die Halle.

Fassungslos angesichts dieser aufbrausenden Unabhängigkeitserklärung kam es Aude nicht einmal in den Sinn, ihrem Bruder hinterherzulaufen. Auch die anderen trauten ihren Ohren nicht: Sie bedauerten Ozzys kompromisslose Haltung und fragten sich, welche Laus ihm wohl über die Leber gelaufen sei. Warum sträubte er sich so hartnäckig dagegen, sie nach Kuba zu begleiten?

»Ich weiß, warum!«, tönte Raoul.

Der Zwerg genoss die Wirkung seines Ausrufs und trat wie ein Kind, das es kaum erwarten kann, ein unglaubliches Geheimnis auszuplaudern, von einem Bein aufs andere.

»Du weißt, warum Ozzy die Stadt nicht verlassen will?«, erkundigte sich Aude.

»Ja! Er hat's mir neulich erzählt. Er hat ein Mädchen kennengelernt«, flüsterte Raoul mit lüsterner Miene. »Deshalb will er nicht fort: Er ist verliebt.«

Aude zuckte zusammen. Ozzy verliebt? Er, der dem weiblichen Geschlecht geradezu krankhaft schüchtern begegnete? Nachdem diese höchst unwahrscheinliche Vorstellung durch einen winzigen Spalt in Audes psychischer Panzerung gedrungen war, traf sie sie mitten ins Herz.

»Wer ist dieses Mädchen? Wie heißt sie?«

»Das weiß ich nicht«, gab Raoul zu. »Ozzy hat nur gesagt, sie sei sehr schön und er sei ihr in der Sonne begegnet ...«

Aude musste diese Antwort erst verdauen, dann wandte sich dem Porträt der Sonnenprinzessin zu. Geistesabwesend löste sie die Sitzung auf. Sie überließ die Clique ihrem Tratsch und betrachtete die von der Wand strahlende blonde, jugendliche Gioconda von Nahem. Demnach handelte es sich also nicht um ein Hirngespinst. Dieses Mädchen war ganz real. Aude dachte, wie dumm sie doch war, dass sie es nicht früher durchschaut hatte, denn damit erklärte sich vieles: Ozzys undurchsichtiges Verhalten in letzter Zeit, sein wiederholtes langes Fortbleiben und seine Stimmungsschwankungen; lauter Symptome, die plötzlich eine ganz andere Bedeutung bekamen. Es lag also nicht an Frigons verhängnisvollem Einfluss: Der Hauptgrund war dieses Mädchen.

Diese Diebin, die die kostbare Liebe ihres Bruders begehrte.

Diese Rivalin.

Aude bekam es mit der Angst zu tun.

6

Wer war diese Verführerin, und wie verbrachte sie ihre Tage? Als Ozzy gegen Abend zurückkehrte, streifte Aude ihre Glacéhandschuhe über und bemühte sich um ein Lächeln. Sie vermied jegliche Anspielung auf die geplante Auswanderung, von der Ozzy nichts wissen wollte, zeigte sich ihm gegenüber betont zuvorkommend und kochte ihm seine geliebten Ravioli. Als er später seine Pinsel hervorholte und seine Arbeit am Porträt der Intrigantin fortsetzte, setzte sich Aude in seine Nähe und sah ihm wie üblich beim Malen zu. Zunächst ließ sie hin und wieder einige lobende Worte fallen, dann nahm sie Anlauf, um die außergewöhnliche Schönheit derer, die Ozzy zu verewigen versuchte, hervorzuheben. Ihre sanfte Tour war von Erfolg gekrönt: Aus lauter Freude, sie so schwärmerisch über den Liebreiz seines Modells reden zu hören, ließ sich Ozzy von ihr um den Finger wickeln. Und erst als Aude ganz sicher sein konnte, dass ihr Bruder bester Laune war, traute sie sich, ihn zu fragen, ob er sich schon lange mit diesem bildschönen Mädchen treffe. Ozzys Pinsel verharrte in der Luft. Verärgert darüber, dass sein Geheimnis offenbar keines mehr war, richtete er einen vorwurfsvollen Blick auf Raoul.

»Wenn du nicht willst, brauchst du nicht darüber zu reden«, bemerkte Aude listig.

Ozzy musterte sie, um herauszufinden, was sie wohl im Schilde führen mochte. Dann beschloss er, sich ihr anzuvertrauen: »Sie heißt Ophelia. Ich kenne sie seit ein paar Wochen.«

»Das verstehe ich nicht. Du hast doch gesagt, du würdest sie in der Sonne sehen.«

»Das stimmt. Beim ersten Mal habe ich sie in der Sonne gesehen«, bestätigte Ozzy.

Er erzählte, wie es eines Morgens im August dazu gekommen war. Er bemalte gerade einen Bürgersteig im Quartier Latin mit Kreide. Ihre wohlgeformten Beine: Sie hatten Ozzy in ihren Bann geschlagen, als sie aus dem Café Nelligan gegenüber getreten und stehen geblieben war, um ihm beim Malen zuzusehen. Als er zu ihr aufgeblickt habe, sei er erst von der Sonne, die auf den Schultern der jungen Frau zu ruhen schien, und dann von ihrer eigenen, nicht minder strahlenden Schönheit geblendet gewesen.

»Die Tochter der Sonne«, murmelte Ozzy verträumt, »als die ist sie mir erschienen.«

Sie hatte seine Arbeit gelobt und war dann weitergegangen, ohne zu ahnen, welche Woge der Begeisterung sie in ihrem Fahrwasser ausgelöst hatte. Ihm sei dieses herrliches Sonnengeschöpf nicht mehr aus dem Sinn gegangen, daher sei er tags darauf vor dasselbe Café zurückgekehrt, um mit seiner Pflastermalerei fortzufahren, und etwa zur selben Stunde habe sie ihm den Gefallen erwiesen, wieder aufzutauchen. Von da an sei das Café Nelligan sein tägliches Ziel gewesen. Allmorgendlich habe er sich dorthin aufgemacht und den Bürgersteig mit seinen erlesensten Motiven geschmückt, in der Hoffnung, die junge Frau zu beeindrucken. Und sie sei Tag für Tag wie zu einer Verabredung gekommen und habe nie versäumt, das neu Hinzugekommene zu bestaunen, während er sie heimlich anhimmelte.

»Ich habe mich nicht getraut, etwas zu sagen. Ich war zu blöd, um den Mund aufzumachen. Irgendwann habe ich es nicht mehr länger ausgehalten, jeden Tag auf sie zu warten und sie dann wieder fortgehen zu sehen, da bin ich ihr gefolgt …«

Hatte Aude eben noch alle Mühe, ihren Bruder zum Sprechen zu bewegen, so wäre es ihr inzwischen kaum noch gelungen, ihn zum Schweigen zu bringen. Ozzy erzählte begeistert, wie er sich darangemacht hatte, die schöne Unbekannte auszuspionieren, indem er sich an ihre Fersen geheftet und sie in sicherem Abstand umkreist hatte. Dank seiner hartnäckigen Beschattung sei es ihm gelungen, ihren Namen herauszubekommen: Eines Tages habe er gehört, wie eine ihrer Freundinnen ihr etwas auf der Straße zurief, und so erfahren, dass sie Ophelia heiße. Dann habe er herausgefunden, dass sie mit ebendieser Freundin in der Rue des Hêtres eine Wohnung teile und aufs College gehe. Vor allem aber habe er die Gewissheit erlangt, dass sie keinen Freund habe; erst als er sicher sein konnte, dass ihr Herz noch frei war, habe er den Mut aufgebracht, in Erscheinung zu treten. Er habe sich zu diesem wichtigen Schritt durchgerungen und sie tags darauf vor dem Café angesprochen, und seine Kühnheit sei belohnt worden: Sie habe gern zugesagt, nach dem Unterricht ein Glas mit ihm zu trinken. Sie hätten sich in einer Bar in der Nähe des College verabredet und einen wunderbaren Abend miteinander verbracht. Sie hätten sich lange miteinander unterhalten und immer mehr gemeinsame

Interessen festgestellt. Ophelia wollte Grafikerin werden, daher interessierte sie sich auch für Ozzys Zeichnungen. Er habe ihr seine Skizzenbücher, seine Ideen für Wandbilder gezeigt, und sie habe seine Entwürfe großartig gefunden. Sie wollte ihn gern wiedersehen, und seit nunmehr zwei Monaten seien sie zusammen. Sie würden in Museen und Programmkinos gehen, miteinander Tanzveranstaltungen und Ausstellungen zeitgenössischer Kunst besuchen. Für Ozzy war diese Beziehung nicht nur in emotionaler, sondern auch in ästhetischer Hinsicht eine Offenbarung. Ophelia habe ihm das Tor zu einer unbekannten Welt geöffnet, in der Liebe und Kunst in einer subtilen Verbindung einen machtvollen Cocktail ergäben, an dem er sich immer weiter berauschen wolle: »Wir haben dieselben Vorlieben, dieselben Interessen. Sie ist die Frau meines Lebens«, schloss er selig.

Aude verschlug es die Sprache.

In der Abenddämmerung brach Ozzy zu einem Treffen mit seiner Schönen auf. Sobald er fort war, lösten sich die Zungen, und die Clique ließ ihrer Bestürzung freien Lauf. Alle machten sich Sorgen wegen Kuba. Sie hatten sich bereits ausgemalt, wie sie als lahme Entenschar gen Süden ziehen würden, aber offenbar hatte der Plan bleierne Flügel, und sie befürchteten, dass er wegen dieser Gans, in die Ozzy sich vernarrt hatte, bereits im Keim erstickt werden würde. Aude überließ die anderen ihrem Groll, verzog sich in den Winkel ihres Bruders und schlug seine jüngsten Skizzenbücher auf. Sie waren voller Porträts von Ophelia und enthielten sogar, was die Höhe war, eine ganze Menge Aktzeichnungen. Das

Mädchen hatte ihm nackt Modell gestanden. Ihre Beziehung war also schon derart intim? Erschüttert setzte sich Aude auf Ozzys Sarg und betrachtete neiderfüllt Ophelias schönen Busen. Sie dachte an jenen beunruhigenden, milchig-weißen Traum, der sie seit Jahren immer wieder heimsuchte: Wie Ozzy und sie, in eine trommelfellartige Membran wie in einen Mutterleib gehüllt, eng umschlungen, sich aneinander klammernd, darin gleichsam schwebten … Diesen Traum von ihrer Vereinigung hatte sie schon so oft geträumt, ohne ihn je zu hinterfragen, erst heute, zum ersten Mal … Waren ihre Gefühle für Ozzy tatsächlich so unschuldig, wie sie bislang angenommen hatte? Gingen sie nicht vielleicht über die schicklichen Empfindungen hinaus, die einer schwesterlichen Liebe angemessen waren? Hatte ihre unermessliche Liebe für ihren Bruder nicht eine unmoralische Note?

Der Gedanke an die Vergangenheit erfüllte Aude mit Stolz. Obwohl sie selbst noch ein Kind gewesen war, hatte sie ihren kleinen Bruder großgezogen und bis jetzt, bis zu seiner Volljährigkeit, durch die Wirren einer feindlich gesinnten Welt geleitet: Diese heilige Aufgabe hatte sie recht gut gemeistert. Und auf einmal, nach all diesen Jahren der Aufopferung, war nun plötzlich der Moment gekommen, in dem es hieß, die Bühne zu verlassen. Aude hatte schon seit geraumer Zeit geahnt, dass Ozzy die begrenzte Welt der Clique nicht ewig genügen würde. Dass er irgendwann ein Mädchen kennenlernen und der Tag kommen würde, an dem sie ihn seinen eigenen Weg einschlagen lassen müsste, selbst wenn er ihn in Begleitung einer anderen beschreiten würde. Allerdings hatte sie nicht damit gerechnet, dass sie, wenn diese Stunde schlagen würde, dermaßen hilflos wäre. Was sollte nur aus ihr werden? Würde es nach Ozzy noch ein Leben geben, das zu leben sich lohnte? Woher sollte sie die nötige Kraft nehmen, um diese furchteinflößenden Gefilde der Zukunft ganz allein zu durchschreiten? Was sollte sie nur mit all der in ihrem Schoß schlummernden Liebe, mit all den unerschlossenen Goldadern ihrer Zärtlichkeit anfangen?

»Sexy!«, sagte Raoul.

Hinter Aude war überraschend der anzügliche Zwerg aufgetaucht, und neben ihm stand Mollusque, der errötete. Sie starrten über ihre Schultern hinweg auf die Skizzen der nackten Ophelia. Aus Verärgerung darüber, in flagranti bei ihrer indiskreten Handlung erwischt worden zu sein, verscheuchte sie die beiden Spanner. Raoul und Mollusque rannten glucksend davon, wobei sie Frigon anrempelten, der das Fresko der Sonnenprinzessin beäugte. Der Blick des Tätowierten begegnete dem von Aude, er kochte vor Wut. Aude ahnte, wie erbost er über dieses Mädchen war, über dieses durchtriebene Luder, das es wagte, sich zwischen ihn und Ozzys edlen Leib zu drängen, den zu bewachen er als seine Aufgabe erachtete. Frigon war eifersüchtig, und Aude verstand ihn besser als jeder andere, da es ihr ähnlich erging. Wie ein Spiegel zwang Frigon sie, in sich hineinzublicken, die Gefühlsaufwallung, von der sie überwältigt wurde, zu benennen, und so neigte sie sich mit einer gänzlich anderen Einstellung erneut über die Zeichnung von Ophelia. Eifersüchtig? Allerdings! Wie auch nicht? Eifersüchtig, und wie, auf diese Abenteurerin, die danach strebte, sie aus Ozzys Herzen zu verdrängen. Von blindem Hass erfüllt. Wild entschlossen, das Scheitern dieser unsinnigen Liaison herbeizuführen.

Ozzy ging weiterhin Abend für Abend mit Ophelia aus, ohne etwas von den Verletzungen zu ahnen, die er damit verursachte. Nun, da die Katze aus dem Sack war und er vor Aude nichts mehr zu verheimlichen brauchte, hatte sich sein Verhalten um 180 Grad gedreht. Er erzählte ihr alles. Angeblich hatte Ophelia echtes Interesse an seiner Kunst bekundet, insbesondere an seinen Figuren mit Tierköpfen, die sie höchst originell fand. Sie habe beschlossen, sie zum Thema eines Referats zu machen, das sie in einem ihrer Seminare zu halten gedenke, habe ihn ausgefragt, wie er bei seiner Arbeit vorgehe, und sich dabei Notizen gemacht. Geschmeichelt von so viel Aufmerksamkeit, genoss es Ozzy, seine Vorgehensweise zu erläutern, zumal er bis vor Kurzem noch gar nicht geahnt hatte, dass er überhaupt eine solche besaß. Von seiner schönen Bewunderin ermutigt, plante er, großartige Dinge zu malen. Seine Beschreibung schmückte er mit allerlei technischen und sonstigen Fachbegriffen aus, die ganz offensichtlich von Ophelia stammten. Als Aude ihn jedoch bat, ihr das Ganze noch einmal in einfacheren Worten zu erklären, würgte er das Gespräch ab und erging sich in Allgemeinplätzen. Sie schloss daraus, dass er sie für unfähig hielt, seine neuesten künstlerischen Theorien nachzuvollziehen, und war gekränkt. Hatte sie nicht als Erste sein Talent erkannt? War ihm nicht schon immer in erster Linie ihre Meinung wichtig gewesen? Aber diese Zeiten waren ein für alle Mal vorbei: Ozzy hatte eine neue Muse, eine kundigere Beraterin gefunden.

Ozzy sah die Welt nur noch von einer rosa Wolke aus, durch das Prisma von Ophelias sanftem Blick. Sie sei ein Wunder für ihn, sagte er, seine einzige Chance, jemals ein normales Leben zu führen. Er strahlte vor Glück und ließ seinen Gedanken freien Lauf, wobei er Aude kein einziges Detail seiner intimsten Regungen vorenthielt, und wenn er seine Platitüden von sich gab, schenkte sie ihm ihr Ohr, ohne mit der Wimper zu zucken, und verbarg ihre Abneigung. Ophelia: Er hatte kein anderes Thema mehr. Aude konnte es kaum mit anhören. Beim Gedanken an die schlüpfrigen Berührungen und anderen unzüchtigen Handlungen, denen sie sich wahrscheinlich im Schutz der Dunkelheit hingaben, wurde ihr ganz anders, doch zwang sie sich zum Zuhören und speicherte jede noch so kleine Information, die sich gegen ihre Rivalin verwenden ließ. Sie hoffte, in Ophelias Charakter einen Schönheitsfehler zu entdecken, einen Schwachpunkt, der es ihr erlaubt hätte, sie schlechtzumachen, das Podest, auf das Ozzy sie gestellt hatte, ins Wanken zu bringen, doch schien die lästige Schlampe moralisch einwandfrei zu sein. Ob sie nun der Wirklichkeit entsprachen oder nur eingebildet waren – die Tugenden, die Ozzy ihr zuschrieb, errichteten um sie einen Schutzwall, der sich nicht mit bloßen Unterstellungen erschüttern ließ, eine mächtige Festung, zu deren Bezwingung Aude sich mit schlagenden Argumenten rüsten müsste. Ozzy würde nämlich mit aller Verve für die Ehre seiner Schönen eintreten. Der Schuss könnte nach hinten losgehen: Anstatt Ozzys Vertrauen in Ophelia zu erschüttern, würde Aude ihn mit ihrer feindseligen Haltung womöglich erst recht darin bestärken und die beiden Liebenden noch fester zusammenschweißen. Sofern sie nicht mit einem ganzen Arsenal an unwiderlegbaren Beweisen aufwartete, schien die Zitadelle »Ophelia« uneinnehmbar zu sein.

Der Kern des Problems war offenbar, dass Ophelia nichts von Ozzys dunkler Seite, von seinem außerirdischen Wesen ahnte. Dabei war das Befremdliche an seiner Person unübersehbar und hätte sie eigentlich dazu bewegen müssen, auf Distanz zu bleiben. Doch leider ging ihr kein Licht auf, dazu war sie einfach zu beschränkt. Geblendet von Ozzys strahlendem Lächeln, nahm sie den seltsamen Nachtvogel nicht wahr, der sich hinter seinem engelhaften Äußeren verbarg. Aber war nicht genau dies jener Spalt, nach dem Aude suchte? Würde es nicht genügen, Ophelia dabei behilflich zu sein, ihre Augen zu öffnen? Überzeugt davon, ihr Trojanisches Pferd gefunden zu haben, schlug Aude Ozzy vor, Ophelia in die besetzte Fabrikhalle einzuladen. Der spröde Kuss der Realität: Was wäre besser geeignet, dieses Dornröschen zu zwingen, die Augen aufzuschlagen? Wenn sie Ozzys wahres Gesicht im Kreise seiner wenig eindrucksvollen Artgenossen sähe, würde Ophelia gewiss erkennen, in welches Wespennest sie geraten war, und vor dieser befremdlichen Schar von Taugenichtsen Reißaus nehmen. Aude schlug Ozzy also vor, Ophelia einmal mitzubringen, damit sie seine Wandbilder bewundern könne, doch weigerte er sich, diesen vergifteten Köder zu schlucken, und erwiderte, ein Besuch der jungen Frau käme nicht infrage.

»Warum denn nicht?«, beharrte Aude. »Es wäre doch interessant, sie kennenzulernen.«

»Bist du verrückt? Ich kann sie doch nicht herbringen!«, rief Ozzy und wies mit ausladender Geste auf die Halle und alles, was es an Lebendigem und Leblosem enthielt.

Als sie ihn bei der bloßen Vorstellung erschaudern sah, begriff Aude sogleich, dass er sich schämte: für die finstere Rumpelkammer, in der er hauste, für die verwahrlosten Umstände, in denen er lebte. Ozzy schämte sich für die Schäbigkeit seiner Bleibe und die dort gestrandeten, algenüberwucherten menschlichen Wracks. Er schämte sich für seine eigene Schwester.

»Er liebt dich nach wie vor«, sagte Matsheshu freundlich. »Er hat es ein wenig vergessen, aber er wird sich daran erinnern, sobald er wieder klar denken kann.«

Ozzy war ausgegangen, und Aude leckte ihre Wunden. Emma bürstete ihr voller Mitgefühl die Haare, während Matsheshu weise Sprüche von sich gab, die ihr quälendes Gefühl von Demütigung nicht lindern konnten, so zuversichtlich sie auch klingen mochten. Der Indianer, der die Sterne konsultiert hatte, versicherte ihr, dass das Feuer der Verliebtheit, das in Ozzy lodere, demnächst von ganz allein erlöschen und er schon bald wieder mit beiden Beinen auf dem Boden stehen werde. Audes Instinkt indessen sagte ihr, die Sterne würden sich täuschen, es gehe um mehr als um bloße Verliebtheit, sie müsse diesen Nachen eines trügerischen Glücks, in dem ihr Bruder vom Gestade abtrieb, unverzüglich torpedieren, doch schien sie sich als einzige dieser Gefahr bewusst zu sein. Proust, der sich zu ihnen gesellt hatte, schloss sich Matsheshus Meinung an: »Mat hat recht, es ist nur ein Strohfeuer. Sollte Ozzy nicht in absehbarer Zeit des Fräuleins überdrüssig werden, so wird schließlich sie es sein, die das Weite sucht und die romantischen Ambitionen unseres lieben jungen Freundes zunichte macht. Aber schließlich wirst dann du da sein, um ihn zu trösten und seine angeschlagene Seele wieder zu kurieren, indem du ihm die Vorzüge des Exils vor Augen führst.«

Proust sprach höchst überzeugend, doch ahnte Aude, dass

er sein eigenes Interesse verfolgte, da der geplante Umzug nach Kuba ihm ganz besonders am Herzen lag. Der Gelehrte hatte sich inzwischen dem Rum zugewandt und lernte Spanisch. Er hatte sich einen Panamahut, Sandalen sowie ein Exemplar von ›Der alte Mann und das Meer‹ besorgt, das er hingebungsvoll wiederlas, wobei er den übrigen Mitgliedern der Clique jeweils zwischen zwei Kapiteln seine Begeisterung kundtat. Diese ließen sich nur zu gern davon anstecken, und die Vorbereitungen waren in vollem Gange. Der gemeinsame Koffer von Mollusque und Nonosse war bereits gepackt. Emma nähte an ihrer Burka, die sie gegen die Sonne schützen sollte. Matsheshu hatte die Reisebüros abgeklappert und war mit einem ganzen Stapel Tourismusprospekten zurückgekehrt, die er kursieren ließ, und bei Raoul, der eine alte Höhensonne aufgetrieben hatte, pellte sich bereits die oberste Schicht seiner nordischen Haut. Wie Proust wollten sie nur zu gern glauben, dass es sich bei Ozzys Romanze lediglich um ein Schlagloch auf dem Weg ins Gelobte Land handelte, und während sie darauf warteten, dass er wieder zu Verstand kam, machten sie sich schon mal daran, diverse organisatorische und pekuniäre Schwierigkeiten zu regeln. Die Clique nach Kuba zu verfrachten war nämlich mit hohen Kosten verbunden. Der Inhalt ihrer Gemeinschaftskasse würde kaum ausreichen, und sie suchten nach einem möglichst günstigen Transportmittel. Raoul hatte vorgeschlagen, sich als blinde Passagiere auf einem Frachter mit Kurs auf die Karibik einzuschiffen, um dann zur kubanischen Küste zu schwimmen, doch hatte Proust zu bedenken gegeben, dass er unter Seekrankheit leide, und Mollusque fürchtete sich vor Haien. Frigon schlug vor, ein Flugzeug zu entführen, aber außer ihm fand niemand die Vorstellung aufregend, unter die Luftpiraten zu gehen. Die Übrigen wollten lieber legal reisen, wobei sich auch das als problematisch erwies, weil keiner von ihnen einen Pass besaß. Da eine offizielle Beantragung ausgeschlossen war, mussten notgedrungen gefälschte Papiere besorgt werden, und Matsheshu hatte zu diesem Zweck bereits diverse Schwarzmarkthändler aus der Rue Saint-Laurent kontaktiert. Eines stand fest: Man würde nicht zulassen, dass irgendwelche leidigen materiellen Nichtigkeiten den großen Aufbruch vereitelten. Das nötige Kleingeld und die Pässe würden sie sich auf die eine oder andere Weise beschaffen, selbst wenn dafür ein Einbruch nötig wäre.

»Notfalls verschicken wir uns mit der Post«, erwog Raoul schließlich, der diese Lösung für ideal hielt – sie war sowohl sicher als auch kostengünstig.

Dieser unbeirrbare Optimismus bewog Aude zu der Frage, ob es nicht möglich sei, damit Druck auf ihren Bruder auszuüben. In Ozzys Abwesenheit berief sie die Clique zu einer Versammlung ein und setzte das zentrale Hindernis, das es zu überwinden galt, auf die Tagesordnung: die Vorbehalte ihres Bruders. Ungeachtet aller monetären oder logistischen Erwägungen betonte sie, dass die Unternehmung nicht ohne Ozzys Zustimmung zustandekommen werde, der allerdings momentan anderweitige Prioritäten in Gestalt der aufregenden Ophelia habe. Um diesem verhängnisvollen Einfluss entgegenzuwirken, ordnete sie an, eine Werbekampagne zu lancieren und Ozzy auf diese Weise für Kubas Vorzüge zu sensibilisieren. Es gehe darum, ihm die Reize der paradiesischen Insel vor Augen zu führen und Lust zu machen, dorthin aufzubrechen. Die anderen fanden die Idee genial. Aude betonte, wie heikel eine solche Maßnahme sei: Sie müssten behutsam vorgehen und dürften Ozzy auf keinen Fall vor den Kopf stoßen. Anderenfalls würde er sich wie eine Auster verschließen. Jeder versprach, äußerst vorsichtig zu sein.

Voller Zuversicht sah Aude Ozzys Rückkehr entgegen. Diese neue Taktik erlaubte ihr unter anderem, ganz bequem im Hintergrund die Fäden zu ziehen, ohne sich in den Augen ihres Bruders zu kompromittieren, was ihr durchaus entgegenkam. Allerdings hatte sie dabei eines nicht bedacht: das Ungestüm ihrer Mitstreiter. Als Ozzy am Abend zurückkam, wurde er sogleich von einer Horde künftiger Kubaner bestürmt, die ihn um jeden Preis bekehren wollten. Raoul eröffnete den Reigen, indem er in den leuchtendsten Farben schilderte, wie die Clique hüllenlos an einem Strand der Antillen gekühlte Mojitos trinke. Mollusque verkündete, er könne es kaum erwarten, Kokosnüsse zu sammeln und einen Babyaffen zu zähmen, der sich mit Nonosse anfreunden werde. Proust pries den architektonischen Reichtum Havannas und sang ein Loblied auf die legendäre Schönheit der kubanischen Frauen. Frigon löste ihn ab, er beschwor die karibische Feurigkeit besagter Damen und prophezeite unvergessliche Schäferstündchen, wobei Raoul zur Illustration des Ganzen heftig die Hüften schwenkte. Sie übertrieben maßlos, und Aude musste feststellen, dass sie Ozzy damit nur verstimmten, der schon bald merkte, dass er Zielscheibe einer abgekarteten Sache war. Die anderen verfolgten ihn bis in seinen Winkel, wo Mollusque ihm in der Annahme, einen schlauen Zug zu machen, ganz arglos vorschlug, Ophelia mitzunehmen. Worauf Ozzy der kalte Schweiß ausbrach und er dem behäbigen Burschen einen abschlägigen Bescheid erteilte: Schließlich studiere Ophelia. Und er nutzte die Gunst des Augenblicks, um anzukündigen, dass er vorhabe, sich ebenfalls im College einzuschreiben.

»Du willst wieder die Schulbank drücken?«, fragte Raoul fassungslos.

Ozzy bestätigte, er habe sich in der Tat beworben: Es sei also sinnlos, sich abzumühen, ihn zum Fortgehen zu überreden. Man hätte meinen können, soeben sei eine Bombe in der Halle eingeschlagen. Alle waren wie gelähmt: Kuba, gerade noch zum Greifen nah, verschwand am Horizont, als sähe man es vom Heck eines Schiffes aus allmählich verblassen. Frigon, der sich vehement zum Sprachrohr der allgemeinen Enttäuschung machte, schüttete eine volle Ladung übler Schimpfwörter über Ophelia aus. Ozzy wurde blass. Er packte den Tätowierten am Kragen und forderte ihn auf, sein dreckiges Maul zu halten, dann warnte er die anderen, dass er in Zukunft jegliche Anspielung auf Kuba als Belästigung empfinden werde. Schließlich knöpfte Ozzy sich Aude vor, die er hinter diesem Komplott vermutete. Er belagerte sie in ihrer Nische, bezichtigte sie der Ränkespinnerei gegen seine Liebe und untersagte ihr, ihre große Nase in sein Privatleben zu stecken.

»Begreif endlich, dass ich Ophelia liebe. Ich werde sie heiraten!«

»Du hast ihr einen Heiratsantrag gemacht?«, stammelte sie fassungslos.

»Noch nicht, aber ich weiß, dass sie Ja sagen wird!«

Über der vergeblichen Suche nach einer gedanklichen Rettungsboje, an der sie sich hätte festklammern können, sank Aude in tiefen Schlaf.

Die Hochzeit fand in der besetzten Fabrikhalle statt, die seltsam verändert war: Die Wände waren ins Dunkel zurückgedrängt worden. Offenbar fand gerade eine Maskerade statt, denn ein jeder hatte sich verkleidet. Frigon trug eine Falkenmaske, Proust einen Reiherkopf und Matsheshu eine Fuchsschnauze. Mollusque hatte sich den Schädel rasiert und war nur mit einem Lendenschurz bekleidet. Emma trug eine schwarze Tunika und auf dem Kopf eine Art Kelch. Ihre Augen waren schwarz umrandet. Raoul, der wie zu erwarten nackt war, schnitt unentwegt Grimassen. Sie scharten sich alle um eine Stufenpyramide, vor der Ozzy stand. Er hatte sein Gesicht grün angemalt, an seinem Kinn einen falschen Bart befestigt und trug eine mit Federn geschmückte Tiara. Aude selbst hatte ein weißes Kleid an. Auf ihrem Kopf ruhte ein schweres Geschmeide, aber sie hatte nicht die Zeit nachzusehen, worum genau es sich handelte, da Ophelia eintraf. Nur mit ihrer Nacktheit geschmückt schritt die Sonnenprinzessin bis zum Fuß der Pyramide. Ozzy nahm sie bei der Hand und forderte sie auf, die Stufen zu erklimmen. Oben angekommen, boten sie sich allen dar, dann zog Ozzy Ophelia an sich und sie küssten sich unter den gebannten Blicken der beeindruckten Clique, während sich im Zwielicht unförmige Gestalten abzeichneten, die krochen und hinkten …

Aude richtete sich auf ihrem Lager auf. Die sonderbare Hochzeitszeremonie war mit ihrem Traum ebenfalls zu Ende gegangen. Die Tiermasken, die groteske Aufmachung, die Pyramide, die grässlichen Beobachter, all das hatte sich in Luft aufgelöst. Die anderen schliefen, bis auf Frigon, der mit finsterer Miene rauchte. Als er sah, dass Aude wach war, gesellte er sich zu ihr.

»Dein Plan ist schiefgegangen«, stänkerte er.

»Es hat nicht so geklappt wie vorgesehen«, räumte Aude ein.

»Lass mich mal machen«, bot Frigon an. »Ich sorge dafür, dass wir diese Nervensäge loswerden.«

»Nein«, entgegnete sie, da sie die radikalen Methoden des Tätowierten nur allzu gut kannte. »Das würde alles nur noch schlimmer machen. Ich kümmere mich darum.«

»Und wie willst du das anstellen?«, fragte Frigon zweifelnd.

Das war sie, die Fangfrage, auf die Aude noch keine Antwort wusste.

»Warum sich das Leben unnötig schwer machen?«, beharrte Frigon. »Ich werde ihre Füße in Beton gießen und sie in den Fluss werfen; dann wird man nie wieder was von ihr hören.«

»Ganz bestimmt nicht!«, erwiderte Aude resolut.

Damit schob sie Ophelias physische Eliminierung bis auf Weiteres auf und untersagte Frigon, ihr auch nur ein Haar zu krümmen, solange noch nicht alle Möglichkeiten ausgeschöpft seien, und selbst dann nur auf ausdrückliche Anordnung.

»Ich werde schon einen Weg finden!«, beteuerte Aude, wobei sie eine Entschiedenheit demonstrierte, die bloße Fassade war.

»Einverstanden«, sagte er widerstrebend. »Aber überleg nicht zu lange, sonst nehme ich die Sache selbst in die Hand.«

Frigon zog sich zurück, worüber Aude sichtlich erleichtert war. Mit einem solchen Komplizen verhandelte sie nur ungern. Dabei verstand sie seine Ungeduld nur zu gut: Ging es ihr nicht genau wie ihm? Die extremen Maßnahmen, die Frigon befürwortete, würden zwar Konsequenzen haben, die zu schrecklich wären, als dass man sie tatsächlich in Erwägung ziehen konnte, aber hatte er nicht andererseits allen Grund, für ein sofortiges Einschreiten zu plädieren? Aude kam zu dem Schluss, dass die Zeit der ausgeklügelten Strategien vorbei war. Jetzt musste gehandelt werden.

7

Im Café Nelligan duftete es nach Espresso und frisch gebackenen Croissants. Das Porträt des Dichters hatte einen Ehrenplatz und seine schönsten Verse schmückten die Wände. Das Lokal war das Revier einer bunten Fauna von Studenten und Künstlern. Aude saß, hinter einer Zeitung verschanzt, im hinteren Bereich. Da sie das Prinzip vertrat, dass man den Feind, bevor man ihn bekämpft, erst kennenlernen müsse, und die Bestie in ihrem gewohnten Umfeld studieren wollte, hatte sie sich in diesem Café niedergelassen, das Ophelia üblicherweise morgens aufsuchte. Ihre Geduld wurde belohnt: Als sie eine junge Frau hereinkommen sah, erkannte sie ohne Mühe ihre Rivalin, denn das Porträt, das Ozzy von ihr gemalt hatte, ähnelte ihr sehr. Ophelia nahm an einem Fenster Platz und ließ sich einen Kakao bringen, den sie, in ein Buch vertieft, gedankenverloren umrührte. Über den Zeitungsrand hinweg taxierte Aude ihre Beute. Ozzys Pinsel hatte bei der Darstellung von Ophelias Schönheit nicht zu dick aufgetragen. Sie hatte verführerisches blondes Haar und war schlank, gleichermaßen unschuldig wie sexy. Gefährlich hübsch. Am schlimmsten war, dass sie nett wirkte, und Aude stellte enttäuscht fest, dass sie ihr nicht unsympathisch war. Da Ophelia sich beobachtet fühlte, sah sie von ihrem Buch auf. Ihr Blick begegnete dem von Aude, die sich daraufhin in die Seiten der Wirtschaftsbeilage flüchtete. Als sie nach einer Weile einen vorsichtigen Blick in Richtung der jungen Frau warf, merkte sie, dass diese sie nach wie vor musterte. Da nahmen die Dinge auf einmal eine unerwartete Wendung. Ophelia erhob sich und kam lächelnd auf sie zu, als würde sie sie wiedererkennen. Und plötzlich begriff Aude, dass dies durchaus möglich war: Ozzy hatte ihr bestimmt von seiner Schwester erzählt und dabei zweifellos jene Narbe in ihrem Gesicht erwähnt, an der man sie sofort erkannte. Da Aude eigentlich nur hergekommen war, um ihre Widersacherin heimlich zu beobachten, fragte sie sich, wie sie sich nun verhalten sollte. Am liebsten wäre sie geflohen, was jedoch nicht mehr möglich war, da Ophelia inzwischen direkt vor ihr stand: »Beschattest du mich etwa?«, fragte sie mit einem Lächeln, das die Pole zum Schmelzen bringen konnte.

Ihr in die Augen zu sehen war wie der Blick in ein klares Gewässer. Selbst ohne Schnorchel hätte man auf der Suche nach verborgenen Schätzen hineintauchen können, aber das wäre gar nicht nötig gewesen: Von welchen Reichtümern auch immer man nur träumen mochte, sie zeigten sich alle dort, auf ihren Lippen, in ihrem Lächeln. Aude kannte sich gut mit verschiedenen Arten des Lächelns aus, da sie von jeher dem von Ozzy verfallen war, aber dieses gehörte zu jenen, die die Sinne erregen und zur Hörigkeit verleiten, ja Kriege heraufbeschwören konnten. Ein solches Lächeln müsste verboten werden, dachte sie und bemühte sich, seinen Zauber zu entschärfen. Ihr blieb nichts anderes übrig, als das Beste aus dieser unerwarteten Situation zu machen; da sie improvisieren musste, bot sie Ophelia einen Platz an und verkündete, sie habe einiges mit ihr zu besprechen.

»Einverstanden«, säuselte diese. »Worüber möchtest du reden?«

Aude beschloss, direkt zur Sache zu kommen, und forderte sie auf, ihr zu verraten, was sie mit ihrem Bruder vorhatte.

»Mit deinem Bruder?«, gab Ophelia erstaunt zurück.

Sie schien überrascht. War es möglich, dass Ozzy ihr verheimlicht hatte, dass sie miteinander verwandt waren? Musterte Ophelia sie deshalb auf einmal so intensiv? Suchte sie nach einer Ähnlichkeit? Fragte sie sich, welche Gene es wohl sein mochten, die eine Vogelscheuche wie sie mit Ozzy gemein haben konnte? Aude schenkte der Art und Weise, wie sie angestarrt wurde, keine weitere Beachtung, sondern forderte Ophelia auf, ihr offen und ehrlich zu sagen, ob sie vorhabe, Ozzy zu heiraten. Die Frage schien diese zu amüsieren: »Du bist aber von der schnellen Truppe!«, entgegnete Ophelia und gab ein kristallklares Lachen von sich.

Ganz offensichtlich funkten sie nicht auf derselben Wellenlänge. Aude bemühte sich, die lange Leitung der dummen Gans zu überbrücken, und legte ihr dar, dass Ozzy ein hypersensibler Mensch sei, der leicht aus dem Gleichgewicht geraten und dessen Psyche durch die geringste Kleinigkeit erschüttert werden könne.

»Er ist sehr empfindsam. Ich werde nicht zulassen, dass man mit seinen Gefühlen spielt«, sagte sie mit warnendem Unterton.

»Warum erzählst du mir das? Willst du mir Angst machen?«, erwiderte Ophelia, deren Lächeln inzwischen beinahe unverschämt wirkte.

Verkannte die Gedankenlose tatsächlich den Ernst der

Lage? Was bildete sie sich ein? Dass Aude nur scherzte? Dass sie so ohne Weiteres mit ansehen würde, wie sie sich Ozzy schnappte und zu ihrem Ehemann machte? Um dann mit ihm auf Hochzeitsreise zu den Niagarafällen zu fahren? Und sie zur Patin der ersten ihrer zahlreichen Gören zu ernennen? Meine Tante Aude? Empört über so viel Unverfrorenheit verriet sie Ophelia, was Ozzy ihr bestimmt verheimlicht hatte: dass er bereits zweimal in der Psychiatrie gewesen sei und von der Polizei gesucht werde.

Ophelia war das Lachen vergangen. Dieses dunkle Kapitel aus Ozzys Biographie hatte sie endlich hellhörig werden lassen.

»Ich verstehe nicht, was du vorhast, aber das ist alles andere als lustig«, erwiderte sie und stand auf.

Aude packte sie am Handgelenk, um sie zu zwingen, sich anzuhören, was sie noch zu sagen hatte, aber Ophelia befreite sich mit einer heftigen Bewegung aus ihrem Griff: »Es reicht!«, fauchte sie wütend.

»An deiner Stelle würde ich ihm aus dem Weg gehen«, riet Aude ihr.

Ophelia wirkte betroffen. Aude befürchtete, sie würde mitten im Café in Tränen ausbrechen, doch sie unterdrückte die aufsteigenden Schluchzer. Sie sammelte ihre Habseligkeiten ein, brach auf und mischte sich unter die Passanten. Aude legte ein paar Münzen auf den Tisch und ging ebenfalls. Ophelia entfernte sich raschen Schrittes über die Rue Saint-Denis. Aude folgte ihr unauffällig durch die verschachtelten Straßen von Plateau Mont-Royal bis in die Rue des Hêtres, die seltsamerweise vor allem mit Ahornbäumen bepflanzt war. Ophelia erklomm die Außentreppe eines Gebäudes und verschwand in einem Appartement im zweiten Stock. Wahrscheinlich wohnte sie dort. Gut zu wissen. Hatte die Leichtsinnige ihre Botschaft verstanden? Hatte Aude ihr genügend Vorbehalte eingeimpft? Zumindest jedoch dürfte sie Ophelia einen riesigen Floh ins Ohr gesetzt haben; in dem Punkt zumindest hatte sie ihr Ziel erreicht.

Erst bei ihrer Rückkehr in die Halle, beim Anblick von Ozzy, der sich für sein tägliches Rendezvous mit Ophelia in Schale warf, wurde Aude sich der unvermeidlichen Konsequenzen ihrer Einmischung bewusst. Die junge Frau würde ihm von ihrer Begegnung erzählen, und damit wüsste Ozzy, dass Aude sich über seine Anweisungen hinweggesetzt hatte. Sie würde den Zorn ihres Bruders auf sich ziehen; dessen Ausmaß würde sie höchstens dadurch begrenzen können, dass sie ihm zuvorkam und gleich zugab, dass sie Ophelia aufgesucht habe. Ja, es schien für sie weniger von Nachteil zu sein, wenn Ozzy es aus ihrem Munde als aus dem ihrer Widersacherin erführe. Allerdings würde er dann garantiert sämtliche Einzelheiten ihrer Unterhaltung, den genauen Wortlaut, erfahren wollen, worauf sie zugeben müsste, dass sie Ophelia davon abgeraten habe, ihn wiederzusehen …

Ein solches Geständnis überstieg Audes Kräfte, und so ließ sie ihren Bruder gehen, ohne ihn aufzuklären, in der Gewissheit, damit nur eine Gnadenfrist zu erwirken. Alles würde davon abhängen, was Ophelia ihm erzählte. Aber sie sollte sich lieber nichts vormachen: Ozzys Wut würde wie ein Vulkan ausbrechen. Es gäbe keine Hoffnung auf Vergebung. Eines Tages, wenn diese leidige Angelegenheit längst vergessen wäre, würde er bestimmt einsehen, dass Aude nur sein Bestes gewollt hatte, und ihr dankbar sein, doch vorerst konnte sie von ihm kein Verständnis erwarten: Sie würde die leiseste Herabwürdigung seiner zarten Bande zu Ophelia teuer bezahlen müssen.

Den ganzen Tag harrte Aude der Dinge, die da kommen würden, ohne zu ahnen, welches Schicksal ihr beschieden war, und wappnete sich für das Unwetter, das bei Ozzys Rückkehr zwangsläufig über sie hereinbrechen würde. Vorausgesetzt er käme überhaupt zurück, denn die Stunden verstrichen, ohne dass er sich blicken ließ. Mit Einbruch der in dieser Jahreszeit früh einsetzenden Dunkelheit verfinsterte sich auch Audes Herz. Ihre Befürchtung, dass Ozzy für immer fortgegangen sein könnte, verdichtete sich mehr und mehr zu einer ausgewachsenen Sorge. Dass seine Wut ihn dazu bewogen haben könnte, die Clique zu verlassen, Aude aus seinem Leben zu streichen, dass er beschließen könnte, mit Ophelia zu leben. Und wenn er nun nie wieder zurückkehrte?

Doch Ozzy durchkreuzte dieses Katastrophenszenario, indem er gegen zwei Uhr morgens völlig aufgelöst und torkelnd nach Hause kam. Er hatte getrunken, und zwar viel zu viel. Er ließ sich in der Nähe des Kohlebeckens nieder, zog eine kleine Flasche hervor und leerte sie. Aude schwieg in Erwartung des Donnerwetters, das über sie hereinbrechen würde, aber es blieb aus. Hatte er Ophelia getroffen? Wusste er Bescheid? Aus Angst, seinen Zorn zu entfesseln, stellte sie lieber keine Fragen.

»Unmöglich. Das kann nicht sein«, hörte sie ihn lallen.

Ozzy stand sichtlich unter Schock. Er warf Aude einen Blick zu, in dem Entsetzen lag. Dann musterte er sie ausgiebig, diesmal mit Widerwillen. Nichts hätte sie schlimmer treffen können als die Abscheu, die sie im Blick ihres Bruders wahrnahm. Es wäre ihr lieber gewesen, wenn er sie wütend mit Vorwürfen überhäuft hätte, anstatt sie in dieser Weise anzusehen. Begriff er denn nicht, dass sie nur aus Liebe gehandelt hatte?

Am nächsten Tag zog sich Ozzy in seinen Winkel zurück und hüllte sich in Schweigen. Er war nervös, misstrauisch. Aude spürte, dass ihm ihre bloße Anwesenheit lästig war. Er nahm ihr das Ganze übel, so viel stand fest. Ozzys ablehnende Haltung schloss die gesamte Clique mit ein, und Aude musste Frigons sarkastische Bemerkungen ertragen. Er gratulierte ihr dazu, einen solchen Mist gebaut zu haben. Es war nur ein schwacher Trost für Aude, dass Ophelia augenscheinlich ebenfalls in Ungnade gefallen war. Nachdem Ozzy sich am späten Nachmittag zu einem Treffen mit ihr aufgemacht hatte, kam er drei Stunden später übel gelaunt zurück. Er verschanzte sich in seinem Winkel und betrank sich systematisch, ohne die wiederholten Anrufe der jungen Frau entgegenzunehmen. Das sah ganz nach Trennung aus, worüber Aude sich allerdings nicht freuen konnte. Dafür war der Preis eines solchen Triumphes viel zu hoch. In der Hoffnung, das Vertrauen ihres Bruders zurückgewinnen zu können, bot sie ihm an, sich bei Ophelia zu entschuldigen, die Dinge richtigzustellen, doch machte ihr Vorschlag Ozzy nur wütend – daran solle sie nicht einmal im Traum denken.

Am nächsten Morgen klingelte Ozzys Handy von Neuem. Ophelia ließ nicht locker. Ozzy meldete sich beim dritten

Anruf, worauf es zu einem heftigen Wortwechsel kam. Soweit Aude verstand, versuchte Ophelia ihn zu überreden, sie irgendwohin zu begleiten, an einen Ort, den aufzusuchen er nicht die geringste Lust verspürte. Schließlich gab Ozzy widerstrebend nach und brach zu dem erzwungenen Rendezvous auf. Als er sich auf den Weg machte, warf er Aude einen flüchtigen, vorwurfsvollen Blick zu und ließ sie in den qualmenden Trümmern ihrer einstigen Vertrautheit allein zurück. Noch nie hatte sie sich dermaßen hilflos gefühlt. Ihre Seele hätte sie verkauft, wenn sie nur die Vergangenheit hätte zurückspulen und die elende Szene im Café Nelligan herausschneiden können.

Ozzy kehrte erst tags darauf gegen Mittag zurück. Er wirkte übernächtigt. Wortlos durchquerte er die Halle, setzte seine Schweißerbrille auf und begab sich aufs Dach. Aude folgte ihm auf leisen Sohlen. Eine Wolke aus Alkoholdunst umgab ihn. Das Buch, in dem er las, trug den Titel ›Totenbuch‹, es handelte offenbar von äygptischer Mythologie. Aude fragte ihn, ob er hungrig sei oder irgendetwas benötige, aber sie hätte genauso gut mit einer Wand sprechen können. Ozzy starrte durch seine dunklen Brillengläser in die Sonne. Er zitterte. Aude versuchte, Kontakt zu ihm aufzunehmen, ihm zu entlocken, wo er die Nacht verbracht hatte, aber erst als sie Ophelias Namen aussprach, wurde er hellhörig: »Ophelia?«, wiederholte er mit einer Stimme, die aus weiter Ferne zu kommen schien. »Ophelia hat mir die Augen geöffnet …«

»In welcher Hinsicht?«

»Verzeih mir, dass ich mich so verhalten habe«, antwortete Ozzy. »Nicht du bist an allem schuld, sondern ich selbst. Ich … habe Probleme.«

Da Aude spürte, dass dies ein günstiger Moment war, ermutigte sie ihren Bruder, ihr anzuvertrauen, was ihn beschäftigte: »Ist es wegen Ophelia?«

»Nein, es hat nichts mit ihr zu tun. Ophelia hat versucht, mir zu helfen, aber das kann niemand«, seufzte er.

Ozzy nahm seine Schweißerbrille ab und rieb sich seine geröteten Augen. Auf seinem Gesicht lieferten sich widerstreitende Emotionen einen erbitterten Kampf.

»Ich liebe sie so sehr. Das ist am schlimmsten«, stöhnte er.

Über seine Wangen liefen Perlen. Die Tränen riefen Audes mütterliche Gefühle wach, und sie nahm ihren Bruder in die Arme. Ozzy sträubte sich nicht, sondern schluchzte an ihrer Schulter, und Aude wünschte, die Zeit würde genau jetzt stillstehen, denn es war wohltuend, ihn an sich geschmiegt zu spüren, traurig, aber doch wohltuend.

»Dieses Mädchen tut dir weh«, flüsterte sie. »Du solltest sie nicht mehr wiedersehen.«

Im selben Augenblick bedauerte sie jedoch ihre Worte, da sie merkte, wie Ozzy zusammenzuckte. Er stieß sie von sich, und Aude musste erkennen, dass der selige Moment vorüber war: Vor ihr stand nicht länger ihr Bruder, sondern der Fremde der vergangenen Tage, jener aggressive Unbekannte.

»Was willst du von mir?«, fuhr Ozzy sie an. »Lass mich in Ruhe! Hau ab!«

Angesichts der Heftigkeit seiner Worte löste Aude sich förmlich auf. Ozzy stieß sie beiseite, kehrte ins Haus zurück und setzte erneut die Flasche an. Er spülte Unmengen an Tequila herunter, sodass er schon bald einen explosiven Grad an Trunkenheit erreicht hatte und sich die Clique vorknöpfte, wobei er sie allesamt verfluchte.

»Ich will euch nicht mehr sehen! Haut ab! Verschwindet alle aus meinem Leben!«, brüllte er.

Da klingelte sein Handy. Ohne nachzusehen, ob es wirklich Ophelia war, schleuderte er das Gerät gegen das Porträt der jungen Frau, an dem er zerschellte. Dann stand er entkräftet und wankend inmitten der Stille, als sei er über seinen eigenen Zorn entsetzt. Er hielt sich die Hände an den Kopf und stieß einen schmerzerfüllten Schrei aus, um sich dann in seinen Sarg zu legen, in dem er, niedergestreckt von seiner Migräne, liegen blieb.

Ozzy fantasierte. Matsheshu war an seiner Seite und sang beschwörende Melodien, um ihn zu beruhigen, doch Ozzy brüllte, er sei verrückt und gehöre in eine Anstalt. Schließlich verlor er, vom Alkohol benebelt, das Bewusstsein. Die Clique scharte sich um den Sarg. Ozzys Zornesausbruch hallte noch in allen wider und rief in ihnen ein kollektives Schuldgefühl hervor.

»Warum ist Ozzy so wütend? Was haben wir ihm nur getan?«, grämte sich Mollusque.

Eine triftige Frage. Aude kam es so vor, als würde ihr Vergehen, auch wenn es noch so schwerwiegend war, keine derartigen Auswüchse rechtfertigen. Vermutlich waren unterbewusste Kräfte am Werk, deren Beschaffenheit sie nicht kannte. Einige entscheidende Faktoren entzogen sich ihrer Kenntnis. Was war bei jenem letzten Treffen mit Ophelia vorgefallen, dass Ozzy dermaßen traumatisiert zurückgekehrt war? Inwiefern hatte sie ihm »die Augen geöffnet«?

Warum jedoch Vermutungen anstellen, da es doch auf der Hand lag: Wenn ihr Bruder verrückt wurde und die Clique vor der Auflösung stand, so war daran allein Ophelia schuld, jene Unersättliche, die nur darauf aus war, Ozzy das Herz zu brechen, Audes unmissverständlichen Warnungen zum Trotz.

»Das geht zu weit«, raunte Frigon ihr mit heiserer Stimme ins Ohr.

Aude nickte. Die Situation wurde tatsächlich unerträglich. Es galt, die von Ophelia ausgehende Bedrohung zu entschärfen. Schwereres Geschütz aufzufahren. Sie flüsterte dem Tätowierten die Adresse der jungen Frau in der Rue des Hêtres zu.

»Jag ihr einen ordentlichen Schreck ein«, sagte sie leise. »Rühr sie nicht an, aber mach ihr klar, dass sie sich lieber von Ozzy fernhalten sollte.«

»Mit Vergnügen«, brummte Frigon, der sogleich aufbrach, um seinen Auftrag auszuführen.

Bei Ozzys Anblick, der leichenblass zusammengekauert in seinem Sarg lag, wurde Aude von einer Woge des Hasses erfasst. Die Entsendung eines Botschafters wie Frigon war gewiss eine extreme Maßnahme, doch hatte Ophelia nichts anderes verdient. Konnte man denn, ohne mit der Wimper zu zucken, tatenlos mit ansehen, dass der Mensch, der einem am meisten bedeutete, regelrecht zerstört wurde? War es nicht legitim, sich zu wehren?

Ozzy erwachte im Morgengrauen. Er mühte sich aus seinem Sarg und stellte sich vor Ophelias Porträt, das er lange mit gequälter Miene betrachtete. Da bemerkte er zu seinen Füßen die Einzelteile seines zertrümmerten Telefons. Plötzlich zog er ganz aufgeregt seine Jacke an und machte sich auf den

Weg. Bestimmt zu Ophelia. Aude befürchtete, dass er dort Frigon begegnen würde, der jedoch zum Glück zurückkehrte, kurz nachdem Ozzy aus der Tür getreten war. Der Maori legte sich auf seine Pritsche und zündete sich eine Zigarette an. Aude wollte unbedingt den Stand der Dinge erfahren und nahm ihn ins Verhör.

»Du kannst wieder ruhig schlafen«, antwortete er. »Dieses Flittchen wird uns keinen Ärger mehr machen.«

Da erst entdeckte Aude das Blut. Blutspuren an Frigons Händen.

»Was ist passiert?«

»Nichts Schlimmes. Wir haben uns ein wenig gestritten …«

Mehr wollte er nicht sagen und kehrte ihr den Rücken zu.

Jener neblige Abend wäre beinah einer Halloweennacht würdig gewesen – ihm fehlten nur die typischen Horden von kleinen Ungeheuern. Die Rue des Hêtres war kurzsichtig und taub. Ein Auto durchstieß den Nebel und schwebte stumm vorüber, um sich gleich darauf in Nichts aufzulösen. Aude traf vor Ophelias Haus ein. Die Fenster der Wohnung waren dunkel. Da sie befürchtete, Ozzy zu begegnen, zögerte Aude und fragte sich, mit welcher Ausrede sie wohl ihr plötzliches Auftauchen rechtfertigen könnte. Aber dann wurde der Drang, sich Klarheit zu verschaffen, übermächtig, sodass sie die Treppe hinaufstieg und auf den Balkon gelangte. Die Tür stand offen, was nichts Gutes verhieß. Aude läutete, bevor sie eintrat, und fand sich in einem langgestreckten Korridor wieder. Am anderen Ende war offenbar eine Tür angelehnt, durch den Spalt drang ein schwacher Lichtschein, der einzige Anhaltspunkt in der Finsternis. Aude rief erst Ophelias, dann Ozzys Namen. Keine Antwort. Während sie weiterging, stieß sie mit dem Fuß gegen etwas, das über den Parkettboden rollte und immer wieder gegen eine Wand prallte. Nach einer Weile kam es schließlich genau vor ihr zum Stillstand. Ein Golfball. Aude bemerkte, dass sie zitterte. Es erinnerte sie an einen Traum, den sie einmal gehabt hatte, von einem Golfspieler mit finsterer Miene, der leuchtende Bälle zu den Sternen hinaufschlug. Aber das war natürlich eine absurde Assoziation: Wahrscheinlich spielte Ophelia Golf, vielleicht ja auch ihre Mitbewohnerin. Beide schienen nicht zu Hause zu sein. Aude machte einen Bogen um den Ball und betrat den einzigen erleuchteten Raum am Ende des Korridors. Ein Schlafzimmer. Und darin fand sie Ophelia. Auf dem Bett liegend. Nackt im schräg fallenden Schein einer umgekippten Lampe. Reglos, wie achtlos hingeworfen, zwischen blutbefleckten Laken.

Aude stürzte zu ihr, wollte sie wiederbeleben, doch Ophelia atmete nicht mehr. Ihre Kehle war durchgeschnitten.

Aude hätte sich um ein Haar übergeben. Sie wollte fliehen, aber ihre Beine versagten ihr den Dienst. Sie konnte den Blick nicht von jener großen, scharlachroten Blume auf dem Bett abwenden, und die Einzelheiten des Blutbads wurden in ihren Augen immer größer, als betrachtete sie sie durch die Lupe eines Gerichtsmediziners. Ophelia, die im Purpur ihres eigenen Blutes lag, verstümmelt von der Hand eines zum Schlächter gewordenen Wahnsinnigen. Frigons Werk. Aber in gewisser Weise auch das ihre. Töricht wie sie war, hatte sie den Tätowierten dazu angestiftet. Hätte sie nicht voraussehen müssen, dass so etwas geschehen konnte? Hatte sie es sich in ihrem tiefsten Inneren nicht sogar erhofft? Wie hatte sie nur so blind sein können?

Was tun? Gab es irgendeinen Weg, wie sich dieser tragische Irrtum wiedergutmachen oder dessen Abscheulichkeit zumindest mildern ließe? Das fragte sie sich, als plötzlich eine von Schlägen gegen die Haustür begleitete herrische Stimme ertönte: »Polizei!«

Audes Sinne wurden von Adrenalin gepeitscht. Wer hatte die Bullen benachrichtigt? Ophelias Mitbewohnerin? Ein Nachbar? Selbst wenn es der Papst gewesen wäre, es änderte nichts an der schrecklich kompromittierenden Lage, in der sie sich befand. Die Polizisten würden jeden Moment hereinkommen, sie blutbeschmiert am Tatort antreffen und keinen Augenblick an ihrer Schuld zweifeln. Aude sah sich im Geiste bereits in Handschellen abgeführt, verurteilt und lebenslänglich eingesperrt. Gab es wirklich keinen Ausweg?

Das Fenster. Sie stieß den einen Flügel auf und sah eine Gasse – zwei Stockwerke unter ihr. Dann bemerkte sie einen schmalen Sims, der bis zu einer einige Meter entfernten Feuerleiter verlief. Aude hörte die Polizisten durch den Flur nahen. Sie stieg durchs Fenster, stellte sich auf den Sims und entfernte sich so rasch wie möglich. Nicht nach unten blicken. Sich einreden, man sei eine Spinne, und sich an der Mauer festklammern. Sie warf einen Blick in Richtung Fenster. Kein Polizist zu sehen. Sie waren bestimmt damit beschäftigt, die entsetzlichen Spuren des Verbrechens aufzunehmen, ohne zu ahnen, dass sie ihnen gerade entwischte. Die Feuerleiter war nur noch zwei Meter entfernt. In der Annahme, möglicherweise noch einmal davonzukommen, bewegte Aude sich weiter. Da drangen aus der Gasse Schreie zu ihr herauf. Dort unten standen zwei weitere Bullen, die sie soeben bemerkt hatten. Sie erwarteten sie am Fuße der Feuerleiter, schussbereit. Sie befahlen ihr, ganz langsam herunterzusteigen und keine Sperenzchen zu machen. Ein dritter Polizist, den die Rufe seiner Kollegen alarmiert hatten, tauchte im Fenster auf und forderte Aude auf, lieber zu ihm herüberzukommen. Fest entschlossen, keiner dieser Aufforderungen Folge zu leisten, suchte sie nach einem Ausweg. Das Dach. Sie wollte sich an der Regenrinne hinaufziehen, doch plötzlich war ein Scheppern zu hören, das Blech gab nach, und Aude stürzte in Zeitlupe scheinbar endlos in die Tiefe. Die Welt geriet ins Wanken. Sie verspürte einen heftigen Aufprall, dann nichts mehr.

Das Nichts? Nein, nicht ganz: Da waren noch Klänge, Bilder, Düfte. Zwei Sanitäter zogen sie zwischen Mülltonnen hervor … Stöße – eine Sirene – das Gefühl, in einem Krankenwagen mit eingeschaltetem Martinshorn durchgerüttelt zu werden, dann eine ganze Reihe ineinanderfließender Traumbilder, wie durch ein Fernglas betrachtet – *das Haus von Madame Huguette, von einer hin und her schwingenden Schaukel aus gesehen – aneinandergereihte kleine Zeichnungen, die aussahen wie ägyptische Hieroglyphen – ein Strand, auf dem in der Ferne der rot-weiße Leuchtturm ihrer Träume emporragte* … Es roch nach Desinfektionsmitteln. Während Aude allmählich wieder zu Bewusstsein kam, sah sie sich umringt von ernsten Gesichtern, von Mündern, die unverständliche Worte sagten. Ihr wurde gerade noch bewusst, dass sie sich in der Notaufnahme irgendeines Krankenhauses befand, bevor sie in einen mit flüchtigen Bildern ausgekleideten Schacht abtauchte – *in ihrem Arm steckte eine riesige Spritze und injizierte ihr eine krank machende Flüssigkeit, in der sich lauter Blutegel tummelten – wieder die Hierogly-*

phen; ein Meer aus Hieroglyphen, auf dem eine goldene Barke schaukelte. Am Bug stand Ozzy, mit einer Lanze bewaffnet, und trotzte einer riesigen Schlange, die das zerbrechliche Boot umschlang und es zu zermalmen drohte …

8

Es roch nach Krankenhaus. Aude schlug die Augen auf. Sie lag in einem weißen Zimmer, dessen Wände sich nach innen zu wölben schienen. Der an sich so einfache Vorgang des Atmens verursachte ihr einen stechenden Schmerz in der Brust, aber wenigstens war sie am Leben. Ein Privileg, in dessen Genuss Ophelia nicht mehr kommen würde. Aude wollte sich aufrichten, doch vergebens. Als würde sie eine Tonne wiegen. Sie fühlte sich hilflos, an ihr Bett gefesselt, wo sie, überwach, in einem viel zu grellen Licht liegend dazu verdammt war nachzudenken.

Eine Krankenschwester tauchte auf und wunderte sich, Aude bei Bewusstsein zu finden. Befangen schloss sie das Mädchen an eine neue Kochsalzlösung an und berichtete ihr, sie habe dank eines Beruhigungsmittels beinahe achtundvierzig Stunden lang geschlafen. »Zwei Tage lang total benebelt«, wunderte sich Aude. Sie malte sich aus, wie besorgt Ozzy wegen ihres Verschwindens sein musste. Vielleicht machte es ihm aber auch gar nichts aus, war es ihm völlig egal? Die Schwester maß ihren Blutdruck und verschwand dann wieder. Kurz danach erschien ein wortkarger Arzt, der Aude untersuchte und ihr erläuterte, sie habe eine Gehirnerschütterung. Eine Rippe sei gebrochen, hinzu kämen diverse Prellungen, nichts Ernstes, sie habe bei ihrem spektakulären Sturz großes Glück gehabt. Der Halbgott in Weiß, der über die himmelschreienden Umstände des Unfalls vermutlich auf dem Laufenden war, verkündete, sie müsse ein paar Tage lang das Bett hüten, werde aber bereits tags darauf an einen sicheren Ort gebracht, wo sie wieder zu Kräften kommen könne. Als der Arzt sich verabschiedete, bemerkte Aude durch die halb geöffnete Tür einen Polizisten, der im Flur saß. Warum auch nicht, schließlich lag in diesem Zimmer eine mutmaßliche Mörderin. Bis man Aude an diesen »sicheren« Ort brachte, bei dem es sich nur um ein Gefängnis handeln konnte, würde sie unter Bewachung stehen. Sie nahm dies erstaunlich teilnahmslos hin, verspürte sie doch sich selbst gegenüber eine große Gleichgültigkeit. Was mit ihr geschehen würde, war ihr einerlei. Nur um ihren Bruder machte sie sich Sorgen. Wie würde er die Tage nach Ophelias Tod überstehen? In welchem schmerzerfüllten Zustand der Verwirrung? Wäre er nicht versucht, eine Verzweiflungstat zu begehen? Aber wusste er überhaupt, dass seine Geliebte tot war?

Nach einer Mahlzeit, die sie kaum anrührte, wurde Aude von zwei Ermittlern des Kriminalkommissariats – der eine ein reiferes Semester, der andere noch grün hinter den Ohren – aufgesucht, die ihr ihre Rechte verlasen und sich dann daranmachten, sie zu verhören. Aude sah keinen Grund, warum sie ihnen ihre Aufgabe erleichtern sollte. Als man sie aufforderte, ihre Identität preiszugeben, ahmte sie Ozzys verstörten Gesichtsausdruck bei seinen Migräneattacken nach und tat so, als hätte sie durch eine Gehirnerschütterung ihr Gedächtnis verloren. Auf alle Fragen, die man ihr stellte, antwortete sie, es sei ihr entfallen. Sie gab vor, von einer Ophelia noch nie etwas gehört zu haben, sich nicht daran zu erinnern, zu ihr gegangen zu sein. Die Polizisten wussten schon bald nicht mehr, woran sie waren. Um das Verhör abzukürzen, schützte Aude eine große Ermattung vor, die sie im Übrigen nicht zu simulieren brauchte: Die Anspannung, in die ihre Rolle einer an Amnesie Leidenden sie versetzte, strapazierte sie über Gebühr. Als die Bullen merkten, dass sie ihr vorerst kaum mehr entlocken würden, gaben sie auf. Sie kündigten an, sie würden wiederkommen, sobald es ihr besser gehe, dann verschwanden sie. Endlich sich selbst überlassen, zog Aude Bilanz und machte sich bewusst, dass sie ein gefährliches Spiel spielte. Solange sie Frigon mit ihrem Schweigen deckte, befand auch sie sich in einer höchst brisanten Lage. Aber es ging nicht anders: Wenn sie den Tätowierten verriete, würde sie die Aufmerksamkeit der Polizei auf die Clique und somit auf Ozzy lenken. Das musste sie unbedingt verhindern. Die Sicherheit ihres Bruders ging ihr über alles. Ihr durfte nichts entschlüpfen, was auf ihn hindeutete, selbst wenn sie sich dafür opfern und die für Mörder übliche Strafe über sich ergehen lassen musste. Was alles in allem vielleicht nur gerecht wäre: Rührte das ganze Unglück nicht von jener verdammten Eifersucht her, die so sehr an ihr genagt hatte? Trug nicht letzten Endes sie die Schuld an Ophelias Tod, und musste nicht sie dafür geradestehen?

Aude fiel in einen unruhigen Schlaf und träumte vom Wald und von jener Blockhütte, in der sie unter Matsheshus Schutz mit Ozzy und Emma nach ihrer Flucht aus dem Haus der Madame Huguette untergekommen waren … *Aude trat frühmorgens aus der Hütte. Das Blattwerk dämpfte das Licht. Die Vögel zwitscherten, die Hummeln summten; es duftete herrlich nach Sommer in der unberührten Natur. Aude ging hinunter zum Fluss, um Wasser zu schöpfen, und begab sich bis zu den Knien in das kühle Nass. Gerade wollte sie den Eimer eintauchen, als plötzlich eine Bewegung weiter flussaufwärts ihren Blick auf sich zog. Die träge Strömung trug etwas herbei. Einen menschlichen Körper, der auf dem Rücken im Wasser trieb. Ophelias Leichnam. Ihr Gesicht und ihre Hände strichen durch das geflammte Glas der Wasseroberfläche. Ihre Haare wogten wie lebendige Algen, und in ihren bleichen Augen spiegelte sich der Himmel. Um ihre durchschnittene Kehle scharten sich ganze Myriaden von Setzlingen. Die kleinen Fische zappelten und hingen schmückend wie ein funkelndes Collier am Hals dieser Flussmadonna. Die Strömung trug Ophelia davon. Aude griff nach ihrer Hand, um sie ans Ufer zu ziehen, doch dann wurde es auf einmal ganz dunkel. Es gab keinen Wald mehr. Der Fluss war noch immer da und floss langsam unter einem zu großen Mond dahin, aber es war ein Fluss aus flüssigen Farben, der sich durch eine Wüste schlängelte, ein vielfarbiger Fluss, in dem sich Ophelia auflöste. Am anderen Ufer erhob sich die Statue eines Löwen mit menschlichem Kopf. In der Ferne standen einige Pyramiden. Plötzlich erscholl ein Gebrüll. Die Sphinx wurde lebendig. Riss ihr mit Widerhaken versehenes Maul auf. Sie stürmte los, sprang über den in allen Regenbogenfarben schillernden Fluss, und ihre Krallen waren Messer, und ihr Gesicht war das von Frigon …*

Als Aude in dem weißen Zimmer wieder zu sich kam, saß eine seltsame kleine Frau an ihrem Bett, die in einem Ordner blätterte und sich dabei Notizen machte. Ihre Gesichtszüge waren orientalisch, ihr Alter undefinierbar. Anstelle von

Ohrringen trug sie winzige, mit rosa Federn geschmückte Traumfänger. Sie hob den Blick von ihrem Notizblock, sah Aude aus ihren nussbraunen Augen an, lächelte ihr ermutigend zu und fragte sie mit jugendlich klingender Stimme, wie sie sich fühle.

»Mir ist übel«, flüsterte Aude.

Die Frau bekundete ihr Mitgefühl und beteuerte, das sei unter diesen Umständen ganz normal. Sie stellte sich als Justine Tao vor und verkündete, sie sei Psychiaterin. Aude wurde sogleich misstrauisch. Ihre Sinne mussten von den Beruhigungsmitteln so umnebelt sein, dass sie es nicht gleich gewittert hatte. Dieses professionelle Lächeln, diese vermeintliche Harmlosigkeit, die sie ausstrahlte: natürlich eine Seelenklempnerin, noch dazu eine von der schlimmsten Sorte, die einer Fliege vermutlich erst dann etwas antat, nachdem sie sie gewissenhaft betäubt hatte. Eine Schrumpfkopfindianerin, eigens damit beauftragt, ihr möglichst viel zu entlocken. Wahrscheinlich konnte Justine Tao es hinter ihrer scheinheiligen Fassade kaum erwarten, etwas über den Mord zu erfahren, und würde zu diesem Zweck ihre raffiniertesten Tricks anwenden. Nicht ahnend, dass Aude sie aufs Korn nahm, bat Madame Tao um ein Gespräch und fragte sie nach ihrem Namen. Eine Falle, die nicht zu übersehen war.

»Weiß ich nicht mehr«, entgegnete Aude und verfolgte dieselbe Taktik, die bei den Bullen so gut funktioniert hatte.

Die Psychiaterin nickte mitfühlend und bat sie, ihr zu verraten, was das Letzte war, an das sie sich erinnerte. Eine gute Gelegenheit, um die Spuren zu verwischen. Aude spuckte sich im Geist in die Hände und erfand die haarsträubende Geschichte einer Entführung durch Anhänger der Santería, die Mädchenhandel betrieben. Tao beeilte sich, die Einzelheiten dieses grotesken Lügenmärchens festzuhalten, und Aude malte sich voller Genugtuung aus, wie sie eine ganze Weile damit beschäftigt sein würde, das Notierte zu überprüfen. Schließlich hörte die Psychiaterin auf, sich Notizen zu machen, und blickte in die Akte auf ihren Knien.

»Sie sind Aude, nicht wahr?«, fragte sie mit durchdringendem Blick.

Die Frage traf Aude wie ein Rammbock. Woher kannte die Psychiaterin ihren Namen? Hatte Aude sich unter Einfluss der Medikamente, mit denen man sie vollgestopft hatte, verraten? Tao beteuerte, sie könne ganz offen zu ihr sein.

»Was wir besprechen, bleibt unter uns«, sagte sie. »Die Polizei wird nichts davon erfahren.«

Da ging Aude ein Licht auf: Natürlich wussten die Bullen über alles Bescheid, obgleich sie sich während der Befragung nichts hatten anmerken lassen. Ihr Foto war bestimmt mit denen vermisster Personen abgeglichen worden. Oder hatte man sie anhand ihrer Fingerabdrücke identifiziert? Hatte man auch nur einen Moment lang angenommen, dass sie tatsächlich ihr Gedächtnis verloren habe? Die Akte, die Tao in Händen hielt, war tatsächlich ihre. Darin war die Geschichte ihrer turbulenten Beziehungen zu Sozialämtern und Ordnungskräften dokumentiert, und die Psychiaterin hatte sie bestimmt genauestens studiert. Tao war also auf dem Laufenden dank der langatmigen Aufzählung ihrer Heldentaten und ihres Elends, über den Teufelskreis ihrer Aufenthalte in diversen Pflegefamilien, über die sich hochschraubende Spirale ihrer Irrfahrten und Eskapaden, über die zahllosen Einweisungen in Heime, gefolgt von immer waghalsigeren Fluchten: Die ganze Saga war dort nachzulesen, in jener Akte mit all den psychosozialen Gutachten und sonstigen gerichtlichen Ermittlungen. Die Psychiaterin wusste genau, wen sie vor sich hatte, und war sehr wohl über die Existenz dieses jüngeren Bruders informiert, dessen Schicksal mit dem von Aude eng verbunden war, dessen Name bestimmt auf jeder Seite erwähnt wurde.

Tao beobachtete sie, wartete darauf, dass sie sich verriet. Aude war sich noch nicht schlüssig. Sie würde nicht zulassen, dass Ozzy in diese üble Geschichte hineingezogen wurde. Sie musste unbedingt verhindern, dass die Psychiaterin sich für ihn interessierte. Über ein Ablenkungsmanöver die ganze Aufmerksamkeit auf sich ziehen: Das sollte sie tun. Im Gedenken an die edelmütige Antigone beendete Aude also diese Komödie des Vergessens und tat so, als könne sie sich auf einmal wieder an alles erinnern.

»Ich habe Ophelia umgebracht«, beteuerte sie. »Ich bin die Mörderin.«

Tao warf ihr einen prüfenden Blick zu. Ob sie wohl anbeißen würde? Aude sah förmlich, wie es in ihren Gehirnwindungen arbeitete, während sie sich auf ihrem vermaledeiten Block ein paar Notizen machte.

»Wenn Sie einverstanden sind«, sagte die Psychiaterin schließlich, »würde ich Ihnen gern helfen, Ihnen und Ihrem Bruder.«

Aude verfluchte die Hellsichtigkeit dieser Freud-Schülerin. Reichte ihr Geständnis nicht aus? Warum musste sie unbedingt noch weiter herumwühlen? Wie konnte sie es nur wagen, so zu tun, als könne sie ihnen tatsächlich helfen? Als würde Aude die alte Leier nicht längst kennen, als hätte man sie ihr nicht schon hundert Mal vorgebetet.

»Also gut, wenn Sie mir wirklich einen Dienst erweisen wollen, dann helfen Sie mir abzuhauen«, sagte sie spöttisch.

Die Psychiaterin lächelte anerkennend angesichts ihres Sarkasmus: »Da erwarten Sie zu viel von mir. Das überschreitet leider meine Befugnisse.«

»Dann gehen Sie doch zum Teufel«, fuhr Aude sie an.

Deutlicher musste sie nicht werden. Als Tao begriff, dass Aude lieber weiter ihren Gedanken nachhängen wollte, stand sie auf mit der Bitte, sie wieder besuchen zu dürfen, um das Gespräch fortzusetzen.

»Darf ich morgen früh wiederkommen?«, säuselte sie.

Tao hielt ihren Notizblock vor die Brust, mit der Vorderseite nach vorn, sodass man einen Teil ihrer Aufzeichnungen lesen konnte. In dem Gekritzel erkannte Aude ein Wort in Großbuchstaben: DISSOZIATION, das ihr kaum etwas sagte. Die Psychiaterin wartete auf ihre Antwort. Da es die einfachste Art und Weise war, sie loszuwerden, gestattete Aude ihr, sie jeden Tag in der Woche aufzusuchen, wenn sie es nicht lassen könne. Justine Tao dankte ihr und brach auf, wobei sie im Vorübergehen den Wachposten grüßte. Wieder allein, ließ Aude ihren Gedanken freien Lauf. An der Windung eines Nebenarmes ihres inneren Deltas tauchte Ophelias Leiche auf, die im Fluss trieb. Zur Traurigkeit, die diese Vorstellung in ihr hervorrief, gesellte sich eine weitere, ihr eher peinliche Gefühlsregung: Erleichterung. Mochte Ophelias Tod auch noch so bedauerlich sein, so entschärfte er doch die Krise, die zum Auseinanderbrechen der Clique geführt hatte. Nun, da der ungebetene Gast endlich aus ihrem Blickfeld verschwunden war, würden die Chaoten endlich ihre Wunden versorgen und vielleicht ja zu ihrer einstigen Unbeschwertheit zurückfinden können. Die Rückkehr zur Normalität – eine beruhigende Perspektive, mit der Aude allerdings nur dann rechnen konnte, wenn sie dem Gefängnis entging. Auf keinen Fall würde sie geduldig abwarten, dass man sie hinter Schloss und Riegel steckte. Wenn Madame Tao tags darauf zurückkäme, würde Aude längst über alle Berge sein.

Als die diensthabende Schwester um fünf Uhr morgens ihre Runde machte, entdeckte sie unter Audes Bettdecke eine Attrappe aus Kissen. Ihr blieb keine Zeit, Alarm zu schlagen: Aude, die sich hinter der Tür versteckt hielt, überwältigte sie mit dem abnehmbaren Tablett des Bettes, zog ihr den Kittel aus und schlüpfte selbst hinein. Getäuscht durch diese Verkleidung, erging es dem Posten im Flur ähnlich, noch bevor er Verdacht hegen konnte. Zehn Minuten später verließ Aude das Krankenhaus durch den Heizungsraum und flüchtete, so schnell es ihr schmerzender Körper erlaubte. Nicht gerade freudestrahlend, aber zumindest frei, tröstete sie sich mit der Vorstellung, welche Bestürzung die Nachricht von ihrer Flucht hervorrufen würde.

Gegen neun Uhr traf Aude in der besetzten Fabrikhalle ein. Bei ihrem Anblick riss Frigon entgeistert die Augen auf wie jemand, der eine Erscheinung sieht. Ozzy war nicht da, doch wurde Aude von den anderen herzlich willkommen geheißen. Mehr als über ihr blaues Auge wunderten sich sich über ihre ungewohnte Aufmachung. Sie freuten sich, dass die Clique nunmehr eine Angehörige der Heilberufe in ihren Reihen hatte. Sie waren begeistert, sie wiederzusehen; ihr Verschwinden hatte das Schlimmste befürchten lassen. Sie wussten über das Drama Bescheid, allerdings: Sie wussten, dass Ophelia tot war. Sie berichteten Aude, dass Ozzy dahinsieche, dass er seit jener schrecklichen Nacht weder gegessen noch geschlafen habe und nur noch wie besessen male. Aude fiel auf, dass sich am Dekor der Halle tatsächlich etwas verändert hatte. Ozzy war nicht untätig gewesen. Es gab mehrere neue Wandbilder. Rund um die Tür, die aufs Dach führte, waren vier Paviane zu sehen, die jeweils eine weiße Blume hielten, und die Wände und Pfeiler waren mit Symbolen aus dem alten Ägypten verziert. Wohin man auch blickte, begegnete einem ein Skarabäus, eine Hieroglyphe, ein stilisiertes Auge oder irgendein anderes für die Kultur der Pharaonen typisches Motiv. Ozzy hatte damit sogar seinen Sarg bemalt und ihm das Aussehen eines Sarkophags gegeben, der nun durchaus einer Mumie würdig war. Am erstaunlichsten war jedoch die Wandlung, die Ophelias Porträt erfahren hatte. Ozzy hatte sie noch einmal ganz neu, in kühlen Farbtönen, gemalt und dabei wie absichtlich das Strahlen des ursprünglichen Werkes ausgelöscht. Ophelias goldglänzendes Haar war ganz stumpf geworden, und über ihren einst so klaren Zügen lagen dunkle Schatten. Ihre Haut war körnig, bläulich, und auf ihren welken Wangen breitete sich ein Geflecht aus zerplatzten Äderchen aus. Das strahlende Lächeln der jungen Frau war verblasst. Die sonnige Gioconda war auf den Pluto verschleppt worden.

Unter diesem leichenblassen Porträt stapelten sich Bücher, die Aude vollkommen neu waren. Ozzy musste sie sich besorgt haben, während sie im weißen Zimmer war. Bei näherer Betrachtung stellte Aude fest, dass sie allesamt von ägyptischer Mythologie handelten, einem Thema, für das ihr Bruder sich offensichtlich leidenschaftlich interessierte. Am Kopfende des sarkophagähnlichen Sarges lag auf einer umgedrehten Kiste überdies jenes ›Totenbuch‹, das sie ein paar Tage zuvor auf dem Dach in seinen Händen gesehen hatte. Sie durchblätterte den Band. Er enthielt Abbildungen von

Papyri, von Gottheiten, heiligen Gegenständen und anderen mit dem altägyptischen Totenkult verbundenen Artefakten. Aude staunte über die Ähnlichkeit zwischen manchen Göttern mit Tierköpfen und den hybriden Fabelwesen, die Ozzy schon immer gemalt hatte. Die künstlerische Verwandtschaft war nicht zu übersehen. Bestimmt hatte er sich von diesen Seiten zu den Symbolen inspirieren lassen, die inzwischen die Wände der Halle schmückten. Dann wurde Aude auf einen an die Wand gehefteten Zeitungsausschnitt aufmerksam: Ophelias Todesanzeige. Das Foto zeigte die junge Frau als Heranwachsende. Aude stellte fest, dass die Beerdigung in einer Woche stattfinden würde. Bis dahin würden gewiss alle nötigen Nachforschungen und auch die Autopsie abgeschlossen sein.

Matsheshu ließ Aude wissen, dass Ozzy kurz vor ihrer Ankunft aufgebrochen sei, um sich neue Pinsel zu kaufen. Die Abwesenheit ihres Bruders kam Aude ganz gelegen; so konnte sie sich erst einmal Frigon vorknöpfen. Der Tätowierte hockte auf seiner Pritsche und hing wenig erquicklichen Gedanken nach.

»Na, bist du stolz auf dich? Rundum zufrieden?«, griff sie ihn an.

Frigon tauchte aus seinen morastigen Gedanken auf und musterte sie überheblich.

»Ich habe mit dieser Schlampe abgerechnet. Geschieht ihr ganz recht. Sie hat versucht, Ozzy gegen uns aufzuhetzen, ihn uns wegzunehmen.«

»Ich hatte dir gesagt, du sollst ihr Angst einjagen, sie aber doch nicht kaltmachen.«

»Ich wollte sie nicht umbringen«, beteuerte Frigon.

»Willst du mir etwa weismachen, dass es Notwehr war?«, entgegnete Aude.

»Ich wollte sie bloß etwas erschrecken, damit sie Ozzy in Ruhe lässt, aber sie hat sich gewehrt. Sie hat mir sogar eine geschmiert!«, empörte er sich, als wäre das eine Entschuldigung.

»Und da hast du ihr die Kehle durchgeschnitten«, fuhr Aude fort.

»Ich habe rot gesehen«, gab Frigon zu. »Ich hab mein Messer rausgeholt und … ja, dann ist es passiert.«

Aude fand, dass es glaubhaft klang. Diese Version des Tathergangs entsprach Frigons äußerst impulsivem Temperament. Vielleicht handelte es sich ja wirklich um ein Unglück, vielleicht hatte der Tätowierte den Mord an Ophelia nicht geplant. Allerdings hätte seine Aussage weniger schockierend geklungen, wenn er nur eine Spur von Bedauern gezeigt hätte, aber das war nicht seine Art: Anstatt seine Tat zu bereuen, war Frigon noch stolz darauf und brüstete sich, der Clique einen Gefallen getan zu haben: »Ich hab die Drecksarbeit übernommen. Wir sind sie los«, beteuerte er mit einer tugendhaften Miene, die wenig zu ihm passte. »Ich erwarte nicht von dir, dass du mir dafür dankst. Ich möchte nur, dass Ozzy nichts davon erfährt.«

»Gar nichts?«

»Er weiß nicht, wer Ophelia umgebracht hat. Er hat keine Ahnung, dass wir es waren. Warum sollte man es ihm auch erzählen? Was würde das ändern?«, gab der Tätowierte zu bedenken.

Frigons Standpunkt klang einleuchtend, und Aude, die nicht minder Grund hatte, sich vor Ozzys Reaktion zu fürchten, musste ihm recht geben: Ja, was würde das bringen?

Ozzy kam gegen Mittag nach Hause. Er grüßte Aude geistesabwesend, schien kaum überrascht zu sein, dass sie wieder zurück war, und bemerkte erst recht nicht ihr Veilchen. Er ging geradewegs zu Ophelias Porträt und machte sich sogleich fieberhaft an die Arbeit, wobei er die Farben in so üppigen Schichten auftrug, dass sie zu einem rissigen Magma wurden. Ophelias Wangen quollen auf, ihre Stirn bekam Risse, aus denen Tropfen sickerten. Aude begriff, dass ihr Bruder den allmählichen Zersetzungsprozess wiederzugeben versuchte: Unter seinen Pinselstrichen verweste Ophelia wie im Zeitraffer. Fand Ozzy Gefallen daran, in der Wunde herumzustochern? Bemühte er sich, eine Art neues Bildnis des Dorian Gray zu schaffen, einen Köder, um den Tod in die Irre zu führen und von Ophelia fernzuhalten? Aude wagte nicht, die finstere Metamorphose des Porträts zu kommentieren, sondern fragte ihn nur, wie es ihm gehe. Da Ozzy von seiner Arbeit restlos in Anspruch genommen war, antwortete er ihr erst nach einer Weile: »Ich hab sie umgebracht, weißt du«, sagte er mit heiserer Stimme.

Entsetzt über diese unerwartete Erklärung, stand Aude wie angewurzelt da: »Ozzy, du kannst doch nichts dafür …«

»Ich habe sie umgebracht!«, beharrte er. »Ich weiß nicht, wie es passiert ist; in meinem Kopf geht alles durcheinander. Aber ich erinnere mich daran, dass ich bei ihr war und dass sie tot war.«

Das letzte Teilchen des tödlichen Puzzles fügte sich in das Ganze. Ozzy war tatsächlich bei Ophelia gewesen, kurz bevor Aude bei ihr eintraf. Angesichts des Blutbads, das ihn in einen Zustand geistiger Umnachtung versetzte, hatte er sich eingebildet, dessen Urheber zu sein, und sich die Schuld an dem Verbrechen gegeben. Aude ging ein Licht auf und sie begriff, warum Ozzy Ophelias Porträt in dieser Weise abwandelte: Es handelte sich um eine Sühnehandlung. Er versuchte, den Dämon einer Schuld, die er für die seine hielt, auszutreiben. Das änderte alles. Nachdem Aude unter dem Einfluss von Frigons Argumenten eben noch vorgehabt hatte, ihre gemeinsame Verantwortung an Ophelias Tod zu verschweigen, kam es für sie nun nicht mehr infrage, die Wahrheit zu verheimlichen. Sie würde nicht zulassen, dass ihr Bruder sich für einen blutrünstigen Mörder hielt.

»Du bist nicht schuld, Ozzy. Du hast nichts getan«, setzte sie an.

»Du verstehst das nicht«, seufzte er. »Überall war Blut, und ich hielt sie in den Armen. Ich hatte noch das Messer in der Hand!«

Sein Blick war leer, wie ausgehöhlt. Aude verriet ihm, dass Frigon der tatsächliche Mörder sei, und bekannte, er habe auf ihr Geheiß gehandelt. Ozzy hörte ihr ungläubig zu. Er stieß ein verrücktes Gelächter aus und schlug sich mit der Faust gegen die Stirn, immer wieder, wie von Sinnen. Als Aude seine Selbstquälerei nicht länger mit ansehen konnte, griff sie nach seinem Arm, den er jedoch abschüttelte.

»Hau ab! Verschwinde!«, schrie er.

Dann machte er sich erneut fiebrig an das triste Porträt seiner entstellten Liebe. Aude zog sich zurück. Frigon wirkte ebenso fassungslos wie sie, doch die anderen musterten sie schweigend. Aude hatte den Eindruck, einer strengen Prüfung unterzogen zu werden, und ging, um nur ja der unheilvollen Atmosphäre in der Halle zu entkommen.

9

In Höhe des Gay Village verließ Aude traurig die Metro und schlenderte ohne ein bestimmtes Ziel gen Westen. Als sie im Verkehr einen Streifenwagen entdeckte, dämmerte ihr, dass sie nach ihrer Flucht aus dem Krankenhaus bestimmt gesucht wurde, und sie bog in eine Seitenstraße ein. Sie musste auf der Hut sein. In einem Krimskramsladen kaufte sie eine Brille mit dunklen Gläsern und eine unauffällige Schirmmütze. Mit dieser schlichten Verkleidung glaubte sie sich ohne allzu großes Risiko bewegen zu können, und ließ sich auf der Rue Berri in nördliche Richtung treiben. Vor ihr erhob sich das massive Gebäude der Nationalbibliothek. Auf der Bronzebank, nahe dem Eingang, wartete Prousts Angebetete geduldig auf den nächsten Besuch ihres Verehrers. Aude setzte sich links neben die reglose Leserin und hing düsteren Gedanken nach. Es gab für sie keinen Grund, stolz zu sein. Alles, was sie in letzter Zeit unternommen hatte, hatte sich gegen sie gewandt. Mit ihren denkbar guten Absichten hatte sie nur eine Schnellstraße gepflastert, die direkt in die Kollision, ins Chaos, in den Tod führte. Ozzy hatte den Verstand verloren. Die Clique würde sich bald auflösen, davon war sie überzeugt. Die Achse, um die sich Audes kleines Universum drehte, schien unwiederbringlich aus dem Lot geraten zu sein, und Hoffnung war nur noch ein abstrakter Begriff … Aber zum Glück war da noch das Meer. Das Meer, ja, das plötzlich vor ihr auftauchte. Nicht etwa als übernatürliches Phänomen; es handelte sich um eine Reklame auf einem Bus, der gerade vom nahe gelegenen Bahnhof losgefahren war und neben ihr an der Ampel hielt: BESUCHEN SIE DIE GASPÉSIE. Das Bild wurde lebendig, saugte Aude förmlich in sich hinein. Sie fand sich unversehens an einem Strand wieder und betrachtete das Meer, das unermüdlich seine stille Unendlichkeit vor ihr ausbreitete. Der Seewind fuhr ihr durchs Haar, und die zu ihren Füßen auslaufenden Wellen trugen im Zurückebben die am Ufer ihres Bewusstseins zurückgelassenen Sorgen mit sich fort. Das tat gut. Es war angenehm, wenn der Geist auf diese Weise geläutert und offen für neue Gedanken wurde. Allerdings nicht ganz: Auf dem Strand blieb ein letzter Gedanke zurück, den die Wellen nicht auszulöschen vermochten. Ein Wort, eine Frage … Die Ampel schaltete auf Grün. Der Bus entfernte sich und mit ihm ihre Gaspésie, ihr künstliches Meer, doch hinterließ er in seinem Kielwasser jenes einsame Wort, das wie ein vergessener Kahn darauf schwankte. Und Aude stellte fest, dass nicht der Zufall sie zur Bibliothek geführt hatte, sondern dass sie aus einem besonderen, ihr bis dahin nicht bewussten Grund dorthin gekommen war. Jener Begriff, der sie insgeheim nicht losließ, hatte sie geleitet, jener Begriff, den das Meer ihr bei seinem Rückzug offenbart hatte. Ein Detail, das zu überprüfen sie sich fest vorgenommen hatte.

Aude betrat die Bibliothek. Sie ging in den Saal mit den Nachschlagewerken und griff nach einem Lexikonband, den sie beim Buchstaben D aufschlug. Dort fand sie jenes rätselhafte Wort, das in Justine Taos Notizblock gestanden hatte: DISSOZIATION. Nachdem sie diverse Bedeutungen ausgeschlossen hatte, stieß Aude schließlich auf eine, die ihr am ehesten zuzutreffen schien. Der Begriff wurde tatsächlich auch im psychiatrischen Fachjargon verwendet. In diesem Fall bezeichnete er eine psychische Störung namens »Dissoziation der Persönlichkeit« oder, allgemein verständlich, »Persönlichkeitsspaltung«. Aude brach in schallendes Gelächter aus, ohne den entrüsteten Blicken ihrer Tischnachbarn Beachtung zu schenken. »Das hat ja gerade noch gefehlt«, dachte sie. Das war der Gipfel, die Krönung eines absurden Tages.

Aude kam ein Film in den Sinn, der die angeblich wahre Geschichte eines Verrückten erzählte, der unter dieser besonderen Art von geistiger Umnachtung litt und ein Dutzend unterschiedlicher Persönlichkeiten in sich vereinte. Glaubte die Psychiaterin etwa, dass das auch bei ihr der Fall sei? Wenn Madame Tao eine derart lächerliche These vertrat, dann nahm sie wahrscheinlich irgendwelche bewusstseinsverändernden Substanzen zu sich. Worauf gründete sie derart gewagte Diagnosen? Auf ein zehnminütiges Gespräch und eine oberflächliche Durchsicht ihrer Akte? Unzufrieden schob Aude das Lexikon beiseite. Es war alles andere als zum Lachen. Weil sie wissen wollte, woran sie war, beschloss sie, die Abteilung Psychiatrie nach Titeln über Dissoziation zu durchforsten. Sie entschied sich für das Werk eines gewissen Doktor Fripp, dessen Foto sie beeindruckte: Mit seinem Schnurrbart, seiner Glatze und seinen Glupschaugen entsprach der Mann ganz und gar der Vorstellung, die sie von einem Kartographen unerforschter Kontinente hatte; ihm fehlte nur noch ein Tropenhelm. Seiner Vita zufolge besaß der Verfasser einen Haufen Diplome und jahrzehntelange praktische Erfahrungen in diversen Kliniken. Aude nahm in einem stillen Winkel Platz.

Doktor Fripp erwähnte in der Einführung verschiedene Fälle, die er behandelt hatte. Manche hätten an die dreißig verschiedene »Persönlichkeiten« besessen, die mehr oder weniger voneinander gewusst hätten und denen lediglich der Körper jener »Gastgeber-Persönlichkeit« gemeinsam gewesen sei, den sie miteinander geteilt und abwechselnd übernommen hätten. Der Psychiater erläuterte, dergleichen parasitäre Wesen würden mit dem Begriff *Alter* bezeichnet, dem lateinischen Wort für »Anderer«. Er fuhr fort, eine solche Bewusstseinsspaltung sei schwer zu identifizieren, ihre Symptome würden häufig mit denen anderer psychischer Störungen wie etwa der Schizophrenie verwechselt: Gedächtnislücken, Zeitsprünge, visuelle und auditive Halluzinationen, die manche zurückliegenden Ereignisse in Form von Flash-Backs wieder lebendig werden ließen ... Aude erschauerte. Auf einmal fühlte sie sich nackt und verletzlich. Es wäre allerdings noch schlimmer gewesen, wenn sie das Buch zugeschlagen hätte, also setzte sie mit einem mulmigen Gefühl ihre Lektüre fort. Laut Doktor Fripp lasse sich bei bestimmten Fällen von Dissoziation die Existenz eines gemeinsamen geistigen Ortes feststellen – eine Art psychischer Freiraum, in dem die verschiedenen *Alter* miteinander leben und kommunizieren würden ... Der Wechsel von einer Persönlichkeit zur anderen erfolge ganz unmerklich, nämlich immer dann, wenn ein *Alter* den kollektiven geistigen Ort »verlasse« und sich in die Außenwelt begebe. Dann nehme er diesen einen Körper gleichsam in Beschlag und kontrolliere ihn, je nachdem, wie beherrschend seine Stellung innerhalb der Gruppe sei, über einen bestimmten Zeitraum, in dem er nach Belieben handeln könne, während die »Anderen« auf die Innenwelt, die Psyche, beschränkt seien. Es sei denn, es finde überraschend ein Rollenwechsel statt, etwa wenn ein anderes *Alter* an Dominanz gewinne und unbedingt »in Erscheinung treten« wolle. Dies kündige sich durch ein Gefühl von Leerlauf an …

Aude wollte schlucken, doch ihre Kehle war wie ausgetrocknet. Die von Doktor Fripp geschilderten Symptome entsprachen exakt dem, was sie so häufig erlebt hatte. Eins fügte sich zum anderen: War sie je zusammen mit Ozzy oder irgendeinem anderen Mitglied der Clique irgendwohin gegangen? Warum konnte sie sich nicht an ein einziges Mal erinnern, an dem sie gemeinsam das Haus verlassen hatten? Sie rang mit sich selbst und es fühlte sich so an, als würde sie in voller Montur mit Stiefeln aus Blei schwimmen.

Immer mit der Ruhe. Tief durchatmen. Wohin war nur diese verflixte Gaspésie verschwunden?

Ophelias Gesicht schälte sich in pergamentartigen Fetzen und ihre ausgezehrten Lippen verzerrten sich zu einem fratzenhaften Grinsen. Die Sonnenprinzessin war nur noch an ihren Augen wiederzuerkennen, smaragdgrüne Murmeln, in denen allein noch ein eher unwahrscheinliches Leben funkelte. Nachdem er das Porträt seiner Geliebten aus dem Jenseits vollendet hatte, machte Ozzy sich gleich daneben an ein neues Wandbild, dessen Motiv noch nicht zu erkennen war. Aude ließ ihren Blick durch die Räumlichkeiten schweifen. War es möglich, dass dieser so vertraute Ort noch etwas anderes war als ein ganz realer Platz? Dass es sich um einen jener »kollektiven geistigen Orte« handelte, von denen Doktor Fripp sprach? Um eine imaginäre besetzte Fabrikhalle, die nur in einem entlegenen Bereich ihres Bewusstseins existierte, eine exakte Kopie der echten Halle, von der es gewissermaßen überlagert wurde? So etwas wie ein in der Tiefe ihrer Psyche verborgener Gemeinschaftsraum, in dem die anderen versammelt waren; ein imaginäres Paradies, in dem Morgen für Morgen die Sonne aufging, um Ozzys Huldigungen entgegenzunehmen? Und was war mit jenem Zimmer aus ihrer Kindheit bei Madame Huguette? Und jener Hütte im Wald? Und mit all den anderen Zufluchtsorten, den Abstellkammern bei den verschiedenen Pflegefamilien, den Zellen in den diversen Heimen und jener Favela aus Pappe, unter dem Viadukt, in der die Clique für eine ganze Weile Unterschlupf gefunden hatte? Waren all das kollektive geistige Orte?

Ozzy malte. Frigon schärfte seine Messer. Matsheshu legte Raoul ein Tarot. Proust überflog eine Ausgabe von ›Le Monde‹ aus dem Vorjahr. Mollusque sichtete seinen persönlichen Vorratsschrank und sortierte die verschiedenen Bonbontüten, Schokoladentafeln und sonstigen Naschereien. Emma chattete auf ihrem Laptop mit künftigen Klienten. War es möglich, dass es sich bei all dem bloß um eine seltsame Art von intimem Theater handelte? Dass die anderen lediglich als Audes Satelliten existierten beziehungsweise als Satelliten ihrer kranken Seele? Dass auch Ozzy lediglich ein Phantom war und sie selbst von jeher unter lauter Gespenstern lebte, sich nur etwas vormachte? Sie wirkten alle so real; weshalb sollte man annehmen, dass sie bloß in der Vorstellung existierten?

Aude lieh sich Emmas Laptop aus und ging ins Internet, wo sie gleich fündig wurde: Justine Tao – Psychiaterin – war Mitglied der Ärztekammer. Die dort aufgeführte Adresse war die ihrer Privatpraxis in Vieux-Montréal. Telefonnummer und eine E-Mail-Adresse waren ebenfalls angegeben. Aude schrieb ihr, sie wolle mit ihr Kontakt aufnehmen, sie habe ein paar Fragen an sie. Erst zögerte sie noch, dann schickte sie die Nachricht los.

Fünfzehn Minuten später traf die Antwort der Psychiaterin ein: »Bin sehr froh, von Ihnen zu hören. Bin wegen Ihres Verschwindens sehr besorgt gewesen. Geht es Ihnen gut? Was kann ich für Sie tun?«

»**Schenken wir uns die Höflichkeiten**«, tippte Aude. »**Wie haben Sie so schnell gemerkt, dass ich dissoziiert bin? Sind Sie eine Spezialistin für Persönlichkeitsspaltung oder so was Ähnliches?**«

»Das wäre zu viel gesagt, aber ich habe einige Fälle von Dissoziation begleitet. Ich habe mich ziemlich ausgiebig mit der Erforschung dieser verkannten Störung sowie ihrer therapeutischen Behandlung befasst.«

Bei der Erwähnung einer möglichen Behandlung hob Aude die Augenbrauen. Doktor Fripp hatte das Thema im ersten Kapitel seines Buches in – gelinde gesagt – esoterischer Weise angesprochen, doch angesichts all der Verrückten, aus denen sich die Clique zusammensetzte, befielen Aude berechtigte Zweifel: Konnte man ein derart komplexes, in so vielfältiger Form auftretendes Leiden überhaupt heilen?

»**Sie meinen, man kann etwas dagegen tun?**«, schrieb sie zurück.

»Allerdings. Es gibt eine bewährte Therapie, dank derer eine dissoziierte Person erneut zu einer Einheit wird, indem ihre einzelnen Teile sozusagen wieder zusammengefügt werden.«

Die Teile wieder zusammengefügt? Aude stellte sich eine zerbrochene Vase vor, deren Scherben geduldig zusammengesetzt wurden – Frankensteins Monster, das aus lauter einzelnen Gliedmaßen bestand – ein dreidimensionales Puzzle aus tausend Teilen, das am Ende ein Abbild ihrer selbst ergab, wie das Motiv auf der Schachtel … Die Hoffnung auf eine etwaige Heilung war immerhin ein Lichtblick am Horizont. Vorausgesetzt natürlich, dass die Psychiaterin tatsächlich wusste, wovon sie sprach. Es gab nämlich keine Garantie dafür, dass ihr Urteil unfehlbar war, und schon gar nicht, dass sie sich in der Materie wirklich auskannte: Was wusste Aude schon über diese Frau und ihre Marotten? Vielleicht sah Madame Tao ja überall vermeintliche Dissoziationen?

»Und was, wenn Sie sich irren?«

»Ich bin fest davon überzeugt, dass ich mit meiner Diagnose richtig liege. Die Symptome sind eindeutig.«

»Welche Symptome? Wie können Sie sicher sein, dass Sie sich nicht täuschen?«

»Es besteht nicht der geringste Zweifel. Den Beweis habe ich bei meinem Besuch bei Ihnen im Krankenhaus erhalten. Vor meinem Gespräch mit Ihnen habe ich erlebt, wie zwei weitere *Alter* in Erscheinung traten. Zunächst habe ich einen schüchternen Burschen namens Mollusque kennengelernt. Dann hatte ich mit einem anderen Wesen zu tun, das sich weigerte, mit mir zu sprechen. Es handelte sich vermutlich um eine Frau: Emma, nehme ich an …«

»Eine Frau mit rosa Federn an den Ohren? Ja, ich habe von ihr geträumt«, bestätigte Mollusque.

Der behäbige Bursche glaubte nämlich, der freundlichen chinesischen Dame ein paar Tage zuvor im Traum begegnet zu sein.

»Ich lag in einem ganz weißen Raum, und sie saß neben mir«, erzählte er. »Sie hat mich über die Clique ausgefragt: Sie wollte unsere Namen wissen, herausfinden, wie viele wir sind. Wir sollen ja eigentlich nicht darüber reden, aber da es nur im Traum war, dachte ich, es sei nicht so schlimm, und habe geantwortet«, schloss der Koloss, der befürchtete, dass man ihm Vorwürfe machen würde.

Emma nickte ernst, als Zeichen, dass sie etwas Ähnliches geträumt hatte, worauf sich Audes letzte Illusionen verflüchtigten. Sie hatte gehofft, dass Tao nur geblufft und einige Informationen aus ihrer Akte benutzt hatte, um sie zu täuschen, aber offenbar hatte sie die Wahrheit gesagt. Sie allein hatte, ohne sich dessen bewusst zu sein, immer wieder das eine oder andere Mitglied der Clique verkörpert und reihum die Rolle eines jeden angenommen. Raoul, der splitterfasernackt herumsprang, Emma, die auf den Strich ging, Frigon, der die Kannibalen niedermetzelte, Mollusque, der sein Hündchen bemutterte, Matsheshu, der in der Metro auf seinem Didgeridoo spielte, Proust, der die unendliche Geschichte seiner Trunksucht fortschrieb, und selbst Ozzy, der die Wände der Stadt mit seinen Graffiti schmückte … Ozzy, der der schönen Ophelia nachstellte, sich in sie verliebte und voller Leidenschaft ihr Porträt malte, ohne zu ahnen, dass er sich in eine ausweglose Lage begab, dass seine amourösen Sehnsüchte schon im Keim erstickt werden würden. Die romantische Note dieser Liaison hatte nämlich allein in Ozzys Vorstellung existiert: Aus Ophelias Sicht konnte es sich nur um eine etwas zweideutige freundschaftliche Beziehung zu einer exzentrischen lesbischen Malerin handeln. Zumindest bis zu jenem Tag im Café Nelligan, an dem Aude ihre wahre Identität preisgegeben und alles durcheinandergebracht hatte. Wie verwirrend musste diese jähe, unerklärliche Veränderung in ihrem Verhalten für Ophelia gewesen sein. Wie merkwürdig musste es auf sie gewirkt haben, ihre Freundin Ozzy auf einmal über sich selbst in der dritten Person reden und geheimnisvolle Anspielungen auf einen »Bruder« machen zu hören, der zuvor noch nie erwähnt worden war. Man konnte sich vorstellen, was für eine stürmische Szene sich noch am selben Abend bei ihrem Treffen abgespielt haben musste: Ophelia, die ihre Freundin fragte, was für eine seltsame Komödie sie ihr vorgespielt habe, und Ozzy, der kein Wort davon verstand, der beteuerte, gar nicht im Café gewesen zu sein, aber dennoch zugeben musste, dass irgendetwas nicht stimmte … und dem es dann irgendwann dämmerte, dass dieser Körper, den er für den seinen gehalten hatte, womöglich nicht ihm allein gehörte. Deshalb hatte er so aufgewühlt gewirkt, als er an jenem Abend nach Hause kam. So also erklärte sich seine Bestürzung und jenes Entsetzen, jene Ablehnung, mit denen er Aude begegnet war, als sei sie ein Dämon, von dem er besessen war. Das war der Grund für seine Verstörung, sein Misstrauen, seine Aggressivität und sein Verbot, sich erneut in seine Beziehung zu Ophelia einzumischen.

Aude betrachtete ihre Hände, die auch die von Frigon waren. Sie barg in sich eine Persönlichkeit, die fähig war, einen Mord zu begehen. Ein Killer ging in ihren Fußspuren, ein Killer, den sie nicht vertreiben konnte, da er ein Teil von ihr war, ja genauso wenig von ihr zu trennen wie ihr Schatten. Da sie die Hände einer Mörderin, die ihr gehörten, nicht länger sehen wollte, schloss Aude die Augen. Aber die Blindheit gewährte ihr keinerlei Trost.

Ozzys neues Wandbild war inzwischen so weit gediehen, dass man erkennen konnte, was es werden sollte, und Aude stellte verblüfft fest, dass es sich um jene goldene Barke handelte, von der sie in der Notaufnahme geträumt hatte, in deren Bug Ozzy gestanden und mit seiner Lanze ein gigantisches Reptil abgewehrt hatte. Eine solche Traumübertragung war der Beweis für ihrer beider identische Psyche. Ihr Bruder übernahm einen Teil ihrer Halluzinationen, was offenbar ganz normal war, da sie dieselben Sinne, dieselbe Vorstellungswelt besaßen. Aude fragte sich, wen ein unabhängiger Beobachter, der sich in jenem Moment in der Halle befand, wohl gesehen hätte: sie, anstelle von Ozzy, ganz allein beim Malen?

Die anderen, die sich ihrer Nicht-Existenz nicht bewusst waren, gingen ihren üblichen Beschäftigungen nach, und Aude sah ihnen dabei zu, wie man einem Schauspiel beiwohnt. Es handelte sich nämlich in der Tat um ein Schauspiel, ein Theaterstück, in dem sie nicht nur die Hauptrolle sowie sämtliche Nebenrollen innehatte, sondern dessen Autor und begeistertes Publikum sie außerdem war. »Eine echte One-Woman-Show«, dachte sie, als ihr klar wurde, wie ungewöhnlich die Situation war. Zu Besuch in ihrem eigenen Geist begegnete sie lauter Personen, die sie, ohne es zu wollen, zum Leben erweckt hatte. Wenn es im geistigen Kontinuum einen Punkt gab, an dem Wahnsinn und klarer Verstand aufeinandertrafen, so hatte sie diesen zweifellos erreicht. In ihrer Verzweiflung beglückwünschte sie sich zynisch dazu, dermaßen verrückt zu sein. Ein höchst seltener Fall, eine psychische Rarität, auf die sich die erlauchtesten Koryphäen gestürzt hätten. Konnte man sich nicht, da vom Standpunkt des Schicksals aus betrachtet alle Dinge einander ebenbürtig waren, auf ein solches Maß an Verrücktheit etwas einbilden?

Bei jener Wunder verheißenden Therapie, von der Tao gesprochen hatte, handelte es sich wahrscheinlich nur um ein Hirngespinst. Warum sollte es der Psychiaterin tatsächlich gelingen, diese ganze bunte Gesellschaft in Audes Person wieder zusammenzuführen? Und selbst wenn so etwas möglich wäre, zu welchem Preis? Würde sie damit nicht die anderen zum Verschwinden verdammen und Gefahr laufen, Ozzy für immer zu verlieren?

Wie konnte sie denn sicher sein, dass Tao nicht ebenfalls ein *Alter* war, ein Neuankömmling in der erweiterten Familie ihrer multiplen Persönlichkeiten?

10

Der Teppich aus welken Blättern, mit dem der Park ausgelegt war, raschelte in der leichten Brise. Im kahlen Astwerk tirilierten Spatzen. Neben einem versiegten Springbrunnen klickerten Kinder mit Murmeln oder spielten Himmel und Hölle. Das friedliche spätherbstliche Bild stand im krassen Gegensatz zum Gebrodel der Neuronen in Audes Schädel. Sie vertiefte sich erneut in Doktor Fripps Schriften. Ihm zufolge handelte es sich bei der Dissoziation um eine Bewusstseinsspaltung, die durch ein in der frühen Jugend erlittenes schweres psychisches Trauma hervorgerufen worden war. Die Nerven der betreffenden Person seien derart heftig erschüttert worden, dass ihre Persönlichkeit daraufhin eine Spaltung erlitten habe. Auf diese erste Dissoziation würden häufig noch weitere, sogenannte sekundäre Dissoziationen folgen, wenn es zu neuerlichen traumatischen Erlebnissen komme, da die mittlerweile brüchig gewordene Psyche dazu neige, sich immer rascher aufzuspalten, gleichsam zu zerbröckeln. Um seine Beobachtungen zu veranschaulichen, schilderte Doktor Fripp den Fall einer ehemaligen Patientin, eines jungen Mädchens namens Daphne, deren Kindheit von

Brutalität geprägt gewesen war. Nachdem sie wiederholt von ihrem Vater missbraucht worden sei, habe sie als Heranwachsende zwölf verschiedene Persönlichkeiten entwickelt, die jeweils aus traumatischen Erlebnissen hervorgegangen waren. Fripp sah in Daphnes Fall das perfekte Beispiel dafür, wie sich das Bewusstsein Schritt für Schritt auflöse: Die dissoziative Störung bestehe kurz gefasst darin, dass das missbrauchte Mädchen sich lieber eingebildet habe, dass die ihr entgegengebrachten Aggressionen anderen zugestoßen seien, und zwar in einem solchen Maße, dass diese »Anderen«, diese Ersatzidentitäten, ein eigenständiges Leben annahmen und an ihrer Stelle das Unerträgliche über sich ergehen ließen, während sie im Geiste ihrem Körper entfloh.

Das Geschrei der Kinder ließ Aude von ihrem Buch aufblicken. Sie hatten einen Kreis gebildet und spielten »Der Plumpsack geht um«. Zu Audes Füßen klopfte ein keckes Eichhörnchen mit dem Schwanz auf den Boden. Sie bedauerte, keine Erdnüsse dabeizuhaben, und beneidete es um sein so viel einfacheres Nagetierdasein. Was sollte sie nur glauben? Dass sie eine Art Daphne war? Sie war zwar als kleines Mädchen ebenfalls misshandelt worden, konnte sich aber nicht mehr daran erinnern, ob es so extrem gewesen war wie bei Daphne.

Das Eichhörnchen wurde es müde, vergebens zu betteln, wandte sich von ihr ab und hüpfte davon. Aude hätte es ihm gern gleichgetan: sich umdrehen und fliehen. Vor sich selbst fliehen.

Im nächsten Kapitel kam Doktor Fripp auf die Behandlung der dissoziativen Störung zu sprechen. Es ging dabei um die sogenannte »Fusion«, bei der die ursprüngliche Persönlichkeit wiederhergestellt werden sollte. Darauf hatte Tao vermutlich angespielt, als sie davon sprach, »die einzelnen

Teile wieder zusammenzufügen«. Der Prozess verlief ihm zufolge in zwei Etappen: Während der ersten, »Rückführung« genannten Phase versuche man, in der Erinnerung bis zu den verschiedenen Traumata, die zur Spaltung einer Persönlichkeit geführt hätten, vorzudringen. In Phase zwei, der eigentlichen »Fusion«, gehe es darum, die verschiedenen *Alter* wieder zusammenzufügen. Diese würden dann in der »Gastgeber«-Persönlichkeit verschmelzen: Die dominanten *Alter* würden nun zu deren starken Charakterzügen, während sich die weniger ausgeprägten im Unbewussten auflösten, wo sie unterschwellig weiterexistieren würden. Aude sann über das jeweilige Naturell der verschiedenen Mitglieder der Clique nach. Ozzy und Frigon gehörten zweifellos zu den dominanten *Alter*. Emma war wegen ihres zurückhaltenden Charakters wahrscheinlich eher zu den »Dominierten« zu rechnen, dasselbe galt für Mollusque. In welche Rubrik aber gehörten Matsheshu, Proust und Raoul? Für Aude stand jedenfalls eines fest: dass Tao auf keinen Fall unter die *Alter* einzureihen war. Die Psychiaterin war real. Das musste sie sein, denn Aude war ihr außerhalb der besetzten Halle begegnet, außerhalb jenes geistigen Bereiches, in dem sich die verschiedenen *Alter* ganz bewusst in Gegenwart all der anderen aufhalten konnten.

Die Kinder hatten sich inzwischen einem anderen Spiel zugewandt: Eine aufregende Partie Fangen hatte begonnen, bei der sie einander unter großem Geschrei verfolgten. Ein Mädchen, die Kleinste von allen, zog sich weinend aus der Gruppe zurück und ließ sich, von allen verlassen, von niemandem beachtet, auf dem Rand des Springbrunnens nieder. Der Wind frischte auf und wirbelte die welken Blätter umher.

In der Halle gab es ein kleines Gedränge. Frigon, Raoul und Mollusque standen um Ozzy herum, der das Wandbild, auf dem die Mitglieder der Clique dargestellt waren, abwandelte. Im Hintergrund sandte eine gewaltige Sonne ihre starren Strahlen aus, und der Tätowierte, der Gnom und der Koloss waren nunmehr so wie in Audes Traum von Ozzys Hochzeit dargestellt. Frigon hatte einen Falkenkopf. Raoul glich, nackt und Grimassen ziehend, einem kleinen Sumo-Ringer, der einen Cancan tanzt, während Mollusque, bis auf einen einzigen Zopf restlos kahl, mit der Hand in einem Gefäß nach etwas Essbarem angelte. Ozzy war gerade damit beschäftigt, sein eigenes Porträt zu überarbeiten, und zwar genau so wie in Audes Traum: ganz in Weiß gehüllt, mit einem grünen Gesicht und einem albernen Kinnbart. Erst jene goldene Barke, die von einer Riesenschlange angegriffen wurde, und nun das: die Hochzeitsszene. Wie bei kommunizierenden Röhren schöpfte Ozzy seine Inspiration offenbar aus Audes Traumvisionen. Ohne etwas von ihrer psychischen Verbindung zu ahnen, malte er mit beseelter Miene, als würde sein Leben davon abhängen.

»Ozzy malt sich als Prahlhans«, flüsterte Mollusque Aude ins Ohr.

»Nein, das stimmt nicht!«, schaltete sich Raoul ein.

»Doch, das hat er selbst gesagt!«, erwiderte der behäbige Bursche.

»Nein, er malt sich als Pharao«, korrigierte ihn der Gnom.

»Was ist denn ein Pharao?«

»Woher soll ich das wissen?«

Unter dem Einfluss kreativer Impulse, die er für seine eigenen hielt, setzte Ozzy diese natürlich im Lichte dessen um, was er in letzter Zeit über das Alte Ägypten gelesen hatte.

Ein Pharao? Und was käme dann? Würde er demnächst eine Pyramide errichten? Frigon musterte sein raubgieriges Konterfei, und die martialische Haltung gefiel ihm offenbar – seinem verzückten Gesichtsausdruck nach zu schließen. Als er merkte, dass Aude ihn beobachtete, warf er ihr einen verächtlichen Blick zu und spuckte auf den Boden. Frigon würde ihr nicht so ohne Weiteres verzeihen, dass sie Ozzy von seinem Verbrechen erzählt hatte: Wahrscheinlich stünde ihr Name in Zukunft ganz oben auf seiner schwarzen Liste. Indessen neckten sich Raoul und Mollusque gegenseitig mit ihrem neuen Aussehen auf dem Wandbild. Aude seufzte und fragte sich, was für traumatische Erlebnisse sie wohl dazu bewogen haben mochten, eine solche Truppe von Taugenichtsen um sich zu scharen …

Matsheshu kam gegen elf Uhr abends mit seinem Didgeridoo über der Schulter zurück, nachdem er die Metropassagiere mit seinen Klängen beglückt hatte. Seine Rückkehr fiel mit Emmas Aufbruch zusammen, die sich als Gothic-Puppe verkleidet hatte. Es war genau so, wie Doktor Fripp es beschrieben hatte: Ein *Alter* verscheuchte das andere, wie in einer Drehtür. Mollusque, der sich zum Schlafen hingelegt hatte, bat um eine Geschichte, worauf Proust ihm von den Abenteuern des Däumlings erzählte. Aude saß in der Nähe und hörte zu. Sie hatte den Eindruck, selbst der Däumling zu sein, der sich mit sieben verrückten Brüdern in der Tiefe des Waldes verlaufen hatte, nachdem die bösen Vögel der Dissoziation die Brotkrumen ihres psychischen Gleichgewichts heimtückisch verspeist hatten. Sie empfand Mitgefühl für

Daphne, jenes Mädchen, das sie als Einzige hätte verstehen können, das durch die ihr zugefügte Gewalt wie Aude selbst in lauter Einzelteile zerbrochen war. Was mochte geschehen sein, dass Aude dermaßen gespalten war? Infolge welcher seelischen Katastrophe war ihre Seele zersprungen?

Für den Däumling ging alles gut aus. Mollusque und Raoul waren bereits eingenickt. In der Halle waren nur noch gedämpfte Geräusche zu hören: das Knistern der Glut, das leise Scheuern von Ozzys Pinselstrichen. Er malte im Schein einer Lampe weiter. Als Aude einen prüfenden Blick in die Finsternis warf, nahm sie das Funkeln in Frigons Augen wahr. Wie jene Sphinx am Ufer des farbigen Flusses lag er auf seiner Pritsche und warf ihr einen bohrenden Blick zu, als würde er seinerseits Audes Träume in sich aufsaugen. Sie wandte sich mit einem unbehaglichen Gefühl ab. Würden in Zukunft sämtliche *Alter* ganz selbstverständlich in ihrem Kopf ein- und ausgehen? Aude spürte, wie Frigons wilder Blick ihren Rücken durchbohrte, und wurde von der dumpfen Angst gepackt, dass man ihr im Schlaf die Kehle durchschneiden könnte. War es möglich, dass ein *Alter* seine »Gastgeber«-Persönlichkeit tötete und somit eine Art Selbstmord beging? Dass ein seelisch beschädigtes Mädchen wie Daphne Prügelknaben erfand, um seinen Leidensweg besser zu ertragen, konnte sie sich durchaus vorstellen, aber aus welcher Notwendigkeit, aus welchem Überlebenswillen heraus war Aude so weit gegangen, ein Ungeheuer wie Frigon zu erschaffen?

»Machen Sie sich wegen Frigon keine allzu großen Sorgen. Es kommt häufig vor, dass aggressive *Alter* auftauchen«, antwortete Justine Tao tags darauf. »Die Persönlichkeitsspaltung lässt nicht selten böswillige oder selbstzerstörerische *Alter* entstehen. Frigons Präsenz ist in gewisser Weise nur ein kleines Übel: Sie können sich glücklich schätzen, dass sich keine dämonische Wesenheit formiert hat, was relativ oft vorkommt. Das ist übrigens höchstwahrscheinlich auch die medizinische Ursache bei Menschen, die früher als vom Teufel besessen galten. Man kann die Zahl der unglücklichen Opfer, die aufgrund einer Persönlichkeitsspaltung auf den mittelalterlichen Scheiterhaufen geendet sind, nur schätzen.«

Gedankenverloren blickte Aude auf den Bildschirm des Laptops. Sie saß im Café Nelligan, an ebenjenem Tisch, für den Ophelia eine besondere Vorliebe gehegt hatte. Da sie nun etwas besser einordnen konnte, was es mit Frigon auf sich hatte, stellte sie Tao die eine Frage, die sie nicht mehr losließ: **»Worum könnte es sich bei dem Trauma, das ich erlitten habe, handeln?«**

»Genau das gilt es herauszufinden.«

»Ich habe nicht die geringste Ahnung.«

»Das ist ganz normal. Sie haben es verdrängt, weil die Erinnerung daran zu schmerzlich ist, aber das Trauma bleibt in den tiefsten Schichten Ihres Gedächtnisses verborgen, und seine Nachwirkungen halten an. Man muss herausfinden, welcher Schock Ihre Persönlichkeit aufgespalten hat, genau das wäre das erste Etappenziel einer Behandlung.«

»Wie geht man dabei vor?«

»Zunächst muss ermittelt werden, wann die verschiedenen *Alter* entstanden sind, um festzustellen, wer als Erstes aufgetaucht ist.«

»Das war Ozzy.«

»Sind Sie ganz sicher?«

»**Ja. Emma und die anderen sind erst später dazugekommen. Ozzy war der Erste. Ich erinnere mich an nichts und niemanden vor ihm.**«

»Nicht einmal an Ihre Familie, Ihre Eltern?«

»**Sie sind bei einem Autounfall ums Leben gekommen, als ich zwei Jahre alt war.**«

»Von wem haben Sie das erfahren?«

»**Von Madame Huguette**«, antwortete Aude und fragte sich, ob ihre Anspielung auf die Rabenmutter nicht vielleicht einer näheren Erklärung bedurfte.

»Madame Huguette, ja: Auf sie werden wir noch zurückkommen. Gehen wir also davon aus, dass Ozzy das erste *Alter* ist. Dann wäre anzunehmen, dass er aus dem ursprünglichen Trauma entstanden, direkt daraus hervorgegangen ist. Könnten Sie mir schildern, unter welchen Umständen er erstmals in Erscheinung getreten ist?«

Da merkte Aude, dass sie dazu außerstande war. Trotz allergrößter Anstrengung gelang es ihr einfach nicht, sich an den genauen Moment zu erinnern, in dem ihr Bruder in ihr Leben getreten war. Und genauso wenig an eine Zeit, in der es ihn noch nicht gegeben hatte.

»**Es ist so, als sei er schon immer da gewesen**«, schrieb sie.

»Eine solche partielle Amnesie weist auf einen psychologischen Abwehrmechanismus hin. Um sich vor der unerträglichen Erinnerung an das ursprüngliche Trauma zu schützen, hat Ihr Geist einen Zaun um Ihr Gedächtnis errichtet, eine Art Mauer des Vergessens.«

»**Eine Mauer des Vergessens?**«, tippte Aude, die sich eine solche Maurerarbeit in ihrer Seele schwerlich vorstellen konnte.

»Diese Mauer gilt es zu überwinden, um herauszufinden, was sich dahinter verbirgt.«

»Gar nicht so einfach.«

»Glauben Sie mir, das ist möglich, wenn man dabei systematisch vorgeht. Ich werde einen Therapieplan entwickeln. Meine Rolle wird darin bestehen, Sie bei dieser inneren Suche zu begleiten. Natürlich sollten wir uns so bald wie möglich sehen. Vorausgesetzt, Sie sind bereit, sich den Behörden zu stellen.«

Da also lag der Hase im Pfeffer. Der ganze Aufwand nur deswegen?, dachte Aude. Um dann diesen lächerlichen Vorschlag zu machen, sich den Bullen zu ergeben?

»Lieber krepiere ich. Schon möglich, dass ich verrückt bin, aber noch nicht verrückt genug, um mich zu stellen.«

»Das ist unumgänglich. Es wird eine ganze Reihe von Analysesitzungen erforderlich sein. Ihre Anwesenheit ist notwendig, wenn wie es wirklich ernsthaft angehen wollen.«

»Warum treffen wir uns nicht heimlich? Die Polizei muss ja nichts davon erfahren?«

»Eine solche Verantwortung kann ich nicht übernehmen. Um Sie überhaupt im Krankenhaus aufsuchen zu dürfen und Einblick in Ihre Akten vom Sozialamt zu bekommen, musste ich gewisse Auflagen erfüllen. Ich bin angehalten, mit den Behörden zusammenzuarbeiten.«

»Ich habe immer gedacht, dass die Beziehung zwischen einem Therapeuten und seinem Patienten der Schweigepflicht unterliegt ...«

»Das stimmt im Prinzip auch, aber Sie müssen zugeben, dass es sich bei Ihnen um einen speziellen Fall handelt, da ein Mord stattgefunden hat.«

»Haben Sie Angst, dass ich noch einen Mord begehen könnte?«, schrieb Aude ironisch.

Der Bildschirm blieb leer. Die Psychiaterin musste erst nachdenken. Aude wurde plötzlich etwas klar: Tao ging es weniger um den ethischen Aspekt ihrer Beziehung als vielmehr um ihre persönliche Sicherheit. Sie fürchtete sich davor, mit einer Mörderin allein zu sein. Durchaus verständlich: Wie hätte Aude ihr auch garantieren können, dass Frigon nicht plötzlich mitten in eine Sitzung hereinplatzte?

Schließlich erschien Taos Antwort: »Sie sollten sich stellen, Aude.«

»Niemals.«

»Sie wissen genau, dass Sie nicht ewig fliehen können.«

»Das ist mir bisher ganz gut gelungen.«

»Haben Sie nicht genug vom Leben im Untergrund? Wir besorgen Ihnen einen guten Anwalt. Ich werde vor Gericht aussagen und beweisen, dass Sie aufgrund Ihres psychischen Zustands unzurechnungsfähig sind. Sie werden nicht ins Gefängnis wandern.«

»Natürlich nicht: Man wird mich vielmehr in eine hübsche gepolsterte Zelle stecken.«

»Für die Dauer Ihrer Behandlung werden Sie in eine spezielle Einrichtung eingewiesen. Später wird man versuchen, Sie wieder in die Gesellschaft einzugliedern. Sie werden frei sein, Aude, befreit von der Vergangenheit.«

Nun zögerte Aude. Denn Tao hatte soeben, ohne es zu wissen, das magische Wort ausgesprochen, das auf ihrem geheimen Wappen eingraviert war: Freiheit. Aude beobachtete die Besucher des Cafés, all diese Männer und Frauen, die plauderten, aßen, lasen, und zwar am helllichten Tag, ohne die geringste Anspannung. Sie alle mussten sich nicht verkriechen. Aude ertappte sich dabei, dass sie diese sogenannten gewöhnlichen Leute beneidete, und fragte sich, wie sich wohl ein ganz normales Leben anfühlen mochte. Was war mehr wert: die Freiheit, sich anzupassen, oder die, jegliche Fessel abzulehnen? Was war Freiheit denn anderes als das Privileg, sich seine Fesseln selbst zu wählen?

»**Ich werde darüber nachdenken**«, schrieb sie, bevor sie den Laptop schloss.

»Ich bin der, der die Götter im Westen des Himmelsgewölbes erschafft. Ich erhelle meinen eigenen Blick; ich bin der Herr der Auferweckungen, der das Haus der Toten errichtete …«

Das war Ozzy, der der um das Kohlebecken versammelten Clique Auszüge aus einem Buch vortrug. Der Pharao hatte seine Pinsel weggeräumt. Auf dem Wandbild waren nun auch die letzten Porträts überarbeitet, und Aude bemerkte, dass ihr Konterfei inzwischen ein weißes Kleid und einen Helm trug, dessen Form an einen Sessel erinnerte. Am seltsamsten jedoch waren die großen weißen Flügel, mit denen ihr Bruder sie ausgestattet hatte. Ansonsten war die Szene mit jener der Hochzeit identisch: Emma trug einen schwarzen Umhang und ein Diadem, das mit einer Art Kelch verziert war. Proust hatte den Kopf eines Reihers und Matsheshu den eines Wolfes. Ophelia stand in ihrem transparenten Kleid da und hielt Ozzys Arm. Das Bild wurde durch die Pyramide vervollständigt, über der eine Waage zu sehen war, die bisher gefehlt hatte, und die unförmigen Silhouetten der Geschöpfe der Nacht umrahmten das Wandbild.

»Seid gegrüßt, ihr beiden Falken, die ihr Re begleitet. Sei gegrüßt, Herr der Nekropole im Herzen der Erde. Du bist ich, und ich bin du, unter dem kristallenen Himmel des Ptah …«

Aude stellte fest, dass es sich bei dem Buch, aus dem Ozzy vorlas, um jenes ›Totenbuch‹ handelte, das er am Kopfende seines Lagers aufbewahrte. Sie schenkte dem ägyptischen Gefasel keine weitere Beachtung und zog sich in ihre Nische zurück. Das Phantom der Freiheit ließ sie nicht los und entfaltete fast unmerklich seinen ganzen Charme, vages Objekt eines Verlangens, das sie nicht zu unterdrücken vermochte, obgleich sie sehr wohl wusste, dass sie sich nur etwas vormachte. Wollte sie wirklich geheilt werden? Zu welchem Preis? Angenommen, sie würde sich für den Prozess der Fusion entscheiden, welche Aspekte der verschiedenen Persönlichkeiten der *Alter* würden dann in die ihre eingehen? Die Vorstellung, mit Ozzys Seele zu verschmelzen, war zwar äußerst verlockend, aber die Aussicht einer solchen Vereinigung mit den anderen gab ihr zu denken, zumal es gewiss bedeuten würde, auch deren Makel zu übernehmen. Musste sie nicht befürchten, von Mollusques Beschränktheit oder Prousts Alkoholismus angesteckt zu werden? Wie Emma zu verstummen oder wie Raoul an chronischem Exhibitionismus zu erkranken? Und was würde sie nur mit Frigon anfangen? Oder vielmehr er mit ihr? Zu welchem seltsamen Wesen würde sie womöglich am Ende werden? Würde sie sich in dieser neuen, fusionierten Aude überhaupt wiedererkennen? Etliche Fragen, die auf der übervollen Tafel ihres Geistes geschrieben standen.

Sie schaltete den Laptop ein und schrieb an Justine Tao: **»Und falls ich mich dazu bereit erklärte, wie lange würde dann eine solche *Fusion* meiner verschiedenen Persönlichkeiten dauern?«**

Die Antwort der Psychiaterin ließ nicht lange auf sich warten: »Schwer zu sagen. Alles hängt davon ab, wie schnell wir dem ursprünglichen Trauma auf die Spur kommen. Die sekundären Traumata lassen sich dann normalerweise leicht identifizieren.«

»Wie lange?«, insistierte Aude. »Wochen? Jahre?«

»Die Fusion ist ein komplexer Prozess, dessen Ergebnis sich nicht vorhersagen lässt. Es gibt keine Garantie dafür, dass die Behandlung erfolgreich ist, aber auch keinen Grund, weshalb wir scheitern sollten, vorausgesetzt Sie schenken mir Ihr Vertrauen.«

Tao vertrauen? Ganz bestimmt … War diese Mutter Theresa der Psychiatrie tatsächlich so selbstlos, wie sie vorgab zu sein? Ging es ihr nicht einzig und allein darum, ihre Sammlung um einen weiteren Schrumpfkopf zu bereichern? Und was, wenn es sich um eine mit der Polizei abgesprochene Taktik handelte, um Aude dazu zu bewegen, sich zu stellen? Sie konnte sich des Eindrucks nicht erwehren, dass die Psychiaterin ihr etwas Wichtiges vorenthielt. Was wusste Justine Tao, was verschwieg sie ihr?

Ozzy, der die ganze Zeit über Passagen aus seinem Lieblingsbuch vorgetragen hatte, war endlich verstummt. Er entließ seine Zuhörer, hielt jedoch Frigon und Matsheshu zurück, auf die er mit gedämpfter Stimme einredete, indem er auf das Hochzeitsbild an der Wand wies. Sein Geflüster schien den Indianer zu beeindrucken, der mit ernster Miene sein Porträt als Werwolf musterte. Dann beugte sich Matsheshu über das ›Totenbuch‹ und begann, gemeinsam mit Ozzy etwas zu murmeln, das wie Beschwörungsformeln klang.

Auf dem Bildschirm des Laptops wartete Tao nach wie vor auf eine Antwort: »Was halten Sie davon?«

Was Aude davon hielt? Was sollte sie schon davon halten? Was war am wichtigsten? Geheilt zu werden? War sie bereit, sich dafür zu stellen? »Mehr darüber erfahren: Das möchte ich«, entschied sie. Sie müsste der Psychiaterin so viele Informationen wie nur irgend möglich entlocken. Sie musste ihr etwas vormachen, so lange wie nur irgend möglich bei dem Spiel mitspielen.

»Ich bin bereit, mich zu stellen, möchte aber erst noch mehr über die dissoziative Störung und über das, was mich erwartet, erfahren«, schrieb sie.

»Das ist Ihr gutes Recht.«

»Erzählen Sie mir von Madame Huguette. Die Verletzungen in Ihrem Gesicht stammen doch von ihr?«

Aude strich instinktiv über ihre Narbe. Sie hockte auf der durchgesessenen Rückbank eines Oldsmobile 79, der seit Jahren vor sich hin rostete. Jenseits der Windschutzscheibe erstreckte sich die verlassenste Gegend der Zone, ein von rötlichen Lachen und wild wachsenden Büschen übersätes unwegsames Gelände. Diesen Ort suchte Aude gern auf, wenn sie nachdenklicher Stimmung war. Sie hatte Emmas Laptop mitgebracht, um sich unauffällig mit Justine Tao austauschen zu können.

»Ja«, tippte sie. **»Um mich zu bestrafen. Ich hatte ihre ›Schwanensee‹-CD kaputt gemacht.«**

»Sie hat Ihnen Schnittwunden zugefügt, weil Sie eine CD zerstört haben?«

»Sie liebte diese Musik. Sie spielte sie unaufhörlich.«

»Warum haben Sie diese CD kaputt gemacht?«

»Ich konnte sie nicht mehr ertragen. Die Musik machte mir Angst. Auch heute noch bekomme ich es mit der Angst zu tun, sobald ich sie höre.«

»Sie wissen, dass Musik und Gefühle eng miteinander verbunden sind. Diese Angst, die ›Schwanenseee‹ Ihnen einflößt, scheint mir bedeutsam zu sein.«

»Sie finden das wichtig?«

»Schon möglich. Wir müssen das bei unseren ersten Sitzungen weiterverfolgen.«

»Einverstanden«, bluffte Aude, wohl wissend, dass dergleichen »Sitzungen« niemals stattfinden würden.

»Erzählen Sie mir von Ihrer Flucht. Ich wüsste gern, warum Sie von Madame Huguette weggelaufen sind. Was war der Auslöser?«

Diese Erinnerung hatte sich unauslöschlich in ihr Gedächtnis gebrannt. Aude berichtete der Psychiaterin in aller Ausführlichkeit davon, wie Ozzy im Müllkasten eingesperrt gewesen war … Jener Kasten, der, wie ihr auf einmal klar wurde, nie etwas anderes als das Gespenst eines Bruders enthalten hatte. Die Feststellung war schmerzlich, unausweichlich: Sie war schon immer allein gewesen. Allein mit Madame Huguette, allein mit Gabriel, der natürlich das Wesen ihrer Störung gewittert und sich einen Spaß daraus gemacht hatte, sie auf Kosten eines fiktiven Bruders zu quälen. Allein, als sie aus dem verfluchten Haus floh, allein während all der mit ihrer vermeintlichen Clique, ihrer Familie, verbrachten Jahre, und umso einsamer, als sie nichts von ihrem Alleinsein ahnte. Bestürzt wurde Aude sich des erschreckenden Ausmaßes ihrer Einsamkeit bewusst.

Tao interessierte sich indessen weiterhin für die Umstände ihrer Flucht und wollte mehr erfahren: »Ist da nicht noch irgendetwas anderes? Erinnern Sie sich nicht an einen Brand? In Ihrer Akte wird ein Brand erwähnt, der das Haus von Madame Huguette angeblich in Schutt und Asche legte, zu einem Zeitpunkt, der mit dem Ihrer Flucht übereinzustimmen scheint ...«

Als sie diese Zeilen las, sah Aude vor ihrem inneren Auge plötzlich eine gewaltige Feuersbrunst, deren Flammen gen Himmel loderten. Rauchgeruch stieg ihr in die Nase, und während sie blinzelte, fühlte sie sich auf einmal in das schlafende Haus der Rabenmutter versetzt ... *Es war mitten in der Nacht. Sie stand am Fuße der Treppe, die zu den Schlafzimmern führte, mit Ozzy und Emma. Sie hielt einen Kanister. Schraubte die Kappe ab. Der berauschende Geruch des auf die Stufen geschütteten Benzins. Der Schein eines im Dunkeln entzündeten Streichholzes. Dann das schwindsüchtige Keuchen der ins obere Stockwerk huschenden Flammen. Dann die Flucht, das atemlose Rennen Richtung Wald. Dann, vom Waldrand aus, ein Blick zurück: ein letzter Blick aufs Haus, das durch seine Fenster lodernde Sturzbäche ausspie, dazu die gellenden Schreie von Gabriel ...*

Aude löste ihre Hände, die sich um das Lenkrad des Oldsmobile gekrampft hatten. So also war es gewesen. Die Bösen waren verbrannt. Das war ihre Idee gewesen, ihr Plan, jetzt erinnerte sie sich daran; sie hatte alles eingefädelt, das Benzin aufgetrieben, das Streichholz angerissen. Ihre ersten Morde: ein Doppelmord ... Aude schloss den Laptop. Sie quetschte sich aus dem Wagen, richtete sich auf und ließ sich von der Atmosphäre allgemeiner Verlassenheit ringsherum durchdringen. Der Horizont wirkte wie mit Kohle angereichert. Bald würde es schneien. Eigentlich hätte Aude erleichtert und froh sein müssen, dass ihre einstigen Folterer auf ewig im

Hochofen der Hölle schmoren würden, doch destillierte ihr Herz einen bitteren Tropfen, der sie daran hinderte, ihre Rache auszukosten. Denn obwohl nun einige schwache Lichtstrahlen in die Finsternis ihrer Vergangenheit gedrungen waren, blieb der eigentliche Grund für ihre Dissoziation doch nach wie vor im Dunkeln. Dass Madame Huguette und Gabriel tot waren, gab noch längst keinen Hinweis auf das Wesen ihres ursprünglichen Traumas. Die erste Spaltung ihrer Persönlichkeit musste logischerweise mit Ozzys Auftauchen zusammenfallen, und zwar lange vor dem Brand. Damit stand Aude erneut vor der Mauer des Vergessens. Ebendas war so erschütternd: die Amnesie. Wie viele Leichen befanden sich noch in ihrem Keller? Wenn es ihr gelungen war, so bedeutsame Ereignisse wie Ozzys Geburt oder den Brand aus ihrem Bewusstsein zu löschen, welche Erlebnisse, die möglicherweise noch entscheidender waren, hatte sie dann außerdem vergessen? Noch während sie diese Frage formulierte, stieg in ihr eine Antwort empor und streifte die Oberfläche wie ein Meeresungeheuer, das im nächsten Moment wieder in die Tiefe abtaucht, und Aude hatte das dumpfe Gefühl, dass tief in ihr ein Schmerz wurzelte, dessen Enthüllung alles, was in ihr noch heil war, endgültig zunichtemachen würde.

Welches schreckliche Geheimnis lauerte jenseits der Mauer? Wollte sie wirklich diese Büchse der Pandora öffnen? War es nicht besser, in der Unwissenheit zu verharren?

11

Ozzy, der sich unmittelbar nach Audes Rückkehr in die Stadt aufgemacht hatte, kam am frühen Nachmittag mit Einkäufen zurück. Gemeinsam mit Matsheshu machte er sich sogleich an eine Bestandsaufnahme. Aude stellte fest, dass er Honig, Blumen, Wachs, Henna sowie diverse Kräuter und Gewürze mitgebracht hatte; dazu vier Tontöpfe und, gleichsam als ausgefallene Abrundung des Ganzen, eine Batman-Maske aus Latex. Ozzy reichte Matsheshu eine Liste mit weiteren Dingen, die es zu besorgen galt. Der Indianer warf einen kurzen Blick darauf und machte sich nach einer Verbeugung auf den Weg. Aude wunderte sich darüber und fragte sich, was es wohl mit diesem unterwürfigen Verhalten auf sich haben mochte. Während Ozzy auf Matsheshus Rückkehr wartete, machte er sich an die Dekoration der Tontöpfe. Auf den ersten malte er einen Affen, auf den zweiten einen Hund, auf den dritten einen Adler und auf den letzten ein menschliches Antlitz. Bereitwillig erläuterte er Aude, dass es sich bei diesen Wesen um die vier Söhne des Gottes Horus handle, ohne etwas über den Sinn dieser Malübung zu verraten. Allerdings versicherte er ihr, dass sie bald mehr darüber erfahren werde:

»Keine Sorge, ich kümmere mich um alles«, sagte er mit wissendem Lächeln. »Die Bewohner der Sonne haben mir erklärt, wie es geht.«

Worauf er sich in seinen Winkel zurückzog und sich in die Betrachtung von Ophelias Todesanzeige vertiefte. Die Beisetzung der jungen Frau stand kurz bevor, und Aude vermutete, dass ihr Bruder daran teilnehmen wolle. Sie stellte sich vor, wie er mit seinen Blumen, seinen angepinselten Töpfen und seiner Batman-Maske bei ihrer Trauerfeier erscheinen würde, erschauerte beim Gedanken an den Skandal und schwor sich, alles zu unternehmen, um zu verhindern, dass sie durch ihn in Schwierigkeiten gerieten.

Auf Ozzys Geheiß hatten Mollusque und Frigon in der Mitte der Halle den großen Metalltisch aufgestellt, der schon bei der Geburtstagsfeier zum Einsatz gekommen war. Ozzy hatte darauf die verschiedenen Dinge verteilt, die er zuvor eingekauft hatte, und Matsheshu breitete seine eigenen Besorgungen ebenfalls darauf aus: eine Büchse mit Weihrauch, drei Flaschen Weißwein, einen Topf mit Harz sowie etliche Laken, genauer: achtundzwanzig weiße Doppellaken. Ozzy und Matsheshu begutachteten die denkbar unterschiedlichen Dinge mit konspirativer Miene. Frigon schlich um sie herum, weil er sich gern nützlich gemacht hätte, doch Ozzy ließ ihn wissen, er möge hier nicht herumschnüffeln. Der Tätowierte verneigte sich mit derselben befremdlichen Unterwürfigkeit, die Matsheshu inzwischen Ozzy gegenüber an den Tag legte; nach mehreren übertriebenen ehrerbietigen Verneigungen begab er sich zum Wandbild mit der Hochzeitsszene und entledigte sich seiner überschüssigen Energie, indem er mit einem schartigen Samuraischwert herumfuchtelte.

Aude zog sich in ihre Nische zurück und öffnete den Laptop. Eine Nachricht von Tao erwartete sie. Die Psychiaterin war besorgt wegen des jähen Abbruchs ihres kürzlichen Austauschs und wollte noch einmal auf den Brand zu sprechen kommen. Aude, die nicht die geringste Lust verspürte, diese Erinnerung wachzurufen, antwortete, die Verbindung sei zusammengebrochen: »**Jedenfalls sagt mir diese Brandgeschichte gar nichts**«, schwindelte sie.

»In Ordnung. Sprechen wir lieber über das, was nach Ihrer Flucht passiert ist. In Ihrer Akte gibt es einen alten Bericht des Sozialamts, in dem es um die Entdeckung eines Kindes geht, das etwa zwanzig Kilometer vom abgebrannten Haus entfernt im Wald aufgegriffen worden war. Es heißt dort, das Kind habe sich geweigert, auf die ihm gestellten Fragen zu antworten.«

»**Das war Emma. Wir wollten nicht, dass man uns zu Madame Huguette zurückbringt. Wir wollten auf keinen Fall etwas sagen, das uns mit ihr in Verbindung gebracht hätte, deshalb hat Emma sich für das Verhör zur Verfügung gestellt. Aber das ging nicht lange gut. Am Ende haben sie doch herausgefunden, wer wir sind.**«

»Allerdings. In dem Bericht heißt es weiter, Sie seien dieses verschwundene Kind, nach dem man vergebens in den Trümmern des Hauses gesucht habe. Ich wundere mich nur über die zeitliche Abfolge: Zwischen beiden Ereignissen – dem Feuer und dem Zeitpunkt, als man Sie entdeckt hat – sind vierzehn Monate vergangen. Was haben Sie in der Zwischenzeit getan? Sind Sie im Wald geblieben?«

»**Ja, mit Matsheshu.**«

Audes Seele klarte auf beim Gedanken an jene Zeit, die zweifellos die glücklichste ihres Lebens gewesen war, jenes sorglose, freie Leben, das sie über ein Jahr lang in der Tiefe des Waldes geführt hatte, beschützt von Matsheshu. Die Hütte, der Fluss, die freigebige Natur, die unvergesslichen Tage, als sie jagten, fischten, mit den schalkhaften Fischottern schwammen, die geheime Sprache der Bäume lernten … Und die Sternennächte mit dem Nordlicht und den violetten Träumen und die lauen Sommernächte am Lagerfeuer, in denen sie scherzten und sich köstlich absurde Geschichten ausdachten, und jene seltsamen, monotonen Melodien, die ihnen Matsheshu beibrachte … So hatte sich ein Tag an den nächsten gereiht, wobei sie schon damals, ohne es zu ahnen, den ursprünglichen Kern der späteren Clique bildeten. So hatten sie, ohne sich nach irgendetwas anderem zu sehnen, den friedlichen Wechsel der Jahreszeiten erlebt. Bis auf einmal alles zu Ende war. Bis die Wildhüter sie an einem dunklen Herbstmorgen aufspürten und gewaltsam in die Zivilisation zurückbrachten, worauf eine finstere Reise durch diverse Jugendwohnheime begann – eins trostloser als das andere.

»Erinnern Sie sich noch daran, wie Sie Matsheshu kennengelernt haben?«

Aude musste zugeben, dass sie es nicht mehr wusste. Diese Begegnung musste demnach kurz nach ihrer Flucht stattgefunden haben, in ihrem Gedächtnis jedoch klaffte eine Lücke von Matsheshus Eintreffen, als sie noch zu dritt im Wald waren, bis zu ihrer Ankunft in der Hütte.

»Es wäre auch verwunderlich, wenn es anders wäre. Sie können sich heute genauso wenig daran erinnern wie an das Auftauchen jedes anderen *Alter*, da jede dieser ›Begegnungen‹ aus einem speziellen Trauma hervorgegangen ist, das wiederum eine weitere Spaltung hervorgerufen hat, die Ihr Bewusstsein sorgfältig verdrängt hat.«

Tao hatte wahrscheinlich recht. Direkt vor Matsheshus Erscheinen musste sich im Wald etwas Schlimmes ereignet haben. Und für alle anderen galt dasselbe: Die Inthronisierung jedes neuen Mitglieds der Clique war unter dramatischen Umständen geschehen, das wusste sie ganz instinktiv, ohne sich an die näheren Umstände zu erinnern.

»Wenn es so weit ist, werde ich Ihnen dabei helfen, die verschiedenen Schocks, die Ihre Persönlichkeit zerbröckeln ließen, wieder wachzurufen. Fürs Erste sollten Sie sich jedoch auf das ursprüngliche Trauma konzentrieren. Es gibt eine Methode, die geistige Blockade, unter der Sie leiden, zu umgehen: die Hypnose.«

»Sie wollen mich hypnotisieren?«, schrieb Aude ungläubig. Das konnte nur ein Scherz sein.

»Das lässt sich nicht vermeiden, fürchte ich. Wenn es darum geht, dem Gedächtnis auf die Sprünge zu helfen, hat sich die Hypnose als nützlich erwiesen. Es ermöglicht Ihnen den Zugang zu Erinnerungen, die sich Ihnen entziehen.«

Aude hatte das Gefühl, in einem schlechten Fantasystreifen mitzuspielen. Das Hin- und Herschwingen des Pendels, »Ihre Lider werden ganz schwer« und andere Albernheiten aus Trashfilmen!

»Ich fürchte, ich bin nicht besonders hypnotisierbar«, antwortete sie ironisch.

»Sie werden sich wundern. Gerade Menschen, die unter Dissoziation leiden, sind oft besonders empfänglich für Suggestionen. Die meisten verfügen über ein hohes Selbsthypnosepotenzial. Eine solche Fähigkeit ist Bestandteil der Störung: Sie macht es möglich, von einer Persönlichkeit zur anderen umzuschalten, sich gewissermaßen selbst davon zu überzeugen.«

Aude fühlte sich nicht in der Lage, diese Behauptung anzuzweifeln. Bewegte sie sich nicht inmitten einer Schar erfundener Persönlichkeiten, die sie etliche Male verkörpert hatte, ohne es überhaupt zu merken? Ihre Visionen, jene Wale, die sich in der Metro tummelten, und andere Halluzinationen zeugten zweifellos von einem ausgeprägten natürlichen Hang zur Autosuggestion.

»Falls diese Technik erfolgreich ist, werden wir sie auch nutzen, um das ursprüngliche Trauma aufzuspüren«, fuhr Tao fort. »Natürlich lässt sich ein solches Experiment nur unter strenger Aufsicht durchführen. Ich habe Kontakt mit einem Anwalt aufgenommen, der bereit wäre, mit der Polizei darüber zu verhandeln, unter welchen Bedingungen Sie sich stellen sollten. Sind Sie damit einverstanden, dass wir so vorgehen?«

Aude begriff, dass sie sich nicht weiter herausreden konnte. Sie hatte Tao das Maximum des Möglichen entlockt. Mehr würde sie nicht erfahren, es sei denn, sie würde sich stellen, was natürlich nicht infrage kam. Jetzt blieb ihr nichts anderes mehr übrig, als sich so elegant wie möglich aus der Affäre zu ziehen.

»Tut mir leid. Danke für alles«, tippte sie, bevor sie den Laptop endgültig zuklappte.

Aude legte sich hin, schloss die Augen und wog in Gedanken ihre Fragen, Zweifel und Befürchtungen gegeneinander ab. Das Bild des in hellen Flammen stehenden Hauses drängte sich ihr auf.

Unterdessen hatte Ozzy Matsheshus Einkäufe begutachtet und gab ihm zu verstehen, dass er damit zufrieden sei. Aude spitzte die Ohren, um zu erfahren, was es mit all diesen Dingen auf sich hatte, ohne ihren Worten Einzelheiten entnehmen zu können. Mit gesenkter Stimme betraute Ozzy Matsheshu mit verschiedenen Aufgaben, der versicherte, dass bei seiner Rückkehr alles bereit sein würde. Ozzy musste nämlich noch eine letzte Besorgung erledigen: »Ich werde alles wieder in Ordnung bringen«, verkündete er und verschwand in der anbrechenden Nacht.

Frigon hatte aufgehört, mit dem Samuraischwert zu spielen: Er stand wie angewurzelt vor dem Wandbild und musterte den Falken, der angeblich ihn darstellte. Keiner sagte etwas. Emma nähte, Mollusque futterte, Proust schrieb, Raoul summte ›An der schönen blauen Donau‹. Matsheshu reihte auf dem Tisch verschiedene Phiolen, Kräuter und andere Produkte auf. Aude nutzte den Moment, um ihn auszufragen, doch erwies sich der Indianer als wenig gesprächig. Er verriet nur, dass Ozzy eine Art Zeremonie vollziehen werde.

Sie wachte gegen zwei Uhr morgens auf, als Ozzy nach Hause kam. Er trug ein riesiges, in eine Plastikhülle eingeschlagenes Paket. Matsheshu half ihm, es auf dem Tisch abzusetzen. Frigon und Emma gesellten sich zu ihnen. Ozzy öffnete die Hülle. Ophelias Gesicht tauchte daraus auf wie der Mond hinter einer Wolke am Nachthimmel.

Aude näherte sich entsetzt, aber auch im Bann einer unwiderstehlichen Faszination. Ophelias Gesichtszüge sahen ganz entspannt aus. Man hätte denken können, sie schlafe, sie wirkte wie eine zarte Puppe, die nie wieder die Augen öffnen, nie wieder »Mama« sagen würde. Proust gesellte sich dazu, nicht minder verwundert. Ihm schloss sich Mollusque an, ebenfalls mit verschlafener Miene, gefolgt von Raoul, der ausgiebig gähnte. Der Zwerg riss bei Ophelias Anblick die Augen auf: »Wo hast du die denn aufgegabelt?«, fragte er Ozzy. Vielleicht nahm er an, dass Ophelia demselben Abfallbehälter entstammte wie das Schnabeltier.

Raoul streckte die Hand aus, worauf Ozzy ihm einen Klaps auf die Finger versetzte. Er verkündete, er habe seine Geliebte beim Leichenbestatter abgeholt. Dessen Adresse hatte, wie Aude sich erinnerte, auf der Todesanzeige gestanden; daraufhin hatte ihr Bruder wahrscheinlich den verrückten Plan ausgeheckt, die Tote zu entführen. Um Raouls Neugier zu befriedigen, erzählte Ozzy, wie er in den Keller des Bestattungsinstituts eingebrochen sei und dort seine Angebetete entdeckt habe: »Sie wusste, dass ich kommen würde. Sie erwartete mich geduldig. Ich habe sie in einem geklauten Auto hergebracht«, erläuterte er, als wäre es das Natürlichste auf der Welt.

Die Details dieser abenteuerlichen Expedition interessierten Aude kaum. Vielmehr beschäftigte sie der Gedanke an die Flut von Problemen, die auf sie alle zukommen würde, und an die dringende Notwendigkeit, den Schaden wiedergutzumachen. Sie wollte die Hülle wieder schließen, um Ophelias Leichnam vor der makabren Neugier der Clique zu schützen, doch Ozzy hielt sie davon ab.

»Sie muss wieder zurückgebracht werden, solange es noch dunkel ist«, drängte sie.

»Kommt nicht infrage«, sagte Ozzy entschieden. »Ich muss alles wieder in Ordnung bringen.«

»Was in Ordnung bringen? Was hast du mit dem Leichnam vor? Willst du ihn etwa ausstopfen?«, spottete Aude.

Auf Ozzys Lippen zeichnete sich ein Lächeln ab, und Aude begriff, dass ihr Scherz gar nicht so weit hergeholt war.

»In gewisser Weise schon«, antwortete er. »Ich werde sie mumifizieren.«

Nicht die Spur von Ironie. So sachlich, wie man bei der Verlautbarung einer solchen Ungeheuerlichkeit nur sein konnte, verkündete Ozzy, er gedenke Ophelia nach den alten Riten einzubalsamieren, um sie dann wieder den Toten zuzuführen, wodurch ihr ewiges Leben beschieden sein würde.

»So was kannst du?«, wunderte sich Mollusque.

»Ja, so was kann ich«, bestätigte Ozzy strahlend, »denn ich bin der Gott der Toten.«

Ohne zu lachen. So ernsthaft wie ein Dutzend Pharaonen. Und als sei das noch nicht genug, setzte er noch eins drauf und verkündete, sie alle seien ebenfalls Götter.

»Jeder von euch«, beteuerte er. »Ihr seid Götter aus dem Alten Ägypten.«

Diese Behauptung rief große Aufregung hervor. Es wurde geflüstert, wild gestikuliert. Raoul war von dieser unerhörten Vorstellung begeistert. Mollusque schien geneigt, Ozzy im Zweifelsfall zu vertrauen. Frigon war ganz Feuer und Flamme und forderte die anderen auf, die Klappe zu halten, um die Worte dieses neuen Evangeliums deutlicher aus Ozzys Mund vernehmen zu können, während Proust, weniger vertrauensselig, befürchtete, jener habe den Verstand verloren: »Wenn ich uns so betrachte, entspricht das nicht ganz meiner Vorstellung vom ägyptischen Pantheon«, stellte der alte Mann bedächtig fest.

»Das liegt daran, dass wir momentan in erbärmlicher Gestalt reinkarniert sind«, beteuerte Ozzy. »Seit der ruhmreichen Epoche unserer Allmacht sind Jahrtausende vergangen, doch hinter unserem jammervollen Äußeren sind wir nach wie vor die Götter, die wir einst waren.«

Ozzy trat verklärt vor das Wandbild mit der Hochzeitsszene und machte sich daran, die einzelnen Mitglieder der Clique zu identifizieren, indem er ihre göttlichen Namen und Attribute aufzählte: »Du, Proust, bist Thot, der ibisgestaltige Gott der Weisheit und der Schreiber, der Hüter der Wissenschaft, der Herr der Weisheit.«

Proust öffnete den Mund, um Einspruch zu erheben, doch fehlten ihm die Worte. Sein Adamsapfel raste wie ein verrückt gewordener Fahrstuhl in seinem Stelzvogelhals auf und ab, ein Zeichen dafür, wie ungewöhnlich erregt er war, und Aude, die ihr Profil mit jenem des Porträts verglich, auf dem sie mit einem Reiherkopf dargestellt war, musste zugeben, dass tatsächlich eine gewisse Ähnlichkeit bestand. Dann wandte sich Ozzy an Frigon: »Du bist Month, der Gott des Krieges mit dem Falkenkopf, kampfeslustig und stolz.«

»Ja!«, rief der Tätowierte und fiel vor seinem Raubvogelkonterfei auf die Knie. »Das habe ich schon immer gewusst!«

»Und ich, was bin ich?«, maulte Mollusque. »Der Fressgott?«

Der behäbige Bursche betrachtete das Porträt, das ihn darstellte, wie er sich gerade – mit langem Zopf, ansonsten jedoch ganz und gar kahl – aus einem Gefäß etwas zu essen nahm.

»Du bist Harpokrates«, antwortete Ozzy, »der naive, sorglose Gott der Kindheit.«

»So ein Blödsinn!«, empörte sich Aude.

Aber Ozzy schenkte ihr keine Beachtung, sondern konzentrierte sich nunmehr auf Emma: »Du bist Nephthys, die Göttin der Nacht, die Tochter des Himmels und der Erde.

Du bist die Herrin des Ersten Palastes, die Beschützerin der Verstorbenen.«

Der Anblick jener zweiten Emma an der Wand, die ein schwarzes Kleid und auf dem Kopf eine Schale trug, ließ Emma gleichgültig. Sie neigte sich über Ophelias Leichnam und strich ihr sanft über das Haar. Unterdessen deutete Raoul auf den Zwerg, der im Vordergrund des Wandbildes herumsprang: Er wollte ebenfalls dazugehören und unbedingt wissen, welcher Gott er sei.

»Du bist Bes«, verkündete Ozzy, »der Gott der Lustbarkeiten, der Beschützer des Heimes; derjenige, der mit seinen Grimassen und magischen Tänzen die bösen Geister vertreibt.«

»Cool!«

Raoul übernahm sogleich die ihm zugedachte Rolle und vollführte eine frenetische Jig, die gewiss dazu bestimmt war, jegliche bösen Geister, die in ihren Gefilden ihr Unwesen treiben mochten, zu verjagen. Indessen führte Ozzy Matsheshu vor die große Gestalt mit dem Wolfskopf, die sich auf der linken Seite des Wandbildes aufrichtete: »Du bist Anubis, der schakalgestaltige Schutzgott der Einbalsamierer, der Große Begleiter, der die Seelen der Toten ins Jenseits geleitet.«

Diese hochtrabenden Beinamen brachten den Indianer keineswegs aus der Ruhe. Er nickte bloß, zum Zeichen, dass er es zur Kenntnis nahm.

»Und du, welcher Gott bist du?«, erkundigte sich Aude, die wissen wollte, was Ozzy sich noch alles einfallen lassen würde.

»Er ist der König der Toten!«, krächzte Frigon. »Das hat er doch eben gesagt; bist du taub?«

»Schweig, Month«, fuhr Ozzy ihn an. »Meine Schwester hat das Recht, sich Gehör zu verschaffen.«

Außer Gefecht gesetzt schwieg Frigon, während Ozzy sich vor sein Selbstbildnis stellte, auf dem er sich ganz in Grün, mit einem befremdlichen Kinnbart und einer kegelförmigen Tiara dargestellt hatte.

»Ich bin Osiris«, sagte er bescheiden. »Ich bin der erste Pharao, der Vater der Könige Ägyptens. Ich bin der Herr des Totenreichs.«

»Ehre sei Osiris!«, trompetete Frigon und warf sich Ozzy zu Füßen.

Ozzy – Osiris … Aude musste zugeben, dass die Angelegenheit, auch wenn sie noch so unwahrscheinlich schien, zumindest in phonetischer Hinsicht einigermaßen schlüssig klang. Und dann wandte sich Ozzy ihrem Porträt zu: »Du bist Isis, die Herrin über das Leben, ›Diejenige, der man gehorcht‹. Du bist die Zauberin, vor der sich das Schicksal verneigt, Osiris' treue, ergebene Schwester.«

Aude musterte das weiße Gewand, die großen makellosen Flügel und den seltsamen thronförmigen Helm, mit dem Ozzy sie geschmückt hatte. »Treue, ergebene Schwester«. Eine Rolle, die gut zu ihr passte. Eine Betitelung, die ihr unter anderen Umständen geschmeichelt hätte, doch schien es ihr unerlässlich, mit beiden Beinen auf dem Boden zu bleiben. Denn es war ihre Aufgabe, ihren Bruder wieder in die Realität zurückzuholen, auch wenn die Aussichten nicht gerade rosig waren.

»Ozzy, das ist doch lächerlich, diese Geschichte mit den Göttern«, begann sie.

»Es ist schwer, daran zu glauben, ich weiß«, räumte Ozzy ein. »Ich war anfangs auch skeptisch, aber die Bewohner der Sonne haben zu mir gesprochen, und ich habe schließlich verstanden, dass es wahr ist.«

Ozzy hob beseelt die Arme in die Höhe und huldigte der aufgehenden Sonne, die das restliche Wandbild ausfüllte: »Ehre sei Dir, Re. Du gehst auf, du leuchtest, du wärmst deine Mutter, Nut, die Erde. Ich frohlocke, wenn ich sehe, wie du in deiner himmlischen Barke aufsteigst und die Welt mit Licht überflutest.«

»Ehre sei Re!«, stimmte Frigon mit zitternder Stimme ein.

»Ehre sei Re!«, riefen auch Raoul und Mollusque unter dem Einfluss dieses entfesselten Mystizismus.

Aude sah mit Sorge, wie schnell der Osiris-Kult Anhänger fand. Umso dringender galt es, das Ruder wieder herumzureißen. Sie verzichtete darauf, Ozzy auf dem unsicheren Terrain seiner Obsession die Stirn zu bieten, und appellierte lieber an seinen gesunden Menschenverstand: »Ophelia ist tot, dagegen lässt sich nichts ausrichten. So erweckt man die Menschen nicht wieder zum Leben. Es wäre verrückt, das Gegenteil zu behaupten.«

Doch da stand plötzlich Frigon vor ihr und ließ empört seine Muskeln spielen: »Für den mächtigen Herrn Osiris ist nichts unmöglich«, knurrte er. »Wenn er sagt, er könne Ophelia wieder zum Leben erwecken, dann kann er das auch.«

»Sicher ist nur, dass wir uns damit nicht beschäftigen müssten, wenn du ihr nicht die Kehle durchgeschnitten hättest!«, erwiderte Aude.

Frigon wollte sich gerade auf sie stürzen, da rief Ozzy seinen Dobermann mit gebieterischer Stimme zurück, worauf der Tätowierte sich damit begnügen musste, sie mit den Blicken in Fetzen zu reißen. Aude sah sich nach Unterstützung um, doch niemand schien Ozzys Behauptungen anzweifeln stellen zu wollen. Nicht einmal Proust.

»Das kannst du doch nicht einfach so hinnehmen!«, herrschte sie den Gelehrten an. »Du glaubst doch nicht im Ernst, dass Ozzy übernatürliche Kräfte besitzt?«

Proust nahm einen tüchtigen Schluck Wodka und sah verstört zu Boden. Nahm er dieses Märchen wirklich ernst? Glaubte er tatsächlich an jene göttliche Beförderung, in deren Genuss die Clique soeben gekommen war? Aude wandte sich Emma zu, die nur noch Augen für Ophelias sterbliche Hülle zu haben schien. Dann Matsheshu, von dem sie sich einen letzten Funken Klarsicht erhoffte, doch setzte der Indianer seine Batman-Maske auf, deren spitze Ohren denen eines Schakals ähnelten. Vor ihr stand nicht länger Matsheshu, sondern Anubis, der Gott der Einbalsamierer, und Aude musste einsehen, dass der Aufstand inzwischen alle erfasst hatte: Sie befand sich, von allen verlassen, auf der letzten, winzigen Insel der Vernunft, die noch nicht von den Wogen des Wahnsinns überspült worden war. Da Ozzy sich der Unterstützung seiner Bande von zu Göttern erhobenen Chaoten sicher sein konnte, drängte er Aude, endlich zuzugeben, dass keine Zweifel mehr bestünden: »Wir sind Götter. Erinnere dich daran und akzeptiere es. Ich weiß, dass du die Kraft dazu hast. Du bist Isis, die Ewige, die Schlaue, die Heilerin.«

Alle blickten auf Aude. In ihren Augen funkelte derselbe fanatische Glanz wie in Ozzys. Sie wollten, dass sie sich dem kollektiven Rausch anschloss. Am liebsten hätte sie ihnen etwas Provozierendes entgegengeschleudert, etwas in der Art von »Ich muss euch was sagen, ihr Lieben: Euch gibt es gar nicht!«. Aber das war bestimmt das Letzte, was sie in diesem Moment überschäumender Emotionen hätten hören wollen, deshalb verkniff sie sich diese höchst brisanten Worte. Ozzy nahm sie beim Arm und führte sie beiseite, um mit ihr unter vier Augen zu reden. Er forderte sie freundlich auf, ihre Meinungsverschiedenheit beizulegen. Er bat sie um Hilfe und beteuerte, ihr Mitwirken beim Ritual sei äußerst wichtig: In dem Augenblick, da er sich an die heikle Aufgabe mache, Ophelia wieder zum Leben zu erwecken, wünsche er sie an seiner Seite: »Ich bin auf die magischen Kräfte von Isis angewiesen«, flüsterte er eindringlich.

»Tut mir leid, aber ihr müsst eure kleine Maskerade ohne mich fortsetzen.«

»Du hast wirklich alles vergessen, nicht wahr?«, fragte Ozzy mitleidig.

Als sei sie, die blöde Kuh, völlig übergeschnappt. Am liebsten hätte sie ihm eine gelangt.

»Ja, ich habe es vergessen. Mein Gedächtnis lässt mich in letzter Zeit im Stich.«

»Versuche dich zu erinnern. Streng dich ein wenig an. Sei vernünftig.«

Jetzt reichte es. Aude holte aus, und Ozzy erschauerte unter der Wucht einer schallenden Ohrfeige. Mollusque musste Frigon zurückhalten, der sie der Gottlosigkeit bezichtigte. Aude bedauerte eine Sekunde lang ihre Handgreiflichkeit, hoffte dann aber, dass dies ein heilsamer Schock war, der ihren Bruder wachrütteln und wieder zur Vernunft bringen würde. Ozzy lächelte jedoch nachsichtig und nahm ihre unmissverständliche Absage resigniert zur Kenntnis: »Wie du willst. Dann muss ich eben ohne dich zurechtkommen.«

Worauf er sich von ihr abwandte, um sich Ophelias Wiedererweckung zu widmen. Aude sah ihrem Bruder dabei zu, wie er mit Hilfe von Matsheshu, jenem Fake-Batman, den Leichnam der Verstorbenen von der Hülle befreite. Sie lösten das Leichentuch und entkleideten die junge Frau mit größtem Takt. Ophelias Haut war so weiß wie der Rücken eines Beluga. Der rötliche Schein vom Kohlebecken spiegelte sich darauf wie auf Perlmutt. Umso deutlicher hoben sich die Narben der Autopsie ab, jene mit schwarzem Faden grob zusammengenähten Fleischgrate, die die Schneeschicht ihrer Brust und ihres Bauches bis zur blonden Flechte des Schamhaars durchzogen. Nach ausgiebiger Betrachtung seiner Verlobten gab Ozzy ihr einen Kuss auf die Lippen. Dann übertrug er Emma die Leitung eines Teams, bestehend aus Raoul, Mollusque und Frigon, sie sollten die Tücher in Streifen schneiden. Sodann ließ er Proust neben Ophelias Kopf Position beziehen und legte ihm ein Buch in die Hände, einmal mehr besagtes unvermeidliches ›Totenbuch‹, aus dem er ihm einige zuvor ausgewählte Passagen vorlesen sollte. Proust räusperte sich und hob an, mit theatralischem Tonfall, der seltsam gut zu der feierlichen Atmosphäre passte.

»Sei gegrüßt, Re. Mögen deine Wege mir geneigt sein. Möge mein Pfad immer breiter werden, wenn ich die Erde hinter mir lasse, um mich in die himmlischen Gefilde zu begeben …«

Mit seinen Wandbildern aus Zwitterungeheuern und anderen hieratischen Gestalten, die einem hinter jeder Säule begegneten, glich die besetzte Fabrikhalle mehr denn je einem altägyptischen Tempel. Nephthys und ihre wackeren Schneider schnitten kilometerlange Streifen zu, während Anubis, der Gott der Einbalsamierer, sich unter Osiris' Aufsicht daranmachte, aus Ophelias Leichnam das Gefäß für eine Seele zu fertigen, der ewiges Leben verheißen war. Month, der Krieger, hatte seine feinste Klinge zur Verfügung gestellt; geschickt hatte Matsheshu in die Flanke der Toten einen Schnitt gesetzt, über den er ihre Eingeweide entnahm, um sie dann in eine mit Wein gefüllte Schüssel zu tauchen.

»Ich atme den Ostwind; ich fange den Nordwind ein; ich erhasche den Westwind; ich bemächtige mich des Südwinds und hauche den Alten der Unterwelt Leben ein«, trug Proust mit einer im Weihrauchdunst bebenden Stimme vor.

Ozzy mahnte Matsheshu, nur ja nicht an Ophelias Herz zu rühren, da dieses edle Organ im Hinblick auf die Zeremonie des »Wiegens« in ihrer Brust verbleiben müsse: Sie würde es brauchen, wenn sie vor das himmlische Gericht trete. Der Indianer beließ das Herz also an seinem Platz und machte sich daran, das Gehirn herauszunehmen. Die wohlriechenden Düfte in der Halle vermochten den schaurigen Geruch nur bedingt zu überlagern. Aude hatte einen schweren Kopf, und Prousts nicht enden wollende Litanei machte sie ganz benommen.

»Ich trete ein in die Unterwelt; ich höre die göttliche Rede. Auf dass die Vergehen meiner Mutter nicht mir zur Last gelegt werden; auf dass ich von dem, der die Morgenröte besänftigt, erlöst werde.«

Ophelias Bauchhöhle wurde ausgewaschen und mit Tüchern ausgestopft, die mit Harz und Essenzen von Blumen und den übrig gebliebenen Kräutern getränkt waren. Matsheshu nähte den Schnitt wieder zu, während Ozzy die Eingeweide seiner Geliebten in die mit Bildnissen von Horus' Söhnen bemalten Gefäße legte und danach den Geistern der vier Himmelsrichtungen als Opfergabe darbot. Dann reinigten sie den Körper von den Spuren der Einbalsamierung, während Emma die Tote frisierte und ihr Lidstriche zog. Nach dieser intensiven Behandlung war Ophelia schließlich bereit, Einzug in die Ewigkeit zu halten, und Matsheshu begann, die Binden anzulegen.

»*Ich habe mich aufgeschwungen wie der mächtige Falke, der aus seinem Ei geschlüpft ist; ich fliege; ich bin der Falke, dessen Flügel im Angesicht der Mutter des smaragdenen Südens erstrahlen.*«

Aude dachte nach und versuchte, den Ursprung des mystischen Wahns, in dem ihr Bruder unterzugehen drohte, auszumachen. Es war eindeutig eine Folge von Ophelias Tod. Soweit Aude es beurteilen konnte, hatte sich die Obsession Ozzys bemächtigt, während sie selbst im Krankenhaus vor sich hin vegetierte, und hatte ihn, von seiner Lektüre noch gefördert, eh man sich's versah, in ihren Bann geschlagen. Aber das erklärte noch lange nicht, warum es überhaupt dazu gekommen war. Was hatte Ozzy dazu bewogen, sich plötzlich für ägyptische Mythologie zu interessieren? Und aufgrund welcher Fehleinschätzung hatte er sich auf einmal für jene Dämmergestalt Osiris gehalten?

»Wann ist dir klar geworden, dass du der König der Toten bist?«, fragte sie Ozzy, der Matsheshu half, Ophelias linkes Bein zu umwickeln.

»Die Bewohner der Sonne haben schon seit Langem versucht, es mir mitzuteilen, nur war ich zu dumm, es zu begreifen«, antwortete er, ganz auf seine Aufgabe konzentriert.

»Und wie ist dir dann plötzlich ein Licht aufgegangen?«

»Ich hatte Glück«, gestand Ozzy. »Ich bin Maat begegnet.«

»Wem?«

»Maat, du weißt doch: der Göttin der Gerechtigkeit und der Wahrheit.«

»Wie hast du denn diese Maat kennengelernt? Und wann?«

»Dank Ophelia. Sie hat mich ein paar Tage vor ihrem Tod zu Maat gebracht. Sie hat unser Treffen arrangiert. Anfangs wollte ich nicht hingehen, ich hielt es für albern, aber Ophelia bestand darauf, dass ich Maat aufsuche, also habe ich mich schließlich darauf eingelassen …«

Aude erinnerte sich an jenes Telefongespräch, bei dem sie ihn überrascht hatte, an jene mysteriöse Verabredung, der Ozzy erst auf Drängen der jungen Frau hin zugestimmt hatte. »Ophelia hat mir die Augen geöffnet«, hatte er tags darauf gesagt.

»Maat hat uns in ihrer Praxis empfangen«, fuhr Ozzy fort. »Sie hat mir erklärt, wer ich bin, und auf einmal habe ich alles verstanden.«

»In ihrer Praxis?«, fragte Aude verwundert.

»Maat ist in derselben Lage wie wir: Auch sie ist in einer sterblichen Gestalt wiedergeboren worden. In ihrem jetzigen Leben ist sie Psychiaterin …«

12

Als sich die Dunkelheit auf Vieux-Montréal in seiner Weihnachtsbeleuchtung senkte, begann es zu schneien. Seit Stunden bereits harrte Aude hinter dem Fenster eines Bistros aus, als Justine Tao endlich auf der anderen Straßenseite aus der Tür des Gebäudes trat, in dem sich ihre Praxis befand. Wahrscheinlich lag ein langer Arbeitstag als Seelenklempnerin hinter ihr. Sie entfernte sich eiligen Schrittes. Aude ballte die Hände zu Fäusten. Durch die Warterei war ihre Wut nur noch größer geworden. Sie verließ das Bistro und folgte der Psychiaterin. Es waren nur wenige Passanten unterwegs und nirgendwo ein Polizist in Sicht: Tao gehörte ganz ihr. Die zarte, freundliche, scheinheilige Tao: Maat, jene angebliche Göttin der Wahrheit. Hatte Aude nicht von Anfang an gewittert, dass sie ihr etwas Wesentliches vorenthielt?

Die Psychiaterin, die nicht ahnte, dass sie verfolgt wurde, bog in die Rue McGill ein. Sie schien die Metro anzusteuern. Wenn Aude sie abfangen wollte, dann musste sie es jetzt tun, bevor sie sich in der Menge verlor. Sie beschleunigte ihren Schritt und holte Tao im winzigen Parc des Douanes ein.

»Sie haben mich zum Narren gehalten«, fuhr sie sie an.

Die Psychiaterin drehte sich verwundert um.

»Warum haben Sie mir verheimlicht, dass Sie Ozzy getroffen haben?«

»Ich hatte eigentlich vor, Ihnen davon zu erzählen«, druckste Tao herum, »doch hielt ich es für ratsam, damit lieber noch zu warten, im Interesse des therapeutischen Prozesses, verstehen Sie. Wahrscheinlich war das falsch.«

»Allerdings«, erwiderte Aude.

»Ich schulde Ihnen eine Erklärung«, entgegnete Tao, die sich allmählich wieder fing.

Die Psychiaterin schob die feine Schneeschicht von einer Bank und forderte Aude auf, sich zu setzen. Diese zögerte, verwirrt durch die überraschende Kapitulation. Aude war zwar gekommen, um Antworten einzufordern, aber sie hatte sich auf Widerstand seitens Taos eingestellt und darauf, ihr diese wenn nötig sogar mit Gewalt zu entreißen, und nun hisste die Psychiaterin die weiße Flagge und setzte sich nicht im Geringsten zur Wehr. Hatte sie etwa Angst? Oder heckte sie eine neue List aus? Trotz ihres Misstrauens kam Aude zu dem Schluss, dass es sie schließlich nichts kosten würde, sich anzuhören, was Tao zu sagen hatte. Sie gebot ihrem Zorn Einhalt und nahm an Taos Seite Platz. Eine Weile saßen sie schweigend nebeneinander, wie alte Widersacherinnen, die gemeinsam über etwas nachsannen. Dann ergriff Tao das Wort und gab zu, dass sie Ozzy und Ophelia tatsächlich in ihrer Praxis empfangen hatte. Sie behauptete, die Initiative zu diesem Treffen sei von Ophelia ausgegangen, die über einen Kollegen, einen Psychologen vom College, Kontakt zu ihr aufgenommen habe. Die junge Frau habe Letzteren zu Rate gezogen, weil sie vermutete, dass jemand aus ihrem Bekanntenkreis an einer Persönlichkeitsstörung leide. Da sie sich stets für neue Fälle interessiere, habe sie, Tao, sich bereit erklärt, Ophelia zu treffen, die ihr von ihren Befürchtungen in Bezug auf Ozzy erzählt habe.

»Die Symptome, die sie schilderte, wiesen eindeutig auf eine dissoziative Störung hin. Ich habe ihr vorgeschlagen, mit Ozzy zu mir zu kommen, und es ist ihr – wahrscheinlich nicht ohne Mühe – gelungen, ihn dazu zu überreden. Mir war sogleich klar, dass es sich tatsächlich um einen Fall von Dissoziation handelte. Ozzy hat sich mir nur ungern anvertraut, dennoch ist es mir gelungen, ihn dazu zu bewegen, mir seine ›Clique‹ zu beschreiben, wie er sich ausdrückte. Aus seinem Mund habe ich zum ersten Mal von Ihnen erfahren.«

»Sie haben alles gewusst!«, fuhr Aude sie an. »Sie hätten eingreifen und Ophelias Tod verhindern können, aber Sie haben nichts unternommen!«

»Wie hätte ich denn ahnen können, dass das Ganze eine so tragische Wendung nehmen würde?«, gab die Psychiaterin zu bedenken. »Zu dem Zeitpunkt wusste ich doch nur, dass ich es mit einer dissoziierten Persönlichkeit zu tun hatte. Ich habe das getan, was jeder Therapeut in meiner Lage ebenfalls getan hätte: Ich habe Ozzy über seinen Zustand aufgeklärt.«

»Moment mal!«, rief Aude fassungslos. »Wollen Sie damit etwa sagen, dass Ozzy über alles Bescheid weiß?«

»Ja«, räumte Tao ein. »Ich habe ihm erklärt, worin die Dissoziation besteht. Wie Sie sich denken können, hat ihn das sehr aufgewühlt. Wir hatten einen weiteren Termin vereinbart, um eine therapeutische Behandlung einzuleiten, doch Ozzy ist nicht erschienen. Erst aus der Zeitung habe ich zwei Tage später von dem Mord an Ophelia und der Verhaftung eines Verdächtigen erfahren. Ich habe sofort die Genehmigung eingeholt, den angeblichen Mörder aufzusuchen … den

Rest kennen Sie. Wie Sie sehen, stand ich nicht ganz zufällig an Ihrem Bett.«

Aude tauchte aus der Benommenheit auf, in die sie das Geständnis der Psychiaterin gestürzt hatte. Wie seltsam war doch dieser neue Blickwinkel, aus dem heraus betrachtet die Dinge auf einmal so klar zu sein schienen. Ozzy wusste demnach, dass er nur ein *Alter* war. Tao hatte es ihm eröffnet. Wie schockierend musste dies für ihn gewesen sein. Damit erklärten sich auch seine Verwirrung, seine Aggressivität, seine Alkoholexzesse und selbst jene Distanz, die er sogleich nicht nur der Clique, sondern auch Ophelia gegenüber eingenommen hatte, der er aus Scham nicht mehr unter die Augen hatte treten wollen.

Das erklärte vieles, aber nicht alles: »Und wie hängt das mit seinem Ägyptenwahn zusammen?«

»Wovon reden Sie?«, fragte Tao erstaunt.

»Vom ›Totenbuch‹, von all diesen Göttern, deren Reinkarnationen wir angeblich sind.«

Die Psychiaterin schien tatsächlich nichts von Ozzys kürzlich erfolgter ägyptischer Metamorphose zu wissen, und Aude berichtete ihr, dass ihr Bruder es sich in den Kopf gesetzt habe, Ophelia wieder zum Leben zu erwecken.

»Das ist äußerst seltsam«, staunte Tao. »Ich schwöre Ihnen, dass ich nichts davon wusste. Aber ich glaube, jetzt verstehe ich, wie es dazu kam. Bei meiner Begegnung mit Ozzy habe ich ihm gegenüber den Osiris-Komplex erwähnt …«

»Den was?«

»Der Begriff stammt aus der Psychoanalyse und ist eine Bezeichnung für die dissoziative Störung, in Anlehnung an die ägyptische Mythologie. Der Legende zufolge wurde Osiris erst ermordet und dann zerstückelt. In symbolischer Hinsicht veranschaulicht dies besonders treffend die Spaltung einer Persönlichkeit.«

»Das war es also«, dachte Aude. So hing alles zusammen. Deshalb hatte Ozzy sich nach Ophelias Tod in all diese Bücher und Bilder versenkt. In seiner Verblüffung über jene Anspielung auf den Gott Osiris und den ähnlichen Klang ihrer beider Namen war Ozzy in eine Fantasiewelt eingetaucht und hatte in uralten Legenden Zuflucht gesucht. Nachdem er nicht nur erfahren hatte, dass er lediglich ein *Alter* war, sondern kurz darauf auch noch Ophelia verlor, hatte er sich in seinem geistig umnachteten Zustand an jenen rettenden Strohhalm geklammert, den Tao ihm gereicht hatte. Gleichsam als Legitimation seiner Existenz hatte er sich für den zerstückelten jungen Gott Osiris gehalten und folgerichtig die Existenz der Clique damit gerechtfertigt, dass sie alle Götter seien wie er.

»Was für ein Schlamassel!«, stieß Aude angewidert hervor.

»Ich habe den Osiris-Komplex nur erwähnt, um Ozzy dabei behilflich zu sein, den Ursprung der Krankheit zu verstehen«, verteidigte sich Tao. »Ich konnte doch nicht ahnen, dass er sich in diesem Maße damit identifizieren würde. Hätte ich das gewusst, wäre ich anders vorgegangen, behutsam, Schritt für Schritt. Dieser Fehler wird mir nie wieder passieren. Ich verspreche Ihnen, dass ich von nun an mit offenen Karten spielen werde; ich werde Ihnen nichts mehr vorenthalten.«

»Nicht nötig. Ich weiß alles, was ich wissen wollte«, entgegnete Aude, die keinen Grund sah, die Unterhaltung fortzuführen. »Grüßen Sie Ihre Freunde bei der Polizei von mir.«

»Warten Sie!«, rief Tao. »Sie kennen noch nicht die ganze Wahrheit.«

»Welche Wahrheit?«, fragte Aude zähneknirschend.

»Die einzige, die wirklich wichtig ist. Möchten Sie denn nicht gern erfahren, was sich hinter der Mauer des Vergessens befindet? Wollen Sie sich keine Klarheit verschaffen?«

»Wenn es wieder nur darum geht, mich dazu zu überreden, dass ich mich stelle, dann vergeuden Sie bloß Ihre Zeit.«

»Meine Praxis ist nur einen Katzensprung entfernt. Kommen Sie mit. Ich werde Sie hypnotisieren.«

Aude brach in schallendes Gelächter aus, konnte aber nicht umhin, Taos Mut zu bewundern.

»Glauben Sie wirklich, ich würde zulassen, dass Sie mich in Schlaf versetzen? Wer garantiert mir denn, dass Sie das nicht ausnutzen und die Bullen rufen?«

»Das ist kein Schlaf«, beteuerte Tao. »Die therapeutische Hypnose hat nichts mit dem spektakulären Bild zu tun, das man sich landläufig davon macht. Während der Sitzung bleiben Sie bei vollem Bewusstsein und können sie jederzeit abbrechen.«

»Haben Sie keine Angst, ganz allein mit einer gefährlichen Mörderin zu sein?«, fragte Aude mokant. »Was, wenn ich mich plötzlich in Frigon verwandle …«

»Dieses Risiko gehe ich gern ein«, antwortete Tao. »Ich will Ihnen nur Gutes, Aude. Warum sollte ich Sie belügen?«

Aude musterte die Psychiaterin, die ihr absolut glaubwürdig vorkam. War das nur Fassade? Versuchte sie, sie zu manipulieren, und wusste sie dabei nur allzu gut, welche Knöpfe sie drücken musste? Wie konnte sie sicher sein, dass es sich nicht um eine neue List handelte? Und dennoch, so gewagt es auch erschien, was Tao ihr in Aussicht stellte: Dies konnte die einzige, die letzte Gelegenheit sein, sich endlich Klarheit zu verschaffen, den wahren Sachverhalt zu erfahren …

»Kommen Sie«, sagte Tao nachdrücklich. »Wir werden ein für alle Mal Licht ins Dunkel bringen.«

»Ich hoffe für Sie, dass das kein fauler Trick ist.«

Taos Praxis umfing den Besucher sogleich mit ihrer luxuriösen, friedlichen Atmosphäre und hüllte ihn in ihre wohlige Wärme, wie in einem Mutterleib. In einer Ecke stand eine ergonomische Liege, daneben ein passender Sessel. In einem Regal, das sich über eine ganze Wand erstreckte, waren außer Büchern und einem CD-Player eine Reihe primitiver Kunstwerke zu sehen, afrikanische und polynesische Statuetten sowie Totems mit zu Grimassen verzogenen Gesichtern. Ein viktorianischer Schreibtisch vervollständigte die Möblierung. Auf seiner ordentlichen Oberfläche war nichts Ungewöhnliches zu entdecken, abgesehen von einer altertümlichen Waage in einer Ecke. Sie erinnerte an jene, die Ozzy bei der Überarbeitung des Hochzeitsbildes ganz oben auf die Pyramide gemalt hatte. Was natürlich alles andere als ein Zufall war: »Die Waage von Maat, der Göttin der Wahrheit und der Gerechtigkeit«, dachte Aude.

Sie hatte nichts dagegen, dass Tao bei sich zu Hause anrief, um Bescheid zu sagen, dass sie später kommen würde. Die Psychiaterin hinterließ jemandem eine Nachricht, vermutlich ihrem Ehemann. Dann bat sie Aude, sich auf die Liege zu legen und sich zu entspannen, was allerdings deren Nervosität nur noch steigerte: So ausgestreckt fühlte sie sich Tao ausgeliefert, verletzlich wie ein Neugeborenes.

»Sie werden mich auch bestimmt nicht in Schlaf versetzen?«

»Auf keinen Fall«, beteuerte Tao, die sich auf dem Sessel neben ihr niederließ. »Sie müssen mir doch berichten können, was Sie empfinden, was Sie erneut durchleben.«

Aude hielt es für ratsam, darauf hinzuweisen, dass sie im Fall eines Verrats die Adresse der Psychiaterin ganz zufällig in Frigons Anwesenheit fallen lassen werde: »Er könnte eines Tages an Ihre Tür klopfen und sich zum Tee einladen ...«

»Ein Besuch, auf den ich gern verzichten würde, glauben Sie mir«, erwiderte Tao.

Nach dem Austausch dieser Höflichkeiten machte sich die Psychiaterin an die Arbeit und eröffnete die Sitzung mit einer Tiefenentspannung. Als Aude sich ganz und gar gelockert hatte, führte Tao einige Tests durch, um herauszufinden, wie suggestibel sie war. Zunächst forderte sie sie auf, in eine imaginäre Zitrone zu beißen. Zu ihrer großen Verwunderung stellte Aude fest, dass der Geschmack der Zitrusfrucht sich in ihrem Mund ausbreitete. Und als Tao suggerierte, dass ihre linke Hand immer leichter werde, spürte sie tatsächlich, wie die Schwerkraft daraus wich. Sie war demnach eine brauchbare Versuchsperson – vielleicht aber war auch die Psychiaterin ganz einfach eine hervorragende Hypnotiseurin. Nachdem dieser Test Tao überzeugt hatte, wurde es ernst: »Wollen Sie weitermachen?«, erkundigte sie sich.

Aude hatte sich inzwischen zu weit vorgewagt, um es sich noch einmal anders zu überlegen, und erklärte, sie sei bereit. Tao lobte ihren Mut und kam dann auf das Ziel der Sitzung zu sprechen: »Es geht darum, das Trauma, das Ihre erste Persönlichkeitsspaltung hervorgerufen hat, zu identifizieren. Ich glaube, das geht leichter, wenn ich einen Sinnesreiz einsetze.«

Die Psychiaterin erläuterte, ein solcher Reiz eigne sich häufig besonders gut, um die Hypnose einzuleiten – hierzu gehöre etwa auch jener glänzende Gegenstand, jenes Pendel, das man vor den Augen der betreffenden Person hin und her schwingen lasse.

»In Ihrem Fall dürfte ein akustischer Reiz besonders gut funktionieren.«

Tao holte aus dem Regal eine CD, die sie in den CD-Player einlegte. Dann ging sie wieder zu Aude und zeigte ihr die Hülle. Es war »Schwanensee«.

Aude erschauerte: »Muss das wirklich sein? Diese Musik verursacht mir eine Gänsehaut.«

»Genau deshalb«, behauptete Tao. »Sie scheint tief in Ihrem Unterbewusstsein verwurzelt zu sein. Sie könnte eine katalytische Wirkung haben und die Einleitung der Trance erleichtern.«

Aude begriff, worauf Tao hinauswollte, und erklärte sich einverstanden. Die Psychiaterin nahm wieder im Sessel Platz und drückte auf eine Taste der Fernbedienung. Die dramatischen Klänge von »Schwanensee« erfüllten den Raum.

»Sie werden sich in der Zeit zurückbewegen«, sagte Tao mit sanfter Stimme. »Sie werden sich bis zur ›Ersten Familie‹ zurückbewegen. Entspannen Sie sich …«

Das sagte sich so leicht. Die Musik wurde lauter, schön und schrecklich zugleich, und löste in Aude eine lähmende Angst aus: Sie überflutete ihre Gedanken, ertränkte ihren Willen. Damit sie in diesen Stresswogen nicht unterging, forderte Tao sie erneut auf, sich zu entspannen, und riet ihr, sich nicht dagegen zu sträuben, tief einzuatmen, die Musik einzuatmen, zuzulassen, dass sich die Angst in ihr auflöste. Aude hörte auf zu kämpfen und gab sich der Strömung hin. Sie ließ die Musik durch sich hindurchfließen, über sich hinwegströmen, sie mit sich reißen, und plötzlich …

»Ich bin dort«, hauchte sie.

»Wo?«, flüsterte Tao ihr ins Ohr. »Wo sind Sie?«

»Hinter dem Haus, im Hof. Auf der Schaukel …«

Es war genauso, wie die Psychiaterin es ihr beschrieben hatte: Aude war sich nach wie vor bewusst, dass sie auf der Liege in der Praxis lag, aber zugleich befand sie sich in der Vergangenheit … *hinter dem Haus von Madame Huguette, im Hof, während durch das geöffnete Küchenfenster die Musik von »Schwanensee« drang. Aude schaukelte. Sie schaukelte so hoch und so heftig sie nur konnte; sie hielt sich an den Ketten fest und trat die Wolken mit den Füßen.*

»Wie alt sind Sie?«, raunte Tao.

»Ich weiß nicht«, antwortete Aude, von dem heftigen Schaukeln ganz außer Atem.

Sie konnte es tatsächlich nicht sagen, da sie über keinen zeitlichen Anhaltspunkt verfügte; seitdem sie bei Madame Huguette wohnte, hatte sie beinahe täglich auf diese Weise geschaukelt. Wie alt mochte sie damals gewesen sein?

»Elfeinhalb.«

Das war ihr ganz von selbst entschlüpft. Plötzlich war es ihr eingefallen. Elfeinhalb: also einige Wochen, höchstens ein paar Monate vor dem Brand.

Tao legte ihr nahe, sich weiter zurückzubegeben, in eine noch fernere Vergangenheit, die Zeit bis zu ihren frühesten Erinnerungen gegen den Strich zu bürsten. Es war, als hätte jemand auf eine »Rewind«-Taste gedrückt, als würde ein Film mit großer Geschwindigkeit zurückgespult. Aude vergegenwärtigte sich alles noch einmal: Sie bewegte sich flussaufwärts über die Stromschnellen eines leidvollen Lebens, sie buchstabierte rückwärts einen endlosen Satz aus Erniedrigungen, betete einen Rosenkranz aus Misshandlungen in entgegengesetzter Richtung herunter. Die Bewegung verlangsamte sich. Die Zeit stand still, sie wusste, dass sie am Anfang des Films angekommen war, bei dessen erster Einstellung … *Ein Fenster, das ihres Zimmers, im oberen Stockwerk … Es gab eine Art Ruck, und die Zeit bewegte sich wieder in Richtung Zukunft. Ozzy stand vor Aude im durch das Fenster schräg einfallenden goldenen Licht, während von unten »Schwanensee« heraufklang. Er stand mitten im Zimmer und starrte sie verblüfft an, während sie nicht minder verwundert war. Ozzy musste damals zehn gewesen sein; demnach war es ein Jahr vor dem Brand. Seine Wangen waren nass. Er hatte geweint. Ein Lächeln wischte die abscheuliche Schminke der Traurigkeit von seinem Gesicht, und angesichts des Zaubers seines Lächelns staunte Aude über dessen Macht und über den übernatürlichen Liebreiz ihres Bruders. Unten wurde die Musik immer lauter. Ozzy hielt sich die Ohren zu, und sein Lächeln verzerrte sich zu einer schmerzerfüllten Grimasse. Aude begriff, dass die Musik schuld daran war. Die Musik bereitete ihrem Bruder Schmerzen. Da zeigte ihr Ozzy einen Gegenstand, den er in der Hand hielt. Es war ein Messer, eines jener Teppichmesser mit einziehbarer Klinge. Er reichte es ihr, bestand darauf, dass sie es nahm. Aude ergriff das Messer, handhabte es vorsichtig. Ozzy stöhnte. Er hielt sich den Kopf und sah sie flehentlich an. Aude wusste, was sie zu tun hatte. Ohne zu zögern rannte sie aus dem Zimmer. Sie stürzte die Treppe hinunter und stürmte ins Wohnzimmer. Madame Huguette saß auf dem Sofa. Sie starrte ins Leere und lauschte der Musik. Aude ging zum CD-Player und holte vor den Augen der Rabenmutter die CD heraus, die sie mit dem Messer zerkratzte. Madame Huguette fuhr zusammen. Ihre Augen rollten wie Murmeln, bevor sie sich auf Aude hefteten. Sie sprang vom Sofa auf und durchquerte den Raum, schwankend wie ein defekter Roboter, bis sie vor ihr stand, groß wie eine Riesin. Sie riss ihr das Teppichmesser aus der Hand und keifte dabei unsinniges Zeug. Ihre Hand, die mit dem Messer, ging in die Höhe, fuhr nieder, und Aude schrie auf …*

Mit einem Schrei richtete sie sich auf Taos Liege auf. Besorgt stellte die Psychiaterin die Musik aus. Aude hielt ihre brennende Wange. Ihre Finger erkannten die alte, vertraute, seit Langem vernarbte Schnittwunde. Sie schmerzte nicht wirklich. Es war vielmehr eine vage Erinnerung an einen längst vergangenen Schmerz.

»Die Musik«, stammelte sie. »Ich dachte, nur ich würde sie hören, dabei hat Ozzy sie auch gehört. Das ist die Musik, die jedes Mal seine Migräne auslöst.«

»Haben Sie deshalb die CD zerstört? Um Ozzys Migräne zum Verschwinden zu bringen?«

»Das war der einzige Weg. Ich hatte es völlig vergessen, aber jetzt erinnere ich mich wieder daran«, sagte Aude mit tonloser Stimme.

Eine vergebliche Provokation und teuer erkauft, da Madame Huguette sich gleich am nächsten Tag eine neue CD besorgt hatte, da Aude schrecklich bestraft worden war, für immer entstellt. Aber das spielte keine Rolle mehr, weil sie am Ziel war: Diese vergessene Episode aus ihrem Leben, diese weit zurückliegende Erinnerung, gegen die sie prallte, war zweifellos die Geburt ihres Bruders.

»Jetzt haben wir's!«, rief sie. »Damals ist Ozzy zum ersten Mal aufgetaucht!«

Tao riet ihr, keine übereilten Schlüsse zu ziehen, dabei bestand doch keinerlei Zweifel: Bei jenem Moment im Zimmer konnte es sich nur um den der ursprünglichen Spaltung handeln, bei der Ozzy sich von Aude losgelöst und eine eigene Existenz erlangt hatte. Dies war der Grund für ihr wechselseitiges Erstaunen. Ihre gemeinsame Verwunderung war die zweier Wesen, die sich erstmals begegnen, einander entdecken. Sie hatte deswegen so gestaunt, weil sie erlebte, wie Ozzy vor ihren Augen geboren wurde, weil sie die Schönheit dieses plötzlich aus dem Nichts aufgetauchten Bruders so berührte. Und für ihn war es überraschend, auf einmal ein eigenes Bewusstsein zu erlangen und eine liebende Schwester vorzufinden. Das war zweifellos genau der Zeitpunkt, an dem sich die Mauer des Vergessens aufgerichtet hatte.

»Stellen Sie die Musik noch mal an. Ich möchte sie bis zum Ende hören.«

»Wir sollten zunächst das analysieren, was Sie soeben durchlebt haben«, sagte die Psychiaterin zögernd.

Aude griff jedoch nach der Fernbedienung und stellte den CD-Player an. »Schwanensee« durchflutete den Raum, und dieses Mal zeigte die Musik sofortige Wirkung. Aude schien tatsächlich ein besonderes Talent für Selbsthypnose zu besitzen, denn schon befand sie sich wieder in jenem Zimmer, ohne dass Tao ihr auch nur irgendetwas suggerieren musste … *vor Ozzy, der im durch das Fenster schräg einfallenden goldenen Licht stand und sie verblüfft anstarrte. Es galt, die Rückführung fortzusetzen, noch ein kleines Stück weiter in der Zeit zurückzugehen, gerade weit genug, um zu sehen, was davor geschehen war, was sich hinter der Mauer verbarg. Im Geist drückte Aude die Rückspultaste … Aber es geschah nichts. Sie nahm ihren ganzen Willen zusammen und machte noch einen Versuch. Sie bemühte sich, die Zeit gegen den Strich zu bürsten, das ursprüngliche Trauma dazu zu bewegen, sich zu offenbaren, doch die Mauer gab nicht nach.*

»Es hat keinen Zweck. Es wird Ihnen nicht gelingen«, flüsterte Tao.

Die Psychiaterin hatte recht. Die Vergangenheit ließ sich nicht so ohne Weiteres ausgraben, ihr Boden war zu hart. Es war unmöglich, den Film noch weiter zurückzuspulen. Indessen blickte Ozzy sie weiterhin mit seinen großen Augen eines verstörten Cherubs an. Sie wollte ihn ansprechen, doch sie vermochte es nicht. Offenbar gestattete der hypnotische Zustand keine solche Richtungsänderung der Erinnerung. Aude war in einer Art zeitlicher Sackgasse gefangen. Es war schrecklich frustrierend. Sie befand sich in unmittelbarer Nähe des ursprünglichen Traumas, davon war sie fest überzeugt. Des Rätsels Lösung lag dort, es war zum Greifen nahe, sie berührte es beinahe …

»Helfen Sie mir!«, fuhr sie Tao an. »Sie sind doch die Psychiaterin, oder? Machen Sie Ihre Arbeit!«

»Versuchen Sie, mit Ozzys Augen zu sehen«, schlug Tao vor. »Versetzen Sie sich in seine Lage und versuchen Sie zu sehen, was ihn so verwundert.«

Der Sinn einer solchen Übung schien unklar, dennoch unternahm Aude einen Versuch und merkte, dass es ihr mühelos gelang: *Auf einmal versetzte sie sich in Ozzy. Sie stand an seinem Platz neben dem Fenster und sah mit den Augen ihres Bruders, sah, was er so fassungslos betrachtete. Natürlich sie selbst, allerdings nicht so, wie sie es erwartet hätte. Nicht direkt vor ihm stehend, wie eigentlich zu erwarten gewesen wäre, sondern im Spiegel. In dem kleinen Spiegel an der Wand. Mit Ozzys Augen sah sie sich in diesem Spiegel eingerahmt, der eigentlich das Gesicht ihres Bruders hätte zurückwerfen müssen.*

»Was hat das zu bedeuten?«, fragte sie in dem Versuch, den beunruhigenden Anblick ihrer selbst im Spiegel zu deuten.

Der Trancezustand löste sich auf. Tao hatte soeben die Musik ausgestellt.

»Das ursprüngliche Trauma«, begann die Psychiaterin, die ihre Worte vorsichtig abwog, »jenen psychischen Schock, dessen Ausgangspunkt wir zu finden versuchen, haben nicht Sie erlitten.«

»Nicht ich?«

»In jenem Augenblick, im Zimmer, ist nicht etwa Ozzy aufgetaucht, sondern Sie selbst. Ihre Verwunderung, als Sie sich mit seinen Augen sahen, ist die seine, als er im Spiegel auf einmal Sie anstelle seines eigenen Bildes sieht. Deshalb können Sie nicht noch weiter in die Vergangenheit zurückgehen: Für Sie gibt es kein ›Vorher‹.«

Es war, als würde Tao in einer fremden Sprache zu ihr sprechen. Der Sinn ihrer Worte erreichte Aude mit zeitlicher Verzögerung, wie bei einer Simultanübersetzung.

»Wollen Sie damit sagen, dass ich ein *Alter* bin?«

Die Psychiaterin antwortete nicht, aber ihr Schweigen war beredt.

»Dann bin ich bloß ein *Alter* wie die anderen? Und demnach ist Ozzy die ›Gastgeber‹-Persönlichkeit, die zentrale Person?«

Tao musterte sie leicht besorgt. Meinte sie wirklich ernst, was sie soeben behauptet hatte? Aude war empört, dass ihre Intelligenz derart beleidigt wurde: »Dieses Bild im Spiegel besagt noch gar nichts«, wehrte sie sich. »Es gäbe eine Menge anderer Erklärungen.«

»Tut mir leid«, erwiderte Tao betrübt. »Es ist an der Zeit, dass Sie sich mit der Realität auseinandersetzen.«

Die Psychiaterin ging zu ihrem Schreibtisch und öffnete eine Schublade, aus der sie eine umfangreiche Akte hervorzog. Natürlich die von Aude, die sie durchblätterte, weil sie gewiss damit rechnete, irgendein Dokument darin zu entdecken, das ihre lächerliche These stützen würde. Aude hätte Tao zu gern auf ihren Platz verwiesen, indem sie ihr auf entwaffnende Weise gekontert und die absurden Behauptungen dieser elenden Schrumpfkopfjägerin zunichtegemacht hätte, aber sie hatte schlicht und ergreifend keine Argumente.

»Das ist grotesk«, stammelte sie.

Merkte Tao denn nicht, dass sie ihre Zeit vergeudete? Dass man der großen Psychiaterin von Weitem ansah, was sie im Schilde führte, und kein Aktenberg es je schaffen würde, Audes Selbstvertrauen zu erschüttern? Die Psychiaterin entnahm der Akte einen Stoß vergilbter Blätter, die sie Aude zur Ansicht reichte. Es handelte sich um alte Berichte des Sozialamts.

»Das Haus von Madame Huguette war kein Heim«, sagte Tao, während Aude das erste Dokument überflog. »Diese Frau war Ihre Stiefmutter, die Ihr Vater nach dem Tod Ihrer leiblichen Mutter geheiratet hatte.«

Die Papiere zitterten in Audes Hand. Das, was die Psychiaterin da behauptete, war schriftlich belegt. Im folgenden Absatz, der noch verwirrender war, hieß es, ihr Vater habe sich elf Monate nach dieser zweiten Heirat das Leben genommen und seine Tochter Aude sowie seinen Sohn Ozzy, neun und acht Jahre alt, zurückgelassen. Aude spürte, wie sich in ihrem Magen ein Knoten bildete. Sie hatte nicht die geringste Erinnerung an diesen unwirklichen Papa, geschweige denn an dessen Selbstmord, und doch musste es wahr sein: Ihre Eingeweide bewiesen es. Aber war nicht gerade das ihr Hauptargument, mit dessen Hilfe sich Taos dürftige Theorie widerlegen ließ?

»Das ist der Beweis, dass ich existiere!«, rief Aude, indem sie der Psychiaterin das Dokument unter die Nase hielt. In Ihrem Bericht steht es schwarz auf weiß. Ich war neun Jahre alt, als es passierte: Das beweist, dass ich kein Produkt von Ozzys Fantasie bin.«

»Lesen Sie weiter«, sagte Tao gelassen. »Das nächste Dokument.«

Die unerschütterliche Haltung der Psychiaterin verhieß nichts Gutes, und Aude blätterte nur widerwillig um. Noch ein Bericht, ein Jahr später datiert. Darin ging es um den Tod eines Kindes. Der kleinen – zehnjährigen – Aude, die unter dubiosen Umständen gestorben war …

Aude hatte den Eindruck, als verdunkelte sich plötzlich alles um sie herum. War die Beleuchtung schwächer geworden? Sie stopfte die Berichte in ihre Tasche, um deren Existenz leichter leugnen zu können.

»Diese Dokumente sind gefälscht«, sagte sie mit schneidender Stimme. »Ich wette, Sie haben sie selbst verfasst.«

»Ich verstehe Ihre Verzweiflung«, sagte Tao mitfühlend, »aber man muss den Tatsachen ins Gesicht sehen. Ich habe noch einen letzten Beweis für Sie.«

»Hoffentlich ist er überzeugender als die anderen«, entgegnete Aude verärgert.

»Er ist unwiderlegbar«, beteuerte Tao. »Bereiten Sie sich darauf vor, einen Schock zu erleben.«

Die Psychiaterin holte eine Digitalkamera aus ihrer Tasche. Als sie Aude im Sucher hatte, drückte sie auf den

Auslöser und zeigte ihr die Aufnahme im Display. Aude riss die Augen auf. Nicht sie war darauf zu sehen, sondern Ozzy.

Ozzy auf Taos Liege, der misstrauisch ins Objektiv blickte. Ozzy, dessen linke Wange von einer alten Narbe entstellt war …

Einen Augenblick lang hatte sich der Bürgersteig unter ihr wie ein temperamentvolles Wildpferd aufgebäumt. Aude war gerannt, bis die Kräfte sie verließen, bis ihr übel wurde. Inzwischen schritt sie ganz normal aus, und der Wind blies ihr stechende Schneeflocken in die Augen. Wie ließ sich die Unvoreingenommenheit einer Kamera anzuzweifeln? Wie konnte sie das alles noch bestreiten?

»Ich habe Ihnen absichtlich nicht sofort davon erzählt, um nicht denselben Fehler zu begehen wie beim letzten Mal, als ich Ozzy so plötzlich mit der Wahrheit konfrontiert habe«, war Tao fortgefahren. »Ich habe gehofft, Sie dazu bewegen zu können, sie schrittweise zu entdecken, um den Schock abzuschwächen.«

Den Schock? Aude fühlte sich eher wie betäubt. Sie hatte den Eindruck, nach wie vor unter Hypnose zu stehen, dabei wusste sie genau, dass dem nicht so war.

»Sie sind das Ergebnis von Ozzys verzweifeltem Bedürfnis, seine Einsamkeit mit jemandem zu teilen. Mit jemandem, der ihm dabei helfen würde, den Alltag zu ertragen, der Madame Huguette und deren Sohn die Stirn bieten könnte. Deshalb hat er Sie ein paar Monate nach Ihrem Tod wieder zum Leben erweckt: Er hat seine große Schwester in ein Leben zurückgeführt, so wie er es sich wünschte. So sind Sie an jenem Tag aufgetaucht, als Ozzy sich im Spiegel betrachtete, während gerade ›Schwanensee‹ lief. Deshalb übrigens ruft diese Musik in Ihnen so viel wach: Sie ist mit Ihrer zweiten Geburt, Ihrer Geburt als *Alter* verbunden …«

Da war Aude geflohen, weil sie einfach nicht mehr konnte. Sie war aus der Praxis gelaufen, fortgerannt. Ob Tao wohl versucht hatte, sie einzuholen? In jedem Fall hatte sie sie im Nu abgehängt.

Die Silos im Hafen ragten wie gigantische Orgelpfeifen vor ihr auf. Aude stellte fest, dass sie am Kanal angelangt war. Sie stützte sich auf das Geländer. Aus der Dunkelheit stürzten, Fallschirmen gleich, Millionen von Flocken in das schwarze Wasser, das sie sogleich verschluckte.

Eine Wiedergängerin, dem Tod entronnen, um sich Ozzys anzunehmen. Eine Krankenschwester, jederzeit bereit, ihn zu trösten, wenn es Schläge hagelte, wenn Angst herrschte und es unerträglich schien, weiterzuleben. Eine unerschrockene große Schwester, die imstande war, den Bösen zu trotzen, aber auch ihren geliebten kleinen Bruder zu herzen. Eine liebkosende Hand an einem rachsüchtigen Arm. Ein Überlauf für den Hass und ein Brunnen der Zärtlichkeit. Das letzte Gefäß der ins Wanken geratenen Hoffnung. Aude, die Überlebende des Nichts, die Ozzy nicht hatte fortgehen lassen wollen, die er wieder zu sich geholt hatte. Das Mädchen, das nicht existierte: Diese Vorstellung hatte Aude schon immer gefallen. Nun begriff sie, in welchem Maße dies tatsächlich zutraf.

Weiter flussaufwärts schäumten die von Strudeln aufgewirbelten Fluten. Die Versuchung, die von dem tiefen Wasser ausging …

»Ophelia! Ophelia!«

Sie saßen alle um den Sarkophag-Sarg, in dem Ophelia ruhte, in einen Kokon aus Stoffstreifen gewickelt, und riefen sie an. Der König der Toten leitete mit ernster Miene die Beschwörungszeremonie, mit Anubis an seiner Seite, während Month wie ein Stabsunteroffizier die stimmliche Verve der Truppe anspornte. Gemeinsam riefen sie den Namen der Verstorbenen, beschworen sie, aus ihrem tiefen Schlaf zu erwachen. Sie forderten sie auf, sich zu rühren, wieder aufzuleben, und Aude fragte sich fasziniert, ob es nicht vielleicht doch möglich sei, ob die Mumie nicht am Ende dem Ruf Folge leisten würde. Hatte sie selbst sich nicht ebenfalls aus ihrem Grab erhoben, um Ozzys Wunsch zu erhören? Würde sich Ophelia Nummer zwei plötzlich im Sarg aufrichten?

Ozzy sah, dass seine Schwester zurückgekehrt war, und schien sich darüber zu freuen. Er reichte ihr die Hand und forderte sie auf, im Kreis Platz zu nehmen, wahrscheinlich in der Hoffnung, dass sie jenen »mächtigen Zauber der Isis« entfalten würde, über den sie seiner Meinung nach verfügte. Aude hatte jedoch etwas anderes im Sinn: die Musik. »Schwanensee« ergriff von ihrem Schädel Besitz. Da sie sich von dieser Clique, für deren Seele sie sich so lange gehalten hatte, ausgeschlossen fühlte, zog Aude sich in ihre Nische zurück. Sie sank auf ihr Bett, und um sie herum war nur noch Musik.

13

Sie schwebte in der Musik. Von ferne drangen Stimmen zu ihr – die der anderen, die fortfuhren, Ophelia zu beschwören, aber sonst gab es nichts, was noch von Bedeutung gewesen wäre. Dachte sie an irgendetwas? Schon möglich, allerdings nur sehr vage. Sie dachte, ohne dass es sie gab; ein sonderbarer Fall, den Descartes nicht berücksichtigt hatte. Befreit von den Fesseln der Philosophie und allem, was sonst noch irgendeine Anziehungskraft auf sie ausüben konnte, trieb sie willenlos im musikalischen Äther der Nicht-Existenz.

Madame Huguette war also ihre Stiefmutter … Aude hatte es insgeheim gewusst. Sie hatte sich bloß eingeredet, bei einer Pflegefamilie zu leben, um sich leichter von ihr distanzieren, sie leichter hassen zu können. Dabei hatte sie es in ihrem tiefsten Inneren, in jenem versteckten Winkel, aus dem die Musik zu ihr drang, schon immer gewusst.

»Ophelia! Ophelia!«, riefen die anderen lauthals.

Sie beschworen die Mumie, endlich zu erwachen, während Matsheshu um den Sarg einen Makusham tanzte. Wann würden sie endlich einsehen, dass ihr ganzes Theater sinnlos war? Aber wer war Aude schon, um darüber zu befinden, was sinnvoll war und was nicht? Aus ihrer Tasche zog sie die Dokumente, die Tao ihr gegeben hatte, und las darin, in der Hoffnung, mehr über ihre wahren Eltern zu erfahren. Ihre Mutter wurde nirgends erwähnt. Es gab jedoch einen Polizeibericht zum Selbstmord ihres Vaters. Offenbar hatte der kleine Ozzy – damals acht Jahre alt – den Leichnam entdeckt, im Schuppen neben Madame Huguettes Haus. Ihr Vater hatte sich die Pulsadern aufgeschnitten, mit einem scharfen Gegenstand, der trotz intensiver Suche nie gefunden worden war. Nachdem die Ermittlungen innerhalb der Familie keine entscheidenden Hinweise ergeben hatten, war die Angelegenheit zu den Akten gelegt worden. Ein zweiter, sechs Monate später erstellter Polizeibericht behandelte die Umstände, unter denen die kleine Aude gestorben war. Von einer Schaukel gestürzt. Genick gebrochen. Augenblicklich tot. Der Bericht schloss mit der Feststellung, dass es ein Unfall war. Als sie dies las, vernahm Aude in der Tiefe ihrer Erinnerung Gabriels höhnisches Gelächter … *Die hin und her schwingende Schaukel, ihre knarrenden Ketten … das irre Lachen von Gabriel, dann gerät die Welt ins Wanken …* Von einem Unfall konnte keine Rede sein. Kurz danach musste Ozzys erste Persönlichkeitsspaltung stattgefunden haben und Aude Nummer zwei aufgetaucht sein, die große Zombie-Schwester, die er sich maßgeschneidert hatte, das genaue Ebenbild der ersten Aude, deren leibliche Überreste auf irgendeinem Friedhof vor sich hin moderten. Was für eine köstliche Ironie des Schicksals: Aude war aus ihrem eigenen

Tod hervorgegangen. Aber war das nicht egal? Warum sollte man überhaupt denken, wenn man gar nicht existierte? Das Leben, der Tod, was machte das für einen Unterschied, wenn man aus Leere gefertigt war? Dann konnte man sich genauso gut gehen lassen und in der Vorhölle, in der Musik vor sich hindämmern …

Aude öffnete die Augen. Emma saß am Fußende ihres Bettes. Ophelias Name schallte weiterhin durch die besetzte Halle, doch Emma hatte den magischen Kreis verlassen. Man musste keine telepathischen Fähigkeiten besitzen, um zu begreifen, dass sie die Nase voll hatte, vergeblich mit aller Macht zu seufzen, da sie ja den Namen nicht laut sagen konnte. Emma glaubte nicht mehr an ein Gelingen. Nephthys hatte ihren göttlichen Umhang abgelegt. Dass sie sich davongestohlen hatte, schien die Moral des Pantheons untergraben zu haben: Sie fuhren zwar fort mit der Beschwörung, doch blickte so mancher neidisch zu Emma und war ganz offensichtlich versucht, es ihr gleichzutun. Ozzy warf der Abtrünnigen wütende Blicke zu, worauf sie ein grimmiges Gesicht zog, und Aude hatte das Gefühl, einer musikalischen Tragödie beizuwohnen, deren Tonspur »Schwanensee« war. Raoul wiederum setzte sich fünf Minuten später ab; unter dem Vorwand eines dringenden Bedürfnisses bat er den Ersten Pharao um Erlaubnis, sich verdrücken zu dürfen, und Mollusque nutzte die Gelegenheit, um darauf hinzuweisen, dass die Essenszeit schon längst vorbei war. Ozzy warf dem Koloss vor, nur an sein leibliches Wohl zu denken, und beschuldigte Emma und Raoul, Ophelia im entscheidenden Moment, da ihre Wiedererweckung unmittelbar bevorstehe, im Stich zu lassen.

»Ergibt das Ganze hier auch nur ansatzweise einen Sinn?«, wagte Proust einen Einwand. »Ophelia ist und bleibt trotz der beträchtlichen Bemühungen, die wir unternommen haben, eindeutig tot: Ist es nicht an der Zeit, die Stichhaltigkeit des ganzen Unternehmens infrage zu stellen?«

»Vielleicht sind wir am Ende doch keine Götter?«, ließ sich Mollusque erstaunlich hellsichtig zwischen zwei Happen Salami vernehmen.

»Man müsste erst mal versuchen, etwas nicht ganz so Großes wiederzubeleben«, schlug Raoul vor. »Wie wär's mit dem Schnabeltier?«

»Eine Operette«, dachte Aude, fasziniert davon, wie gut die verschiedenen Beiträge zur Musik passten. »Eine komische Oper.« Für die witzigen Aspekte der Situation war Ozzy allerdings nicht empfänglich. Er bezichtigte Proust der Miesmacherei und legte ihm nahe, doch lieber seine eigene Stichhaltigkeit infrage zu stellen. Proust ließ sich nicht lange bitten: Er trat aus dem Kreis, gefolgt von Mollusque und Raoul. Der alte Mann öffnete eine Flasche Bier, die er sich an Audes Seite genehmigte: »Du hattest recht«, gab er zu. »Diese Göttergeschichte ist lächerlich.«

Aus der Richtung der letzten Wiederauferwecker ertönten laute Stimmen. Ein Streit war ausgebrochen. Auf der Suche nach einem Grund für die Leblosigkeit der Mumie unterstellte Osiris Anubis, beim Einbalsamieren gepfuscht zu haben, was Matsheshu ihm übel nahm: Er beteuerte, Ozzys Anweisungen genauestens befolgt zu haben, und gab zu bedenken, möglicherweise habe dieser sich hinsichtlich des Ablaufs des Rituals geirrt. Der »König der Toten« beklagte die offensichtliche Amateurhaftigkeit des »Führers der Verstorbenen«, worauf sich die Angelegenheit zuspitzte und in Audes Augen wagnerianische Ausmaße annahm. Gekränkt von Ozzys Unterstellungen, riss der Indianer seinen Anubis-Kopf herunter und machte sich daran, seine Gereiztheit über sein Didgeridoo zu entladen. Ozzy schenkte dieser x-ten Amtsniederlegung keine weitere Beachtung und machte sich trotzig von Neuem daran, seine leichenblasse Dulzinea anzurufen, auch wenn ihm nur noch der zweifelnde Frigon zur Seite stand.

»Das nimmt kein gutes Ende«, prognostizierte Proust und öffnete die nächste Flasche Bier.

Audes Gedanken kreisten schon längst nicht mehr um das Schicksal der Clique. Dergleichen unerfreuliche Belange ließen sie gleichgültig, hatten nicht länger mit ihr zu tun. Emma nahm ihre Hand und sah sie fragend an. Emma machte sich Sorgen um sie, doch Aude blieb ungerührt und schenkte weder Raoul noch Mollusque, die kleinlaut um sie herumschlichen, auch nur die geringste Beachtung. Nun, da das Trugbild der göttlichen Ambitionen verblasste, wandten sie sich natürlich wieder ihr zu und scharte sich um ihren Hirtenstab. Aude aber wollte nicht länger die Hirtin dieser albernen Herde sein. Selbst wenn sie es gewollt hätte, sie wäre nicht dazu imstande gewesen. Woher hätte sie, eine arme, gestrandete Qualle, die Kraft dafür nehmen sollen?

Als Aude erwachte, war es schon wieder dunkel. Sie sah, dass Ozzy allein mit Ophelia zurückgeblieben war. Frigon hatte ebenfalls aufgegeben und schlief, wie die anderen auch. Zum ersten Mal seit ihrem Besuch in Taos Refugium konnte Aude einen klaren Gedanken fassen und stellte verwundert fest, dass die Musik in ihrem Kopf zu spielen aufgehört hatte. Ihre Gedanken nahmen, befreit von diesem unheilvollen Zauber, ihren natürlichen Lauf.

Ozzy hatte Ophelia aus ihrem Sarg geholt. Sie lag auf seinen Knien. Er hatte ihr Gesicht von den Binden befreit, ihre Haare gelöst und rief sie mit heiserer Stimme an. Er gähnte und konnte nicht verhindern, dass seine Augen zufielen. Zusammengekrümmt vor Erschöpfung klammerte er sich an die Mumie und flehte sie verzweifelt an, wieder zum Leben zu erwachen, ein armer, ausgemergelter Wasserspeier, der sich hartnäckig für einen Gott hielt. Aude spürte, wie sie angesichts des jammervollen Zustands ihres Bruders weich wurde. Eine Woge der Rührung erfasste ihr Herz, und sie schämte sich, nur ihr eigenes Leid im Sinn gehabt zu haben, während Ozzy so offensichtlich auf Hilfe angewiesen war. War er nicht das Einzige, was ihr noch auf Erden blieb, und war nicht ihr Platz an seiner Seite? Was machte es für einen Unterschied, dass sie lediglich ein Trugbild war? Vielleicht gab es ja nach dem Nicht-Tod ein Nicht-Leben, das nicht zu leben sich lohnte? Was scherte es sie, ob sie existierte oder nicht, solange sie sich weiterhin um ihren Bruder kümmern konnte? Sie ging zu Ozzy und forderte ihn leise auf, endlich loszulassen, schlafen zu gehen.

»Nicht jetzt«, protestierte er und bemühte sich verzweifelt, die Augen offen zu halten. »Ich muss Ophelia rufen, bis sie zurückkehrt.«

»Du siehst doch, dass es keinen Zweck hat. Du musst dich ausruhen.«

»Ich schaffe es einfach nicht, sie wiederzuerwecken«, klagte Ozzy verzweifelt. »Meine Kräfte versagen. Aber ich weiß, woran es liegt: Es hat damit zu tun, dass ich gespalten bin …«

»Ja«, tröstete Aude ihn. »Ich bin im Bilde.«

Da der richtige Moment gekommen zu sein schien, vertraute sie ihrem Bruder an, sie sei Justine Tao begegnet und wisse über alles Bescheid. Ozzy schien über ihr Geständnis erleichtert zu sein: »Das ist gut. Ich habe mich nicht getraut, dir davon zu erzählen, aber ich bin froh, dass du es weißt. Jetzt wirst du mir helfen, Ophelia wieder zum Leben zu erwecken, oder?«

Ozzys Obsession gewann schon wieder die Oberhand. Selbst die geduldigste aller künstlichen Schwestern wäre mit ihrem Latein am Ende gewesen.

»Tao hat nichts begriffen«, fuhr Ozzy fort. »Sie weiß noch nicht mal, dass sie Maat ist. Sie denkt, ich sei krank. Aber sie täuscht sich: Ich bin Osiris. Und du, du bist Isis.«

»Ozzy, ich habe nichts von einer Göttin …«

»Oh doch. Du kannst dich nur nicht daran erinnern, das ist das einzige Problem.«

Ozzy nahm das ›Totenbuch‹ zur Hand und reichte es Aude: »Lies das Buch. Es wird dir helfen, dich an alles zu erinnern. Lies es, dann wird dir alles klar werden.«

»Einverstanden«, antwortete Aude, zu jedem Kompromiss bereit, wenn ihr Bruder sich bloß beruhigte. »Aber nur, wenn du dich ausruhst. Ich lese es, während du schläfst.«

Ozzy war zufrieden. Er schmiegte sich in die Arme seiner Schwester und schlief sogleich ein, wobei er Ophelias Namen murmelte, bis in den Traum hinein. Aude betrachtete das ›Totenbuch‹. Sie legte Ozzy behutsam neben der Mumie auf dem Boden nieder und blätterte dann misstrauisch in jenem verfluchten Band, der den Geist ihres Bruders in die Irre geleitet hatte. War in den verdammten Seiten, aus denen sich sein Wahn nährte, nicht vielleicht auch das Rezept für ein Gegenmittel zu finden, das ihn heilen könnte?

Das Restaurant Starmania hätte bestenfalls in einem Reiseprospekt aufgeführt werden können, der die Verlockungen Tschernobyls anpries. Unter seinen Neonröhren hatte sich zu jener späten Stunde eine bleiche Kundschaft von Nachtvögeln eingefunden. Aude süßte den gräulich schimmernden Kaffee, den man ihr serviert hatte, und vertiefte sich in das ›Totenbuch‹. Das Werk war reich illustriert. Das den ägyptischen Gottheiten gewidmete Eingangskapitel vermittelte ihr einen Eindruck davon, wer das Pantheon bevölkerte. Unter all den Kreaturen mit Krokodil- und Widderköpfen und anderen merkwürdigen Wesen die Mitglieder ihrer Clique auszumachen, war wie die berühmte Nadel im Heuhaufen zu suchen. Die Sache war umso komplizierter, als diese Götter ebenfalls multiple Persönlichkeiten besaßen; sie hatten die unglückliche Neigung, ihren Namen und ihr Äußeres zu verändern. Der Sonnengott Re etwa wechselte während seiner himmlischen Reise ständig seine Gestalt. Am Morgen war er Chepre, der Skarabäus des Sonnenaufgangs; mittags wurde er zu Horakhty und nahm das Aussehen eines Falken an; abends schließlich war er Atum, die von einem Greis verkörperte untergehende Sonne. Ganz zu schweigen von den zwölf weiteren Identitäten, in die er nach Belieben schlüpfte. Ein wahres ägyptisches Knobelspiel.

Die Seitenränder waren mit einer Fülle von Anmerkungen versehen, die davon zeugten, welche Anstrengungen Ozzy unternommen hatte, um jedes einzelne Mitglied der Clique einem bestimmten Gott zuzuordnen. Es war offenbar nicht so schwer gewesen, Matsheshu, Emma, Raoul und Mollusque mit Anubis, Nephthys, Bes und Harpokrates in Verbindung zu bringen, doch verrieten durchgestrichene Stellen, dass Ozzy nicht nur im Fall von Proust unschlüssig gewesen war: Diesen hatte er zunächst mit Pta assoziiert, bevor er sich für Thot entschied. Ähnlich verhielt es sich bei Frigon, den er nacheinander mit diversen Kriegsgöttern gleichgesetzt hatte, bevor seine Wahl auf Month fiel. Bei Aude hatte er allerdings keine Sekunde lang gezögert: Ihr Name stand in großen Lettern unter einem Bild von Isis, die, wie es die Überlieferung wollte, mit Flügeln und einem thronförmigen Helm dargestellt war. Während Aude die Auflistung von Isis' Attributen überflog, stellte sie fest, dass die Göttin in der Hierarchie eine prominente Stellung einnahm, und fühlte sich ein wenig geschmeichelt: Neben der Bezeichnung »die Ewige« und »die Zauberin« trug Isis die Beinamen »Herrin der Pyramiden«, »Beschützerin der Kinder« sowie »Mitherrscherin über das Totenreich«. Ohne Zweifel eine Dame, mit der man rechnen musste. Interessant war auch, dass Ozzy sich nicht auf die Zweibeiner oder die Mitglieder der Clique beschränkt hatte: Nonosse wurde mit Upuaut in Verbindung gebracht, einer niederen Hundegottheit, Gabriel hingegen mit Seth, dem Gott des Bösen, und Madame Huguette mit der skorpiongestaltigen Göttin Selkis. Der Name von Justine Tao stand neben dem von Maat. Ozzy hatte keinen ausgelassen; er hatte sich größte Mühe gegeben, die ganze Schar unterzubringen.

Zu Beginn des zweiten Kapitels, das die Entstehung des Mythos zum Inhalt hatte, zog ein gelb markierter Absatz Audes Aufmerksamkeit auf sich. Darin war die Rede von einer gewissen Insel Schmun, die als »Gefilde der Seligen« und als »Flammeninsel« bezeichnet wurde. Aus dem Energieschub, der die Urmaterie erschüttert hatte, hervorgegangen, war diese Insel der Geburtsort von Re, der auf diese Weise dem Kosmos das Glühen des allerersten Sonnenaufgangs dargebracht hatte. Der Grund, weshalb Ozzy diesen Absatz markiert hatte, war offensichtlich: Besagte Insel Schmun war der Beschreibung nach mit jener von Fabelwesen bevölkerten Feuerinsel identisch, die er angeblich in der Sonne erblickt hatte. Dieses Zusammentreffen hatte natürlich seine Fantasie entflammt. »Womit könnte man sie löschen?«, fragte sich Aude. »Wie ließe sich verhindern, dass das Übel weiter um sich greift?«

Beim Weiterlesen wurde Aude bewusst, dass es sich bei dem ›Totenbuch‹ um einen Leitfaden für Verstorbene handelte. Diese Sammlung magischer Gebete sprach Osiris, dem Herrscher über das Totenreich, der als »Vollkommenes Wesen« galt, den zentralen Platz zu. Es gab zahllose Abbildungen von Osiris, von denen besonders eine Aude in ihren Bann zog, da es sich um die goldene Barke handelte, von der sie mittels Ozzy geträumt hatte: Osiris stand im Bug und bohrte seine Lanze in eine riesige Schlange, die machtvoll eine strahlende Scheibe umschlang. Der Bildunterschrift entnahm Aude, dass es sich um den denkwürdigen Kampf handelte, den sich Osiris und Apophis, das reptilienartige Inbild des Chaos, allabendlich lieferten, da diese den Sonnengott daran zu hindern versuchte, einen neuen Tag anbrechen zu lassen. Auf der nächsten Seite stieß sie auf eine Szene, von der Ozzy sich augenscheinlich hatte inspirieren lassen, als er das Wandbild übermalte, in dem er die Clique in ihrer göttlichen Gestalt darstellte: die Hochzeitsszene. Diese hatte, wie sie feststellte, eigentlich nichts mit einer Hochzeitszeremonie zu tun: Es handelte sich vielmehr um das »Wiegen des Herzens« oder das »Totengericht«, einen zentralen Ritus des Osiris-Mythos. Der Begleittext erläuterte die Vorstellung der alten Ägypter vom Jenseits. Für diese war das irdische Leben lediglich ein Traum im großen Schlaf des Bewusstseins; die wahre Existenz begann erst nach dem Tod, in einer Welt, in der die Seele in einen neuen, wieder zum Leben erweckten Körper schlüpfte. Als Gott der Toten regierte Osiris über die Unterwelt, ein von Dämonen bevölkertes Labyrinth, aber auch über die Elysischen Felder, einen paradiesischen Ort, eine üppige, fruchtbare Gegend mit prächtigen Gärten. Um Zugang zu diesem Garten Eden zu erhalten, musste der Verstorbene eine ganze Reihe gefahrvoller Prüfungen bestehen und dann vor das »Göttliche Gericht« treten, dem Osiris vorsaß. Denn darin bestand seine wichtigste Aufgabe: Osiris thronte, umgeben von einem Hofstaat aus zweiundvierzig Dämonen, in der kosmischen Halle des Gerichts und bewertete die Leben derer, die vor ihn traten. Auf Maats Waage wog er das Herz eines jeden Anwärters auf die Ewigkeit und beurteilte dessen Lauterkeit, um dann sein Urteil zu sprechen. Ein reines, leichtes Herz verhieß seinem Besitzer Zugang zum »Garten der Glückseligen«, während ein sündenschweres Herz jenem die sofortige Vernichtung eintrug: Seine Seele wurde Ammit, einem albtraumhaften Wesen, halb Krokodil, halb Flusspferd, zum Fraß vorgeworfen.

Bei der von Ozzy gemalten Zeremonie handelte es sich demnach um das Wiegen von Ophelias Herz und deren Anerkennung als Anwärterin auf die Unsterblichkeit. Zufrieden mit dieser Schlussfolgerung wollte Aude sich gerade einen Schluck Kaffee gönnen, als sie auf halbem Wege innehielt.

Urplötzlich war ihr ein Licht aufgegangen: Jenen Traum vom Totengericht, den sie notgedrungen Ozzy verdankte, hatte sie lange vor ihrer Begegnung mit Justine Tao erlebt – und demnach lange bevor er erstmals vom Osiris-Komplex gehört und sich für das ›Totenbuch‹ zu interessieren begonnen hatte. Wie war er wohl auf diese Vorstellung vom »Göttlichen Gericht« gekommen? Wie hatte er nur in dieser Ausführlichkeit von jener Zeremonie träumen können, von der er doch noch gar nichts wusste?

Die Nacht kapitulierte, ein Zeichen dafür, dass Apophis, die Schlange des Chaos, einmal mehr besiegt worden war. Als Aude vor der Fabrik eintraf, nahm sie die pyramidenähnliche Silhouette des Gebäudes wahr, die sich gegen die Morgenröte abzeichnete, und fragte sich, ob nicht ebendas der Grund gewesen sei, weshalb Ozzy so sehr darauf bestanden hatte, dass die Clique sich gerade dort niederließ: weil die Silhouette ihn an jene »Häuser der Ewigkeit« erinnerte, die die Pharaonen errichtet hatten. Doch dann wurde ihr klar, dass sie derselben grundlegenden Unlogik aufsaß wie im Fall des Traumes vom Totengericht, den sie eigentlich unmöglich hatte träumen können: Sofern man nicht annahm, dass Ozzy in die Zukunft sehen konnte, oder die Hypothese einer tatsächlichen göttlichen Reinkarnation akzeptierte, gab es keine plausible Erklärung für seine Vorahnungen. Und was war mit jener Feuerinsel, die ihn seit seiner Kindheit nicht losließ? Wirklich bloß ein Zufall?

In der besetzten Halle litt Emma unter der Morgendämmerung. Aude hatte eigentlich damit gerechnet, ihren Bruder im Gespräch mit seinen Freunden, jenen »Ewigen der aufgehenden Sonne«, auf dem Dach vorzufinden, doch entdeckte sie ihn in sich zusammengesunken vor einer Wand. Er umklammerte die Mumie, die von einer Blutlache umgeben war. Er hatte sich die Pulsadern geöffnet.

Ozzy war immer noch bewusstlos. Er hatte viel Blut verloren, allerdings nicht genug, um zu sterben. Aude verband seine Handgelenke mit Stoffstreifen, die von Ophelias Mumifizierung übrig geblieben waren, dann verscheuchte sie die anderen, die sich um sie drängten und den ganzen Sauerstoff verbrauchten. Emma wischte das Blut auf, Ozzys kostbares Blut, das sich über den Boden ergossen hatte. Mitten in der roten Lache lag das Messer, mit dem ihr Bruder sich die Adern geöffnet hatte. Aude hob es auf. Es war jenes Teppichmesser, das Ozzy ihr an jenem Tag gereicht hatte, an dem er sie zum ersten Mal hervorgerufen hatte, und mit dem sie dann die CD zerkratzt hatte … Klick! Die Klinge zog sich zurück. Ozzy war es offenbar gelungen, das Messer wieder an sich zu nehmen, nachdem Madame Huguette ihn entstellt hatte … – Klack!, machte die Klinge, als sie wieder aus dem Griff heraussprang – und er hatte es die ganze Zeit heimlich aufbewahrt … Klick! Klack! Klick-klack! Fasziniert vom Hin und Her der Stahlspitze hing Aude ihren Gedanken nach … *und fand sich an einem Ort wieder, den sie sogleich wiedererkannte, da sie sich häufig dorthin geflüchtet hatte. Nicht etwa in Madame Huguettes Haus, sondern im Schuppen gleich daneben, in jenem staubigen Verschlag voller Spinnen, der als Werkstatt und als Rumpelkammer diente. Auf dem Boden, vor der Hobelbank lag ein Mann. Genauer gesagt der Leichnam eines Mannes, inmitten eines Tümpels aus geronnenem Blut, mit aufgeschnittenen Pulsadern. Seine Hand hielt noch das Teppichmesser …*

Aude erschauerte. Sie hatte soeben einen neuerlichen Schub von Selbsthypnose erlebt. Der Trancezustand war durch das Teppichmesser, durch das Klicken der Klinge ausgelöst worden. Dieser Tote war jener Vater, den Aude Nummer zwei nie persönlich kennengelernt hatte. Und die Augen, durch die sie ihn gesehen hatte, waren die des kleinen Ozzy, der den Leichnam ihres Vaters entdeckt hatte. Das Messer war dasjenige, nach dem die Ermittler vergebens gesucht hatten. Ozzy hatte es an sich genommen, hatte es aufbewahrt. Um sich zu verteidigen? Um möglicherweise Rache für seinen Vater zu nehmen? Oder nur einfach so, ohne nachzudenken, als eine Art Andenken? Wer weiß schon, was einem kleinen Jungen, der seinen verbluteten Vater auffindet, so alles durch den Kopf geht. Hatte er damals bereits vor, es irgendwann einmal, an einem Tag wie diesem, zu benutzen, um dem selbstmörderischen Beispiel seines Vaters zu folgen? In diesem Fall war zu erwarten, dass er wieder rückfällig werden würde, was Aude gewiss nicht zulassen würde. Sie versteckte das Messer in ihrer Nische, unter ihrer Matratze. Ozzy warf sich hin und her, gequält von einem bösen Traum. Aude erzählte ihm vom Meer, flüsternd, direkt in sein Ohr, bis er sich beruhigte. Dann machte sie es sich neben ihm bequem, um über ihn zu wachen, und vertiefte sich von Neuem in das ›Totenbuch‹. Zu Beginn eines Kapitels mit der Überschrift »Die Osiris-Legende« zog sie sogleich die Geschichte jenes jungen, gutherzigen Gottes, des ersten eines ruhmreichen Geschlechts künftiger Pharaonen, in ihren Bann. Osiris hatte achtundzwanzig Jahre lang friedlich über Ägypten regiert, bis zu dem Tag, da sein Bruder Seth, der nach dem Thron trachtete, beschloss, ihn aus dem Weg zu räumen, und ihn in eine Truhe sperrte, die er in den Nil warf. In dem Moment tauchte Isis in der Geschichte auf. Als loyale Schwester und mustergültige Ehefrau des Osiris machte sich die junge Göttin beherzt auf den Weg, um ihn zu suchen. Nach einer langen Reise, die sie bis an die Gestade des Ozeans führte, fand sie schließlich die Truhe, in der ihr Bruder eingesperrt war … *Sie war am Ufer des Meeres angelangt. Als Isis über den Strand schritt, kam sie zu einer halb im Sand versunkenen Truhe aus Ebenholz. Sie öffnete die Truhe, in der Osiris schlief, und weckte ihn, befreite ihn endlich … In Wirklichkeit befreite sie Ozzy, und sie selbst, Aude, hatte den Deckel geöffnet, und jener Deckel war der des Müllkastens, vor dem Haus von Madame Huguette …*

Aude bemühte sich, die widerstreitenden Gefühle, von denen sie überwältigt wurde, von sich fernzuhalten, und fuhr mit ihrer Lektüre fort. Kurz nach seiner Befreiung durch die wackere Isis wurde Osiris von Seth brutal ermordet. Dieser zerstückelte Osiris' Leichnam in vierzehn Teile, die er über ganz Ägypten verstreute, in dem Glauben, sich so endgültig seines Rivalen entledigen zu können. Isis weigerte sich jedoch, den Tod ihres Bruders hinzunehmen: Mit bewundernswerter Opferbereitschaft und Ausdauer begab sich die liebende, hingebungsvolle Schwester erneut auf die Suche, bei der sie das ganze Land durchquerte und die einzelnen Gliedmaßen Stück für Stück einsammelte. Mit Hilfe des Schakalgottes Anubis und ihrer Cousine Nephthys fügte Isis den Leib des Osiris wieder zusammen und schuf so die erste Mumie. Dann erweckte sie ihn mit Zauberworten wieder zum Leben in unsterblicher Gestalt. Daraufhin wurde Osiris zum Herrscher über das Totenreich, während die treue Isis seither an seiner Seite über die göttlichen »Gefilde der Seligen« regiert …

Als Aude das Buch schloss, zitterte sie unter dem Eindruck der heftigen Gefühlsaufwallung, die die Legende in ihr ausgelöst hatte. Wie konnte man nun noch annehmen, dass es sich um eine bloße Aneinanderreihung von Zufällen handelte?

Ozzy erwachte aus dem Koma, während Aude die Verbände wechselte. Als er merkte, dass er noch am Leben war, erfasste ihn Panik und er versuchte, die Binden von seinen Handgelenken zu reißen. Er war jedoch zu schwach, und Aude fiel es nicht schwer, ihn ruhigzustellen.

»Lass mich sterben«, beschwor er sie. »Ich muss mich ins Totenreich aufmachen. Ophelia hat zu mir gesprochen, als ich geschlafen habe. Sie irrt im Jenseits umher, daher ist es mir nicht gelungen, sie wiederzuerwecken. Sie sucht nach der Halle des Gerichts, aber sie hat sich verlaufen. Sie ist in der Hölle gelandet, und die Dämonen versuchen, ihr ihre Seele zu rauben.«

Deshalb hatte er versucht, sich umzubringen: um Ophelia zu helfen, begriff Aude. Ozzys fiebrigem Gestammel entnahm sie, dass er sich unverzüglich in jenes Totenreich begeben wollte, dessen verbannter Herrscher er zu sein glaubte, um Ophelia wiederzufinden und in die Vorhalle des »Göttlichen Gerichts« zu geleiten.

»Ich muss ihr Herz wiegen und das Urteil sprechen, das ihr ewiges Leben gewährt«, flehte Ozzy. »Lass mich sterben.«

»Es gibt bestimmt noch eine andere Lösung«, entgegnete Aude. »Es muss einen anderen Weg geben, um Ophelia zu retten …«

»Es gäbe da tatsächlich einen«, räumte Ozzy ein. »Wenn du mir schon nicht erlauben willst zu sterben, dann hilf mir wenigstens, wieder der Gott zu werden, der ich einst war.«

Warum nicht gleich nach den Sternen greifen? Aude verfluchte ihr Schicksal. Warum musste ihr Bruder von ihr ständig das Unmögliche verlangen? Er erwartete von ihr nicht weniger als ein Wunder.

»Hast du das Buch gelesen?«, erkundigte sich Ozzy.

»Ja, aber …«

»Weißt du noch, wer du bist?«

»Isis?«, fragte sie zögerlich.

»Du bist die Zauberin, die Herrin über das Leben. Stell mich wieder her. Sammle meine Einzelteile ein«, flehte Ozzy. »Das hast du damals schon einmal getan; jetzt kannst du es wieder tun. Mach, dass ich wieder zu Osiris werde.«

»Einverstanden«, gab Aude nach, da es die einzige Antwort war, die Ozzy hören wollte, und er unbedingt zufriedengestellt werden musste, damit er sich nicht noch einmal das Leben zu nehmen versuchte, was ihm diesmal womöglich gelingen würde. »Einverstanden«, wiederholte sie in ihrer Verzweiflung.

Ozzy küsste ihr dankbar die Hand: »Ich weiß, dass es dir gelingen wird. Ich vertraue dir«, sagte er liebevoll.

Dann verließen ihn die Kräfte. Er verdrehte die Augen, und Aude musste allein über ihrem Versprechen brüten, das sie ihm nur gegeben hatte, um Zeit zu gewinnen. Ihr Blick heftete sich auf das Wandbild der Insel Schmun, deren Flammen im Schatten zu tanzen schienen. Was konnte sie unternehmen, damit Ozzy wieder zu Osiris würde? Aude betrachtete das Porträt, das Ozzy von ihr als Isis gemalt hatte. Sie hätte schwören können, dass die Göttin hintergründig lächelte, dass sie sich über das Durcheinander all dieser verschiedenen Identitäten amüsierte.

»Was würdest du an meiner Stelle tun?«, seufzte sie, an Isis gewandt.

»*Warum fragst du mich?*«, antwortete eine Stimme, die aus der Tiefe der Vergangenheit zu ihr zu dringen schien und dabei ihre eigene war. *»Das müsstest du doch eigentlich selbst wissen.«* Aude spürte, wie sie erneut in die Selbsthypnose glitt. Dieser Zustand wurde eindeutig zu ihrer zweiten Natur. Sie spielte bei diesem ungewöhnlichen Spiel mit und führte den inneren Dialog fort: Sie unterhielt sich mit der Göttin.

»Nein, ich habe keine Ahnung. Was soll ich tun? Gib mir einen Rat, du, von der es heißt, sie sei so weise.«

»Du hast eine wichtige Aufgabe zu erfüllen. Dein Leben hat nur dann einen echten Sinn, wenn du es der Heilung deines Bruders widmest.«

»Ja, ich weiß. Aber wie?«

»Es ist ganz einfach«, sagte Isis. »Öffne die Augen und sieh.«

Auf einmal erweiterte sich der Trancezustand, der sich bislang auf ihr Hörvermögen beschränkt hatte, um die visuelle Dimension. Es war wie in einem Wachtraum, der sich vor Aude entfaltete, ein großartiger Traum … *Sie träumte von der Welt, als diese noch ganz jung, eben erst entstanden war, sodass der Horizont noch nachbebte, noch nichts seine endgültige Form besaß, die Götter, Menschen und Tiere sich in ihrer Gestalt noch nicht deutlich voneinander unterschieden. Sie träumte von der Welt, neu wie sie damals war, und sah sich darin: Sie wandelte durch die Felder, durchquerte brütend heiße Wüsten, tief eingeschnittene Täler. In den Händen hielt sie Osiris' Kopf und bahnte sich ihren Weg, benannte unterwegs Flüsse und Berge. Sie war »Isis die Ewige«, die unablässig nach den verstreuten Gliedmaßen ihres Bruders suchte. Und diese Gliedmaßen sammelte sie eins nach dem anderen ein. Zuerst das rechte Bein von Raoul. Dann das linke Bein von Mollusque. Dann die Arme von Matsheshu und Frigon, dann die Hände von Proust, die Brust von Emma. Das göttliche Puzzle war vollständig, Ozzys Leib war wieder ganz. Jetzt musste er nur wieder zu neuem Leben erweckt werden. Es fehlte bloß noch ein tapferes Herz. Da riss sie sich das ihre aus der Brust und überreichte die pulsierende Gabe ihrem Bruder, wodurch sie ihm einen Teil ihrer eigenen Unsterblichkeit übertrug …*

»Hör auf, dich zu befragen. Du weißt, was du zu tun hast«, flüsterte die Göttin.

Isis lächelte von der Wand, und Aude merkte, dass sie ebenfalls lächelte. Denn ihre Ungewissheit war endlich verflogen und einem tiefen Frieden, einer vollkommenen Gelassenheit gewichen. Sie akzeptierte das, was ihr der uralte Traum verheißen hatte. Ozzy hatte recht: Sie waren in der Tat die Inkarnationen der Götter. Demselben kosmischen Gesetz unterworfen, das den täglichen Lauf der Sonne lenkte, waren sie zum Zyklus des Wandels gezwungen; so wie Re immer wieder von der Nacht zum Tag und vom Tag zur Nacht überging, schwankten sie ständig zwischen Bewusstsein und Vergessen hin und her. Nun jedoch war der Moment des Erwachens gekommen, und auf einmal schien alles völlig klar: Sie waren tatsächlich die Avatare von Osiris und Isis, über Jahrtausende hinweg dazu bestimmt, den Mythos immer wieder neu zu beleben.

Aude liebkoste die Stirn ihres schlafenden Bruders. Sie

kam ihr ungewöhnlich heiß vor. Ozzy hatte Fieber. Aber er würde wieder zu Kräften kommen und schon bald stark genug sein, dass sie sich auf die Suche begeben konnte. Aude wusste, was sie zu tun hatte. Ihre Aufgabe war die von Isis. Wie einst würde sie auch jetzt ihren Bruder wiederherstellen. Allerdings würde sie zu einer anderen Methode greifen müssen, da es nicht länger darum ging, die einzelnen Gliedmaßen von Osiris einzusammeln, sondern die Fragmente seiner Seele. Der mystische Atem und die beschwörenden Worte, die sie einst eingesetzt hatte, waren nicht mehr zeitgemäß. Sie musste einen neuen, der heutigen Welt angemessenen Zauber anwenden. Und diese Fertigkeit verdankte sie Tao.

14

»In der Stadt ist die Hölle los!«, rief Proust und klopfte den Schnee von seinem Hut. »Die Läden sind brechend voll. Dabei ist Weihnachten doch erst in drei Wochen …«

»Hast du gefunden, worum ich dich gebeten habe?«, erkundigte sich Aude.

»Natürlich. Ich wusste ja gar nicht, dass du Tschaikowsky magst«, antwortete Proust und reichte ihr eine CD mit der Musik von »Schwanensee«.

»Ich hasse ihn.«

Aude lieh sich Raouls CD-Player aus und ging zurück zu ihrem Bruder. Ozzy las der Mumie eine Passage aus dem ›Totenbuch‹ vor. Er hatte immer noch Fieber. Aude, die eine Infektion befürchtete, hatte sich seine Wunden ganz genau angesehen, doch schien alles in Ordnung zu sein. Das Fieber musste demnach rein nervlich bedingt sein: Ozzys Geist war überhitzt. Er hatte eine unruhige Nacht hinter sich, in der er die meiste Zeit fantasiert und rätselhafte Dinge von sich gegeben hatte. In seiner Sorge um Ophelia, die im Jenseits umherirrte, hatte er versucht, sie zur Halle des Gerichts zu führen. Er hatte sie wissen lassen, wie man den Geist des

»Sees der Läuterung« anrief, und ihr bei der Befragung durch die Schlangengöttin Wadjet zur Seite gestanden, indem er ihr die Antworten, die sie der gefürchteten Inquisitorin geben sollte, ganz genau vorgesagt hatte, damit sie nur ja nicht vom Blitz getroffen wurde. Die Verstorbene erwarteten jedoch noch andere, weitaus gefährlichere Prüfungen, und es belastete Ozzy, ihr nur aus der Ferne beistehen zu können. Er konnte es kaum erwarten, seine göttlichen Kräfte wiederzuerlangen, und als Aude ihm verkündete, sie fühle sich nun endlich gerüstet, ihr Versprechen einzulösen, drängte er sie, unverzüglich zur Tat zu schreiten: »Füge mich wieder zusammen. Ich bin bereit.«

»Ich werde es versuchen«, antwortete Aude, während sie die CD auspackte, »aber dafür muss ich dich hypnotisieren.«

Ozzy brauchte keine weiteren Erklärungen. Durch sein Gespräch mit Tao war er mit Begriffen wie »Fusion der verschiedenen Persönlichkeiten« oder »Rückführung« vertraut und wusste gleich, wovon die Rede war.

»Ich werde dich das ursprüngliche Trauma noch einmal durchleben lassen«, erläuterte Aude, »bei dem ich dir damals, als du ganz allein in dem Zimmer wohntest, im Spiegel erschienen bin, weißt du noch?«

»Ja«, sagte Ozzy aufmerksam, »aber ich war nicht allein. Emma war auch da. Sie lebte schon bei mir, als du dazukamst.«

Verwundert wandte sich Aude Emma zu, die rauchend in ihrem Winkel saß und sich die Nägel schwarz lackierte. Dann war also Emma Ozzys erste Gefährtin gewesen? Diese Bezeichnung hatte Aude sich in ihrer Eigenliebe natürlich selbst vorbehalten, aber sie musste einsehen, dass sie letzten

Endes bloß das zweite *Alter* war, das Derivat einer jener »sekundären Dissoziationen«, von denen Tao gesprochen hatte, das Resultat eines späteren, weniger heftigen Schocks.

Die ursprüngliche Spaltung von Ozzys Psyche fiel demnach mit Emmas Geburt zusammen.

»Was ist daran so wichtig?«, drängte Ozzy. »Du brauchst mich doch nur noch einmal Emmas Auftauchen durchleben zu lassen.«

Er hatte recht. Nachdem Aude diese neuerliche Lektion in Sachen Demut geschluckt hatte – ein weiterer Stachel in ihrem Stolz –, was spielte es da noch für eine Rolle, dass Emma vor ihr dagewesen war? Am eigentlichen Ziel der Übung änderte sich nichts. Es ging also um Emmas Rückführung.

Aude legte die CD in den Apparat und ließ die Musik erklingen. Ozzy versteifte sich sogleich, während Aude gegen den übermächtigen klanglichen Sog von »Schwanensee« ankämpfte. Sie blickte zu Emma hinüber, die unruhig wurde, als sie die ihr auf schreckliche Weise vertraute Musik wiedererkannte, während die anderen, in denen sie nichts weiter auslöste, ihr keine weitere Beachtung schenkten. Aude forderte ihren Bruder in hypnotischem Tonfall auf, sich zu entspannen, und ermutigte ihn, sich in der Zeit zurückzubewegen, bis zu dem Zeitpunkt, an dem Emma aufgetaucht war. Ozzys Augenlider flatterten, dann begann er plötzlich schnell und heftig zu atmen. Seine Gesichtszüge wurden von Angst verzerrt, und er fing an, mit geschlossenem Mund zu stöhnen, als hätte er einen unsichtbaren Knebel im Mund. Aude forderte ihn auf, tief einzuatmen, sich zu beruhigen, doch bewirkte sie damit nur das genaue Gegenteil: Ozzy krümmte sich entsetzt zusammen, ächzte und stöhnte wie ein Tier im Todeskampf. In dem Moment bemerkte Aude, dass die Klagen ihres Bruders ein Echo fanden. Auch Emma wand sich verängstigt, als würde ihr die Morgenröte zu schaffen machen. Ozzy und Emma litten im Duo, nahezu perfekt aufeinander abgestimmt.

»Was ist denn los?«, fragte Frigon besorgt.

Ozzy krümmte sich, rang nach Luft. Als Aude seine Qualen nicht länger mit ansehen konnte und angesichts seines Zustands befürchtete, dass das Ganze ein tödliches Ende nehmen würde, stoppte sie die Musik. Ozzy sank wie versteinert auf sein Bett. Aude schüttelte ihn, fragte ihn, was ihm zugestoßen sei, doch er war ganz verwirrt und konnte sich nur noch an einen entsetzlichen Schmerz, an eine lähmende Angst erinnern. Aude befühlte seine Stirn und stellte fest, dass das Fieber gestiegen war.

»Warum hast du aufgehört?«, fragte Ozzy vorwurfsvoll.

»Es wurde gefährlich«, antwortete sie, während sie die erhitzten Wangen ihres Bruders mit einem feuchten Tuch betupfte.

»Du hättest trotzdem weitermachen müssen«, klagte er.

Unterdessen hatte sich Emma von ihrer Aufregung erholt, doch Aude wusste, dass es zwecklos war, sie auszufragen, dass sie höchstens die immergleiche hastig hingekritzelte Antwort »Wenn ich rede, sterbe ich« bekommen würde. Wenigstens ließen sich aus diesem Fiasko einige Schlüsse ziehen: Die Torturen, die Ozzy durchlitten hatte, dieselben, die der Sonnenaufgang allmorgendlich bei Emma auslöste, waren ein Hinweis darauf, dass sich die erste Dissoziation bei Tagesanbruch ereignet haben musste. Wahrscheinlich war Ozzy jenes unerträgliche Erlebnis frühmorgens widerfahren, und es war dermaßen massiv gewesen, dass es zu einem psychischen Bruch führte und Emma geboren wurde, um das Ganze an seiner statt zu durchleiden. Emmas allmorgendliche Qualen und die Faszination, die die aufgehende Sonne auf Ozzy ausübte, waren demnach die zwei Seiten einer Medaille, die das ursprüngliche Trauma geprägt hatte. Wie aber ließen sich die Terme dieses scheinbaren Widerspruchs miteinander in Einklang bringen?

Frigon baute sich vor Aude auf und musterte sie mit vorwurfsvoller Miene. Die anderen rückten ebenfalls näher. Angesichts von Ozzys und Emmas zweifachem Martyrium erwarteten sie eine Erklärung, die Aude ihnen nur schwerlich liefern konnte. Wie hätte sie ihnen, ohne einen Vortrag über dissoziative Störungen zu halten, begreiflich machen können, dass Ozzys Psyche gespalten war?

»Ozzy ist krank. Ich versuche, ihn zu heilen«, beteuerte sie.

»Es wirkte eher so, als hättest du ihn gequält«, entgegnete Frigon.

»Die einzige Methode, ihn zu heilen, besteht darin, ihn einen sehr schmerzlichen Moment seiner Kindheit noch einmal durchleben zu lassen«, erläuterte Aude.

Niemand schien sich jedoch mit dieser Antwort zufriedenzugeben, Frigon am allerwenigsten: »Sie lügt!«, kläffte er. »Sie hat Ozzy und Emma mit ihrer verfluchten Musik verzaubert!«

»Genug, Month! Lass Isis in Ruhe!«, befahl Ozzy.

Von seinem Herrn zur Ordnung gerufen, durchbohrte der Tätowierte Aude mit gesenktem Kopf weiterhin mit Blicken. Ozzy hatte sich auf seinen Ellenbogen gestützt und wandte sich mit brüchiger, aber dennoch gebieterischer Stimme an die Clique: »Gehorcht meiner Schwester. Tut alles in euren Kräften Stehende, um ihr zu helfen, denn dank ihr werden wir schon bald ins ›Reich der Ewigen‹ zurückkehren.«

Frigon zog sich wütend in seinen Winkel zurück. Mit ihrer ganzen Autorität, die sie ihrem Bruder verdankte, befahl Aude den anderen auseinanderzugehen. Aber Ozzy hob ihren Befehl auf und bat darum, dass alle in seiner Nähe blieben: »Sag ihnen alles«, flüsterte er Aude zu. »Sie müssen Bescheid wissen.«

»Aber ...«

»Wir brauchen sie«, beharrte Ozzy.

Aude sah ein, dass er recht hatte. Sie konnte ihre Mission unmöglich ohne die anderen zu Ende bringen. Jedenfalls nicht ohne die Unterstützung des einen oder anderen von ihnen. Hatte Isis nicht einst bei der Wiedererweckung von Osiris auf die Hilfe von Anubis und Nephthys zurückgegriffen? Sie forderte die Chaoten also auf, Platz zu nehmen – eine Bitte, der Frigon keine Folge leistete –, und schenkte ihnen reinen Wein ein. Sie erzählte ihnen von ihren Gesprächen mit Tao und verriet ihnen, unter welcher Krankheit Ozzy litt, wobei dieser von Zeit zu Zeit zustimmend nickte, das Reden jedoch ganz ihr überließ. Frigon belauerte sie mit einem Anflug von Paranoia. Die anderen lauschten gebannt und schluckten die Wahrheit. Am wenigsten überrascht wirkte Emma, die, wenn sie einsam ihren Gedanken nachhing, gewiss schon so manches geahnt hatte.

»Was soll das heißen?«, fragte Mollusque ratlos. »Sind wir nun Götter oder nicht?«

»Aber ja doch!«, beharrte Raoul kategorisch.

»Natürlich nicht«, berichtigte Matsheshu gelassen.

»Und ob wir Götter sind«, widersprach Ozzy ihm.

Die anderen wandten sich mit fragender Miene Aude zu, die sich allerdings eines Kommentars enthielt, da sie auf einmal selbst nicht mehr ganz sicher war, was sie glauben sollte.

Ihrer aller göttliche Natur, die für sie tags zuvor angesichts von Isis' Porträt noch so offenkundig gewesen war, schien ihr bei Licht besehen auf einmal nicht mehr so glaubhaft. Rückblickend hinterließ die mystische Erleuchtung in Aude einen Nachgeschmack der Unwirklichkeit. Waren sie nun Götter oder nicht? Eine vertrackte Frage, die in gewisser Weise aber zweitrangig war: Im einen wie im anderen Fall war es eine unumgängliche Notwendigkeit, Ozzy wieder in seinen ursprünglichen Zustand zu versetzen.

»Wenn ich recht verstanden habe, geht es darum, Ozzy das Trauma, das zu Emmas Auftauchen geführt hat, noch einmal durchleben zu lassen«, fasste Proust zusammen.

»Genau darin besteht unsere Aufgabe«, bestätigte Aude.

Emma nickte, als Zeichen dafür, dass sie notfalls bereit sei, die Qualen des Sonnenaufgangs erneut zu durchleiden. Matsheshu gab ebenfalls sein Einverständnis zu erkennen, dann boten auch Raoul und Mollusque ihre Hilfe bei Ozzys Heilung an. Aude warf ihren Gefährten liebevolle Blicke zu. Sie vertrauten ihr, stellten sich ihr zur Verfügung. Sie dankte ihnen, betonte jedoch, dass sie, bevor sie zur Tat schritten, noch abwarten müssten, bis ihr Bruder wieder auf den Beinen sei.

»Warten kommt nicht infrage«, begehrte Ozzy auf. »Für Ophelia wird die Zeit knapp. Machen wir uns gleich daran. Bringen wir die Rückführung zu Ende.«

»Du bist viel zu schwach«, gab Aude zu bedenken. Für sie stand es außer Frage, ihn einer solchen Schockbehandlung zu unterziehen, jedenfalls nicht, solange nicht wenigstens sein Fieber gesunken war.

Ozzy entgegnete jedoch, er sei kräftig genug. Er verlangte, einen neuen Versuch zu unternehmen und dieses Mal bis zum Schluss durchzuhalten. Unnachgiebig erinnerte er Aude an ihr Versprechen und verlangte von ihr, ihn unverzüglich wiederherzustellen, ohne Rücksicht auf Verluste.

»Sonst schaffe ich es auch allein«, drohte er.

Aude seufzte unentschlossen, weil sie es ihm auf die eine oder andere Weise gern recht machen wollte, aber da schaltete sich Matsheshu ein und gab, an Ozzy gewandt, zu bedenken: »Wenn es zu gefährlich ist, dich Emmas Geburt jetzt erneut durchleben zu lassen, dann könnten wir es doch mit mir probieren. Das wäre vielleicht fürs Erste weniger riskant.«

Der Vorschlag gefiel Ozzy, und Aude befürwortete den Kompromiss, der den Vorteil hatte, ihr aus der Zwickmühle zu helfen. Bei reiflicher Überlegung musste sie zugeben, möglicherweise übereilt gehandelt zu haben, indem sie sich gleich an das ursprüngliche Trauma gewagt hatte. Hatte Isis nicht Osiris' Glieder eins nach dem anderen eingesammelt und in aller Geduld seinen Körper wieder zusammengesetzt, bevor sie ihm neues Leben einhauchte?

Er schlottert in der Dunkelheit. Er kauert unter einem ausgehöhlten Baum. Als er zwei Nächte zuvor aus dem brennenden Haus geflohen war, hatte er eigentlich damit gerechnet, ganz bald zur Straße zu gelangen, um dann bis ans Ende der Welt zu trampen. Doch als der Morgen kam, war er noch immer in der Tiefe des Waldes. Den ganzen Tag über ist er in einem Labyrinth aus bemoosten Fichten umhergeirrt, hat vergebens auf die Landkarte geblickt und mit wachsender Besorgnis nach der Straße Ausschau gehalten. Dann wurde es wieder dunkel, eine unheilvolle, eisige Nacht, und er befand sich irgendwo in der Wildnis, ganz eingeschüchtert vom Geraschel in der Finsternis, benommen vom nördlichen Firmament, das sich über den Baumwipfeln wölbte. Er hat seine letzten Streichhölzer verbraucht, ohne dass es ihm gelungen wäre, ein Feuer zu entfachen. Er weiß, dass er keinen Schritt mehr weitergehen kann, dass er dort, im Wald, an Hunger und Erschöpfung, an seiner Angst sterben würde. Oder würde er in den Fängen eines Raubtiers enden? Dieses Rascheln im Unterholz … ein Tier auf der Jagd? Ozzy hört es nahen, durchs Gestrüpp streifen, im nächsten Augenblick würde es ihn mit seinem gewaltigen Körper erdrücken. Ein Bär? Ein Vielfraß? Oder gar noch Schlimmeres? Schlotternd vor Angst sieht Ozzy eine Silhouette aus dem Dickicht nahen … tatsächlich ist es eine menschliche Gestalt. Ein großer Bursche. Ohne ein Wort zu sagen, macht der Unbekannte sich daran, ein Feuer zu entfachen. Er kennt sich aus: Er bricht trockene Zweige ab, die er fachkundig aneinanderreibt, bis eine winzige Flamme entsteht. Genährt von Reisig, wird die Flamme immer größer und bietet ihnen bald knisternd Unterschlupf in einem Zelt aus Licht. Ozzy rückt eilig ans Feuer und genießt die Helligkeit, die Wärme. Er mustert seinen Wohltäter. Dieser dürfte um die fünfzehn Jahre alt sein. Braune Augen, dunkles Haar, rotbraune Haut. Der Bursche sagt, er heiße Matsheshu, komme aus einem nahe gelegenen Indianerreservat. Er schlägt vor, bei Sonnenaufgang für ihn zu jagen, und bietet an, über seinen Schlaf zu wachen. Ozzy streckt sich aus, im Vertrauen darauf, in seiner Obhut eine friedliche Nacht zu verbringen. Matsheshu stimmt leise ein Lied in indianischer Sprache an, und Ozzy stellt fest, dass er froh ist, dort zu sein, Aude und Emma ganz nah bei ihm, im Schutz dieses jungen Prinzen der Taiga, in dessen Pupillen sich die Flammen spiegeln …

Das Feuer wurde wieder zu dem des Kohlebeckens. Ozzy

stützte sich erschöpft auf Audes Schulter. Sie stellte die Musik aus. Sie erinnerte sich: So war Matsheshu aufgetaucht, als Ozzy in der Tiefe des Waldes vor Angst verging und um Hilfe flehte. Als Antwort auf diese verzweifelte Bitte war der Indianer erschienen. Reich an Erfahrungen, wie man in der Wildnis überlebt, hatte er sie unter seine Fittiche genommen und sie tags darauf zu einem verlassenen Jagdlager geführt, diesem neuen geistigen Zufluchtsort, dem nächsten nach dem Zimmer, wo die Mitglieder der Clique friedlich zusammenlebten.

Matsheshu stand auf und sammelte seine wenigen Habseligkeiten zusammen. Raoul fragte ihn, was er da mache.

»Ich gehe fort«, antwortete der Indianer. »Ich gehe dorthin zurück, woher ich gekommen bin.«

Es wurden Proteste laut. Man wollte Matsheshu zurückhalten, doch er verkündete, er habe keine andere Wahl, ihm bleibe nichts anderes übrig: »Ich kann nicht bleiben. Ich muss für meinen Herrn und Gebieter Osiris etwas erledigen.«

Matsheshu kniete vor Ozzy nieder, legte ihm sein Didgeridoo zu Füßen und schwor ihm, Ophelia zu finden und sie in die »Halle des Gerichts« zu führen, wo sie alle seine Rückkehr erwarten würden.

»Ehre sei dir, Isis«, sagte er und verneigte sich vor Aude. »Möge deine Suche bald zu Ende gehen.«

Er umarmte Emma und verbeugte sich vor jedem Einzelnen, selbst vor Frigon, der ihn zum Teufel schickte. Nachdem er sich von allen verabschiedet hatte, stimmte Matsheshu einen heiteren Gesang an. Es war derselbe Gesang, den Aude während ihrer Trance vernommen hatte, der sie im Wald in den Schlaf gewiegt hatte, das Gründungslied der Clique, und ihr wurde klar, dass alles seine Richtigkeit hatte: Es erschien ihr ganz natürlich, dass dieser »Erste Gesang« auch der letzte war. Der Indianer verließ die Halle und schloss die Tür hinter sich. Sein Gesang verklang allmählich. Über die Clique legte sich ein Schleier aus Schwermut. Von Matsheshu blieb nur das Didgeridoo zurück. Er war fort, in Zukunft würden sie auf seine Freundlichkeit, seine Weisheit verzichten müssen, und Aude hoffte, dass sich sein Opfer als nützlich erweisen würde, da Ozzy vor Fieber zitterte. Sein Zustand verschlechterte sich. Sie wollte die Sitzung unterbrechen, damit er sich ausruhen konnte, aber davon wollte er nichts wissen: »Anubis und Ophelia werden demnächst beim Gericht eintreffen. Ich muss dort sein, um sie zu empfangen, wir alle müssen dort sein«, ließ er verlauten und drängte sie, seine Wiederherstellung zu beschleunigen.

Aude blieb nichts anderes übrig, als ihm zu gehorchen, und sie wog die verschiedenen Optionen gegeneinander ab: Welchen der göttlichen Chaoten sollte sie als Nächstes zurückführen? Auf keinen Fall Emma, jedenfalls nicht, solange sich Ozzys Zustand nicht spürbar gebessert hatte. Emma käme also als Letzte an die Reihe. Oder eher als Vorletzte, denn sich selbst musste Aude natürlich bis zum Schluss aufheben. Es blieben also nur noch vier Kandidaten übrig. Wer aber würde freiwillig den horrenden Preis zahlen, den das Exil bedeutete?

Frigon machte eine obszöne Geste in Audes Richtung. Proust senkte den Blick. Raoul erforschte mit neugierigem Zeigefinger seine Nasenlöcher. Erschüttert von Matsheshus Fortgehen taten sie alle so, als seien sie in Gedanken ganz woanders. Audes Blick heftete sich auf Mollusque. Es widerstrebte ihr, den behäbigen Burschen zu nötigen, aber zum Glück blieb ihr diese unangenehme Aufgabe erspart: »Ich werde es machen«, sagte Mollusque beherzt. »Ich möchte, dass Ozzy wieder gesund wird.«

Das war umso mutiger, als ihn die Aussicht, fortgehen zu müssen, sichtlich beunruhigte. Da Aude es nicht übers Herz brachte, ihn zu belügen, warnte sie ihn, es sei ungewiss, was ihn außerhalb der Halle erwarte. Was war denn überhaupt dieses »Draußen«? Matsheshu hatte schließlich die imaginäre besetzte Fabrikhalle endgültig verlassen und nicht den realen, greifbaren Ort, dem sie exakt nachgebildet war. Was war jenes »Draußen«, in dem sich der Indianer entmaterialisiert hatte? Ozzys Unterbewusstsein? Ein Nichts, in dem man verging, in dem sich das Selbstgefühl auflöste? Mollusques schlichtes Gemüt jedoch belastete sich nicht mit solchen Mutmaßungen, sein Entschluss stand fest: »Ich bin ja nicht allein, Nonosse wird mich begleiten«, redete er sich selbst gut zu. »Wir werden uns Matsheshu anschließen.«

Um sich bewusst in eine solche Ungewissheit zu begeben, musste man schon von einem ganz besonderen Schlag sein, und Aude schämte sich, dass sie sich so oft über den behäbigen Burschen lustig gemacht hatte.

»Versager! Du bist ein Versager!«, rufen die Kinder auf dem Schulhof.

Dieser »Versager«, den sie so quälen, ist der zwölfjährige Ozzy. Vor Kurzem haben ihn die Wildhüter aus seinem Versteck im Wald geholt und zu jener Pflegefamilie gebracht, der er schon zweimal davongelaufen ist. Und seit knapp zehn Tagen muss er diese Schule besuchen. Zehn albtraumhafte Tage. Er ist außerstande, die Fragen der Lehrer zu beantworten, das an die Tafel Geschriebene zu lesen, geschweige denn die Hausaufgaben zu erledigen. Er ist der Schlechteste in der Klasse, eine absolute Null, und die anderen Schüler, die sich von seiner befremdlichen Art abgestoßen fühlen, haben ihm den Ruf eines totalen Spinners verpasst: »Versager! Du bist ein Versager!«, brüllen sie und jagen ihn über den Schulhof.

Sie holen ihn ein und umringen ihn. Grausam, wie es nur junge Menschen sein können, lassen sie nicht von ihm ab. Ozzy versucht, den Kreis der Grinser zu durchbrechen, doch wird er zurückgestoßen, wie ein Ball hin und her geschubst. Bis er stolpert und auf die Knie fällt. Von allen Seiten umzingelt, bricht Ozzy, der vollkommen wehrlos ist, in Tränen aus. Wenn er nur nicht mehr dieser Idiot wäre, der verfolgt wird. Wenn es doch ein anderer wäre, den sie als »Versager« hänseln würden. Wäre es nur ein anderer. Ein neuer Schüler vielleicht, noch dümmer als er, der seinen Platz im Kreis einnehmen würde. Der ihn in der Klasse, in dieser Schule ersetzen und für immer von sämtlichen Schulen der Welt erlösen würde. Ein echter Versager, ein fetter Junge, so über alle Maßen beschränkt, dass Ozzys Schergen sofort von ihm ablassen würden, um ihre Hänseleien und Schikanen auf diese neue, ungleich spannendere Schießscheibe zu richten …

»Versager! Du bist ein Versager«, schmettern die Kinder inbrünstig.

Und als er gerade ohnmächtig zu werden droht, spürt Ozzy plötzlich seine Anwesenheit. Das Wunder geschieht: Da kommt er, der echte Versager. Hier ist er, übernimmt Ozzys Platz im Kreis. Aber Ozzy ist gar nicht mehr da. Er ist anderswo, weit weg vom Hof, von der Schule, weit weg von allem …

»Das bin ich, der echte Versager!«, rief Mollusque, stolz, ganz allein darauf gekommen zu sein.

Ozzy hatte im selben Augenblick zu weinen begonnen wie der umzingelte kleine Ozzy. Voller Mitgefühl versuchte Mollusque, ihn zu trösten, und reichte ihm sein Taschentuch, doch seine Freundlichkeit ließ Ozzy nur noch heftiger schluchzen. Entgeistert steckte der Koloss sein Schnupftuch in die Tasche. Dann spitzte er die Ohren und blickte zur Tür: »Matsheshu ruft mich!«

»Bist du sicher? Ich höre nichts«, entgegnete Raoul, der ein feines Gehör besaß.

Mollusque richtete sich jedoch auf, und seine sonst so kindlichen Züge waren auf einmal ganz ernst: »Matsheshu erwartet mich. Ich muss los.«

Da die Reise ins Ungewisse ging, nahm der feiste Bursche aus seinem Vorrat so viele Süßigkeiten mit, wie seine Hosentaschen fassen konnten. Dann folgte er Matsheshus Beispiel und verbeugte sich feierlich vor jedem einzelnen Mitglied der Clique, bis auf Frigon, den er nicht ausstehen konnte, begab sich zur Tür und öffnete sie. Er fand, dass es draußen ziemlich dunkel war, wagte sich aber dennoch hinaus, wobei er den Namen des Indianers rief. Nonosse winselte auf der Schwelle. Er zögerte, seinem beleibten Herrchen zu folgen. Doch dann rief Mollusque nach ihm, und der Hund flitzte aus der Halle, kurz bevor sich die Tür schloss.

»Zwei weniger!«, krächzte Frigon und streckte zwei Finger in die Höhe, die für Mollusque und Matsheshu standen.

Frigon ging an der Grenze zur Finsternis auf und ab. Die allgemeine Melancholie, die sich über die Clique gelegt hatte, ließ ihn kalt. Er streifte umher wie eine Hyäne auf der Suche nach Beute.

»Ich durchschaue dein Spielchen«, fauchte er in Audes Richtung. »Du schaltest uns einen nach dem anderen aus. Du willst Ozzy für dich allein haben. Aber mich wirst du nicht so leicht los.«

»Kümmere dich nicht um ihn«, flüsterte Ozzy Aude zu. »Lass uns weitermachen.«

Das Gesicht des Tätowierten verzerrte sich zu einer Grimasse. Er blieb hinter Raoul stehen und legte seine knotigen Pranken auf dessen Schultern. »Jetzt bist du dran«, raunte er dem Gnom hinterhältig ins Ohr, der verschreckt den Kopf einzog. Frigon nahm sein zielloses Herumschlendern auf leisen Sohlen wieder auf und pfiff dabei eine entstellte Version von »Schwanensee« vor sich hin, während Raoul nervös mit dem Fuß auf den Boden stampfte, schnell und regelmäßig wie eine Nähmaschine.

Normalerweise ist das Fenster des Waschraums verriegelt, aber nicht heute: Der Hausmeister hat es vergessen. Das Fenster ist sperrangelweit geöffnet und lässt den Lärm der Stadt, den verlockenden Duft der Freiheit herein. Das Problem ist bloß, dass Ozzy splitternackt ist.

Er ist allein. Während Ozzy sich waschen soll, wartet der Aufseher im benachbarten Umkleideraum und diskutiert mit dem Hausmeister über Baseball. Ozzy ist fünfzehn Jahre alt und versauert in dieser Klinik, in die er eingeliefert worden ist, nachdem bei ihm Schizophrenie diagnostiziert worden war. Seit bald zwei Monaten vergeht er zwischen diesen tristen Mauern schier vor Langeweile, und plötzlich ist da dieses offene Fenster, diese unverhoffte Gelegenheit, sich aus dem Staub zu machen. Um nur ja nicht das Misstrauen des Aufsehers zu erregen, dreht Ozzy die Wasserhähne auf und tut so, als würde er sich wa-

schen, dabei hat er nur Augen für das Fenster. Er klettert auf den Wasserkasten der Toilette und blickt nach draußen. Der Parkplatz für die Angestellten. Das Fenster befindet sich nur zwei Meter über dem Boden. Von dort könnte man leicht hinunterspringen. Aber dann ist da die Stadt mit ihren Millionen von Passanten, und Ozzy hat noch nicht einmal ein Handtuch, das er sich um die allzu mageren Lenden wickeln könnte: Der Aufseher behält es bei sich, während Ozzy duscht, so sind die Vorschriften. Durch das Fenster steigen und zur Clique stoßen: nichts einfacher als das. Wenn er nur den Mut hätte, splitternackt zu fliehen. Aber das bringt Ozzy nicht fertig. Ihn befällt ein unbändiges Verlangen auszubrechen, aber es übersteigt seine Kräfte, sich Fremden so zu zeigen. Er nimmt es sich selbst übel, dermaßen schamhaft zu sein. Wäre er doch jemand, dem die Nacktheit nicht so viel ausmachen würde. Jemand wie der bärtige Zwerg im Nachbarzimmer, jener durchgeknallte Exhibitionist, der sich unter dem geringsten Vorwand auszieht und hüllenlos in den Fluren und in der Cafeteria herumläuft, bis er eingefangen wird: Raoul heißt er. Raoul würde keine Sekunde zögern. Der würde mit Freude abhauen. Der wäre schon längst über alle Berge …

Der Aufseher ruft Ozzy: Er ist der Ansicht, seine Waschungen würden sich unnötig in die Länge ziehen. Ozzy brüllt zurück, er sei fast fertig, und blickt verzweifelt auf das Fenster. In ein paar Minuten würde es zu spät sein; dann würde er seine Chance verpasst haben. Wäre er doch nur ein paar Minuten lang an Raouls Stelle, gerade so lange, um zu fliehen …

»Darf ich meine Unterhose ausziehen?«, fragte Raoul.

Er wartete nicht auf die Erlaubnis: Als krönenden Abschluss seines während der Trance begonnenen Striptease führte er der Clique voller Stolz eine 360-Grad-Ansicht seiner Anatomie vor. Raoul Nummer zwei, das genaue Ebenbild eines anderen Raoul, der nie etwas davon erfahren würde, in dem Moment aufgetaucht, als Ozzy seine Scham besiegen musste, um die Freiheit zu erlangen, und der dann ganz selbstverständlich zum sechsten Mitglied ihrer Truppe aus Originalen und Verrückten geworden war. Der Flitzer belohnte sie mit der atemberaubenden Vorführung einer irischen Jig. Dann wartete er auf Applaus. Der blieb jedoch aus, was Raoul allerdings nicht weiter störte, weil er es kaum erwarten konnte, zu Mollusque und Matsheshu zu stoßen: »Ich kann sie hören, sie rufen nach mir. Ich werde sie finden!«, piepste er und eilte in denkbar schlichter Aufmachung aus der Halle.

»Drei!«

Frigons Stimme hallte wie in einem leeren Tanzsaal, doch Aude hatte andere Sorgen: Ozzy hechelte, japste nach Luft.

»Die Feuerinsel!«, hauchte er.

Armer halluzinierender kleiner Bruder. Er glaubte, die sagenumwobenen »Gefilde der Seligen« zu erblicken, dabei sah er bloß die Mauer vor sich, das Wandbild jener Insel, das er selbst gemalt hatte. Kein Wunder, dass er so hitzige Visionen hatte: Er brannte förmlich vor Fieber.

»Ich sehe die Insel«, schwärmte er. »In der Mitte erhebt sich ein flammender Berg. Und auf dem Gipfel steht ein prachtvoller Palast, eine Pyramide aus Wolken. Es ist der Erste Palast, der Eingang zum Totenreich.«

Aude schwante Ungutes. Die Rückführung der ersten *Alter* hatte noch nicht den erhofften positiven Effekt gezeitigt: Nicht Ozzys Geist, sondern sein Körper schien demnächst den Schmelzpunkt zu erreichen. Aude fragte sich, ob sie nicht vielleicht ihre therapeutischen Fähigkeiten überschätzte. War sie wirklich Isis, die Heilerin, oder lediglich eine Art Fortsatz von Ozzy, ein größenwahnsinniges *Alter*? Für einen Rückzug war es inzwischen allerdings zu spät. Um zu wissen, woran sie war, musste sie das Ganze zu Ende führen.

Der nächste Reisende in Richtung Schattenreich wurde gebeten, an Bord zu kommen, worauf Proust sich einen tüchtigen Schluck Scotch gönnte, um sich den nötigen Mut anzutrinken.

15

›In Swanns Welt‹. So lautet der Titel des Buches. Ozzy reißt die Seiten heraus und wirft sie dem nächtlichen Wind zum Fraß vor. Zum Teufel mit Swann! Und mit dem, der es geschrieben hat! Und mit denen, die es in so winzigen Buchstaben gedruckt haben! Ozzy steht vor dem College. Nach einem jener Abendkurse, die er heimlich besucht. Einmal mehr hat er dem Professor und den Studenten dabei zuhören müssen, wie sie sich geschliffen über einen blöden Roman ausließen, dessen erste Seiten er nur mit größter Mühe hatte entziffern können. Er musste es endlich wahrhaben: Sein elender Grips versperrt sich einfach allem Wissen. »In der Scheißwelt!«, ruft er zu den erleuchteten Fenstern des Fachbereichs Literatur hinauf. Er hält sich eine Flasche an die Lippen, die er soeben im Laden an der Ecke gekauft hat, und nimmt einen ausgiebigen Schluck. Das tut gut. Das betäubt. Das hilft Ozzy, seine Beschränktheit zu vergessen, und heute Abend will er sie mehr denn je vergessen. Er torkelt über den Bürgersteig. Zu seiner Rechten tut sich eine schmale Gasse auf. Dort würde er in aller Ruhe trinken können. Niemand würde ihn dort stören. Während er in die Gasse schwankt, verflucht er all die Lehrer, die ihm nichts beigebracht

haben, und bringt voller Ironie einen Trinkspruch aus, der dem idealen Lehrenden gilt, den er nie kennengelernt hat, der ihn mit den Geheimnissen der Lektüre hätte vertraut machen und ihm die Augen hätte öffnen können. Noch während er auf diesen unbekannten Pädagogen seine Flasche erhebt, vernimmt er eine heisere Stimme: »Ich fühle mich geehrt, junger Mann.«

Das Adrenalin schärft Ozzys Sinne. In der Dunkelheit bemerkt er einen seltsamen Mann, der neben einem Abfallcontainer hockt. Um die sechzig, mit abgewetztem Jackett, Nickelbrille, nicht gerade gepflegt. Umgeben von lauter Büchern. Auf seinen Knien liegt ein aufgeschlagener Band, als würde er im Dunkeln lesen. Auch er hält eine Flasche in der Hand und lächelt wissend. Da ihm die friedliche Ausstrahlung des Fremden Vertrauen einflößt, fragt Ozzy ihn, was er dort mache.

»Ich studiere. Man nennt mich Proust, wie der Schriftsteller.«

Worauf er Ozzy zu einem Scotch einlädt ...

Ozzy nahm die Flasche, die Proust ihm reichte, entgegen, doch da schaltete Aude sich ein: Alkohol sei das Letzte, was ihr Bruder jetzt brauche.

»Hoppla! Pardon«, sagte Proust, der noch nicht ganz aus seiner Trance erwacht war.

Der Schüler und sein Meister. Aude erinnerte sich daran, wie sie beide in jener denkwürdigen Nacht in der besetzten Fabrikhalle aufgetaucht waren, hicksend Balladen von Villon rezitierend und sich gegenseitig stützend, um nicht umzufallen, beide heillos betrunken. »Ich habe einen guten Lehrmeister gefunden. Er wird bei uns wohnen«, hatte Ozzy gelallt und ihr Proust vorgestellt. Aude hatte zunächst Einspruch erhoben, er könne eine solche Entscheidung doch nicht ohne sie treffen, doch hatte sich ihr eher ungünstiger erster Eindruck von diesem Taugenichts angesichts des erfreulichen

Einflusses, den er auf ihren Bruder ausübte, rasch verflüchtigt und war einem Gefühl von Achtung und schließlich von Zuneigung gewichen. Proust, die wandelnde Enzyklopädie, der in einer düsteren Gasse des Universitätsviertels geborene Gelehrte, aus Ozzys intellektuellem Frust hervorgegangen, damit er ihn das Lernen lehrte.

Der Alte dämpfte seine Rührung mit etwas Whisky und reichte Aude eine zitternde Hand: »Hilf mir bitte beim Aufstehen. Ich habe ganz weiche Knie«, sagte er mit brüchiger Stimme.

Aude stützte Proust und geleitete ihn zur Tür.

»Ja, ich komme!«, rief Proust Matsheshu, Mollusque und Raoul zu, deren Stimmen nur er hören konnte.

Proust rückte seine Krawatte zurecht, brachte einen letzten Toast auf die ewige Gesundheit seines Herrn Osiris aus und reichte Aude geistesabwesend die leere Flasche: »Grüße an alle! Begebt euch in jene rätselhafte Halle des Gerichts!«, rief er, bevor er in würdevoller Haltung, kaum torkelnd, die Halle verließ.

Während er sich entfernte, hört Aude ihn Villons »Lied der Gehenkten« rezitieren und wünschte, dass Proust, wohin ihn seine Schritte auch immer lenken mochten, bei seiner Ankunft ein herrliches, frisch gezapftes Bier vorfinden mochte.

Als sie sich umwandte, stand Frigon vor ihr und spielte mit dem Teppichmesser.

»Schönes Ding«, sagte er anerkennend. »Ich habe gesehen, wie du's unter deiner Matratze versteckt hast.«

Frigon richtete das Messer auf sie. Aude war bereit, sich zu verteidigen, obwohl ihr als Waffe lediglich Prousts Flasche zur Verfügung stand. Dann sah sie, dass Frigon die CD mit »Schwanensee« in der Hand hielt. Wütend zerkratzte er sie mit dem Messer, und Aude vermutete, dass diese Wiederholung einer Tat, die acht Jahre zuvor sie begangen hatte, kein Zufall sein konnte.

»Hast wohl gedacht, du könntest mich zum Gehen zwingen?«, feixte Frigon hämisch, während er die CD mit seinem Absatz zertrat. »Wie willst du das nun ohne deine verdammte Zaubermusik anstellen?«

Der Tätowierte genoss seinen Triumph. Doch da erklangen auf einmal, wie um ihn eines Besseren zu belehren, die ersten Takte von »Schwanensee«. Verblüfft wandten sich beide zu Emma um, die neben Ozzy kniete: Sie summte die Melodie. Emma konnte zwar nicht sprechen, aber nichts hinderte sie daran zu singen. Frigon stürzte sich auf sie, um sie zum Schweigen zu bringen. Er packte sie an den Haaren und hätte ihr gewiss die Kehle durchgeschnitten, wenn Aude nicht eingeschritten wäre und ihm hinterrücks mit der Flasche einen Schlag versetzt hätte. Frigon sank vor dem entsetzten Ozzy zusammen, der ebenfalls in Ohnmacht fiel. Emma war erschüttert, ansonsten aber unversehrt. Die beiden Frauen atmeten tief durch und machten sich daran, den bewusstlosen Maori mit den restlichen Stoffstreifen in eine Mumie zu verwandeln. Frigon, der allmählich wieder zu Bewusstsein kam, wehrte sich laut fluchend gegen die Fesseln. Emma knebelte ihn und warf Aude einen eindringlichen Blick zu. »Jetzt!«, schien sie zu sagen. Aude nickte: Um Frigons Rückführung zu vollziehen, galt es den Moment zu nutzen, in dem er außer Gefecht gesetzt war. Zunächst musste sie allerdings dafür sorgen, dass Ozzy wieder zu sich kam. Sie ließ kühles Wasser über die glühend heiße Stirn ihres Bruders laufen, dessen Lider sich über zwei schmerzerfüllten Höhlen öffneten: »Ich brenne«, röchelte er zwischen zwei

Krämpfen. Er brannte tatsächlich, vor Fieber. Er fantasierte. Er beanspruchte lauthals den Thron des Totenreichs für sich und befahl, dass man ihm die Tür zum Ersten Palast öffne.

»Ozzy, wo bist du gerade?«, fragte Aude besorgt.

»Auf der Flammeninsel«, stieß er stockend hervor. »Ich stehe vor dem Wolkenpalast, aber die Wächter wollen mich nicht einlassen. Ich habe ihnen gesagt, dass ich Osiris bin, aber sie glauben mir nicht. Sie lassen mich draußen verglühen. Hilf mir, sie zu überzeugen. Zwinge sie, mir die Pforte zu öffnen.«

Aude hatte das Gefühl, dass ein solches Maß an Irrsinn ihre Kräfte überstieg, dass ihr in Kürze alles entgleiten würde. Doch da stimmte Emma erneut die Melodie von »Schwanensee« an, die so beruhigend auf Ozzy wirkte, dass er in eine tiefe Trance glitt.

Der Bürgersteig rast auf Ozzy zu, es kommt zum Zusammenprall, ein wahres Feuerwerk aus Farben.

Die Clique ist gerade erst in die Zone gezogen. Ozzy hat rasch gelernt, den Kannibalen zu misstrauen, aber offenbar nicht in ausreichendem Maße: Er hätte sich nicht weigern dürfen, jene Niederlassungssteuer zu entrichten, die Banane und ein weiterer Schlauberger erheben wollten. Sie haben beschlossen, ihm eine Lektion zu erteilen, um ihm zu zeigen, was es heißt, kooperativ zu sein. Die ersten Ohrfeigen waren nur der Vorgeschmack; jetzt geht es ans Eingemachte: mit Fußtritten. Ozzy krümmt sich. Er schämt sich, in dieser Weise zusammengeschlagen zu werden. Wenn er sich nur wehren könnte, kein solcher Feigling wäre … Die Schergen des Baron Samedi langen nach Herzenslust zu: Sie dreschen auf ihn ein, und Ozzy sieht nur noch Sterne. Es müsste ihm jemand zu Hilfe kommen, seine Schwester müsste eingreifen. Allerdings würde auch Aude nichts gegen sie ausrichten können, dazu sind die beiden viel zu kräftig. Mollusque wäre massig genug, stark genug, aber er ist zu freundlich, zu treuherzig. Es müsste einer kommen, der noch zäher wäre als die Kannibalen, ein Hitzkopf, ein Bösewicht. Und dieser hartgesottene Bursche müsste jetzt gleich eintreffen, denn Ozzy würde nicht mehr lange durchhalten. »Ein Draufgänger, ein Karatemeister, eine Kampfmaschine«, denkt er, während er seinen Körper verlässt …

Aude bemerkte, dass sie lächelte. Vergnügt stellte sie sich vor, wie Banane aus allen Wolken fiel, als Ozzy, dieser friedfertige Graffitikünstler, diese Larve, von der er annahm, dass er sie in Grund und Boden getreten hatte, sich plötzlich in einen furchterregenden Rächer verwandelte, der ihn von Kopf bis Fuß auseinandernahm. Dabei wirkte Frigon in seinen Fesseln kaum noch bedrohlich. Geläutert durch seine Rückführung war er auf einmal ganz kleinlaut und butterweich und umfing Ozzy mit einem liebevollen, bewundernden Blick.

»Osiris braucht deinen Schutz nicht länger«, erklärte ihm Aude. »Du musst ihn im Totenreich erwarten. Bist du bereit, dich unverzüglich auf den Weg zu machen?«

Frigon nickte. Er schien sich in sein Schicksal zu ergeben. Aude entfernte seinen Knebel, löste aber seine Fesseln nur zögernd, da sie spürte, dass seine scheinbare Fügsamkeit nur gespielt war. Als der Tätowierte merkte, dass man seine List erkannte, wehrte er sich gegen seine Fesseln und stieß üble Verwünschungen an ihre Adresse aus. Emma half Aude, ihn zur Tür zu zerren. Er schäumte vor Wut, schwor, er werde zurückkommen und sie alle beide umbringen. Sie stießen ihn in den Flur, schlossen die Tür und stemmten sich dagegen.

Frigon brüllte auf der anderen Seite weiter und zählte die verschiedenen ausgefeilten Torturen auf, die er für sie ersann. Dann war es auf einmal ganz still. Ihm würde wenigstens keiner nachweinen. Aude strich Frigon aus ihrem Gedächtnis und ging zu ihrem Bruder. Sie ertappte Ozzy dabei, wie er seine Verbände löste. Er hatte das Teppichmesser an sich genommen. Das Fieber loderte in seinen Augen wie durch den Rost eines Ofens. Aude bat ihn, ihr das Messer zurückzugeben, doch er weigerte sich. Er halte es nicht länger aus, vor der verschlossenen Pforte des Ersten Palastes zu brennen: »Das liegt daran, dass ich lebendig bin«, beteuerte er mit belegter Stimme. »Zu den ›Gefilden der Seligen‹ wird keinem Lebenden je Zutritt gewährt. Die Wächter werden mir erst Einlass gewähren, wenn ich tot bin.«

Klick!, machte die Klinge. Ozzy drückte sie gegen sein Handgelenk. Ein roter Tropfen perlte herab, und Aude hatte das entsetzliche Gefühl, diesen Moment schon einmal erlebt zu haben.

»Ozzy, lass das!«

»Aude?«, sagte er erstaunt, als würde er aus dem Schlaf erwachen.

»Du brauchst nicht zu sterben«, beschwor Aude ihn mit aller Überzeugungskraft, zu der sie imstande war. »Jetzt bin ich da. Ich werde mich um dich kümmern.«

»Aber was ist mit Madame Huguette? Die Musik ist fast vorbei …«

»Keine Sorge, überlass das nur mir.«

Ihre Worte ergaben, wie Aude bewusst war, keinerlei Sinn, und doch wirkten sie ganz logisch, sie reihten sich aneinander wie der Text eines vor langer Zeit einstudierten Theaterstücks. Ebendas war so befremdlich: das Gefühl, eine bekannte Szene nachzuspielen, dieselben Worte schon einmal, vor langer Zeit, unter ähnlichen Umständen gesprochen zu haben. Unter dem Eindruck dieses Déjà-vu wurde Aude in die Zeit katapultiert, mit derartiger Wucht in die Vergangenheit geschleudert, dass die Mauer des Vergessens nachgab. Aude erlebte, ohne es zu wollen, ihre eigene Rückführung und fand sich auf einmal acht Jahre früher in ihrem Zimmer wieder, wo sie ganz bewusst noch einmal den Moment ihrer Geburt erlebte …

Klick-klack! Ozzy hält das Teppichmesser in der Hand. Unten spielt die Musik. Wenn sie aufhört, wird Madame Huguette heraufkommen und sich rächen wollen. Wofür? Wer weiß. Sie war bereits vor Papas Tod verrückt, aber seitdem ist es noch viel schlimmer geworden. Gibt sie Ozzy die Schuld? Er weiß es nicht. Er weiß nur, dass er es leid ist, von Gabriel bestraft, gehasst, mit Fäusten geschlagen zu werden, und so nicht weiterleben möchte. Daher das Teppichmesser. Um Schluss zu machen. Um sich das Leben zu nehmen.

Klick! Ozzy sucht nach einem Grund, der ihn davon abhalten könnte, aber ihm fällt keiner ein. Klack! Hätte er doch wenigstens einen Freund, dem er sich anvertrauen könnte … Gewiss, Emma ist seine Freundin, aber sie kann ihm nicht helfen. Emma verlässt nie das Zimmer, sagt nie etwas: Den lieben langen Tag kauert sie auf ihrem Bett und starrt ins Leere; wie könnte sie ihm da schon helfen. Klick! Wenn Aude hier wäre, wäre alles anders. Aude war mutig. Sie hat ihn immer verteidigt. Doch Aude ist von der Schaukel gefallen. Ein Unfall, haben sie gesagt, aber Ozzy weiß, dass Gabriel sie geschubst hat. Und jetzt schläft Aude auf dem Friedhof unter einer dicken Schicht aus Erde, und Ozzy kann nicht länger ohne sie leben. Dann wird er also dasselbe machen wie Papa, im Schuppen. Klack! Er hat Papa in seinem Blut genau betrachtet. Er hat ja genau gesehen, wie Papa es angestellt hat. Es scheint nicht schwierig zu sein. Bloß dürfte seine Hand dabei nicht zittern. Klick-klack! Wenn Madame Huguette heraufkommt, würde Ozzy bereits bei Aude sein, bei Papa und Mama, und niemand würde ihn vermissen. Außer vielleicht Emma? Er drückt die Klinge gegen sein Handgelenk. Nicht zittern, das ist der Trick …

»Ozzy, nicht!«

Wer hat in dem Augenblick, da ein scharlachroter Tropfen herabperlte, gesprochen? Die Stimme kam aus der Zimmerecke, von der Stelle, wo nur ein Spiegel an der Wand hängt. Ozzy geht näher heran: »Aude?«, fragt er zaghaft, auch wenn er weiß, dass das unmöglich ist.

Und doch ist im Spiegel Audes Gesicht zu sehen.

»Du brauchst nicht zu sterben. Ich bin jetzt da. Ich werde mich um dich kümmern.«

Staunend mustert Ozzy seine Schwester. Er wünschte, es wäre wahr, befürchtet jedoch, dass es sich nur um einen seltsamen Traum handelt.

»Und was ist mit Madame Huguette?«, sagt er. »Die Musik ist fast vorbei …«

»Keine Sorge, überlass das nur mir. Gib mir das Messer.«

Da merkt Ozzy, dass der Wunsch zu sterben von ihm gewichen ist. Er möchte es Papa nicht mehr gleichtun. Nicht nötig, da Aude wieder da ist. Er reicht seiner Schwester das Teppichmesser …

Ozzy reichte seiner Schwester das Teppichmesser. Aude nahm es und war schon im Begriff aufzustehen, um die CD zu zerstören … als sie sich erinnerte, dass sie das ja schon einmal getan hatte, Jahre zuvor. Sie, Aude Nummer zwei, das exakte Ebenbild jener Schwester, ohne die Ozzy nicht länger leben wollte. Die ideale Aude, hervorgegangen aus seinem

Überlebensinstinkt, gerade rechtzeitig zurückgekehrt, um ihn von seinem Freitod abzuhalten. Dasselbe hatte sie soeben noch einmal getan. Denn das war ihre Aufgabe. Das war die Mission von Isis, der Herrin über das Leben.

»Geh nicht fort«, sagte Ozzy.

Aber hinter der Tür riefen Geisterstimmen nach Aude, die der anderen, die sie aufforderten, ihnen nachzukommen. Es fiel ihr schwer, einfach so fortzugehen, ohne zu wissen, was aus ihrem Bruder würde, doch sie konnte nicht anders, sie musste sich aufmachen.

»Nein, bleib bei uns.«

Ozzy hielt sie an der Hand zurück, auch Emma klammerte sich an sie. Sie versuchten sie zurückzuhalten. Sie wollten sie um keinen Preis gehen lassen. Ozzy lächelte, und Aude hatte das Gefühl, als würde sie nach einem langen Atemstillstand zum ersten Mal wieder Luft holen. Die anderen hinter der Tür schwiegen, und da wusste sie, dass sie noch eine Weile bei Ozzy bleiben durfte. Sie fiel ihrem Bruder in die Arme, und Emma schmiegte sich an die beiden. Sie verschmolzen miteinander, und Aude betete, dass das Ende der Nacht auch das Ende eines Albtraums sein möge, aus dem sie erleichtert erwachte, weil sie feststellen würde, dass eigentlich nichts geschehen war, dass alles so war wie vorher, wie einst, als sie noch zu dritt gegen die ganze Welt kämpften und nur einen friedlichen Moment brauchten, um gemeinsam vom Ozean träumen zu können.

»Aude? Wann werden wir das Meer sehen?«

»Bald«, antwortete sie, bevor sie in den Schlaf sank. »Bald …«

Es war noch dunkel, als Aude von dumpfen Schlägen geweckt wurde. Das Hämmern kam aus den unteren Stockwerken der Fabrik und hallte im ganzen Gebäude wider. Sie sprang auf, rannte zur Tür und spitzte die Ohren. Aus der Tiefe drangen Stimmen herauf. Dort unten machten sich Eindringlinge zu schaffen und riefen sich etwas zu. Eine Invasion der Kannibalen? Die Schläge verstummten, wurden aber gleich darauf vom Dröhnen einer gewaltigen Maschine abgelöst, die auf den Beton einhämmerte, vermutlich eine Art Schlagbohrer. Da ging Aude ein Licht auf: Die Leute da unten waren Handwerker. Abbrucharbeiter. Jene Adepten des Nitroglyzerin, die sie vor lauter unmittelbar anstehenden Problemen aus ihrem Bewusstsein verdrängt hatte. Die Arbeiten hatten begonnen. Mitten in der Nacht etwa? Nicht wirklich, denn im Dezember ließ das Tageslicht auf sich warten: Der Morgen musste bereits angebrochen sein. Das Gebäude würde sich in einen wimmelnden Termitenhügel verwandeln und dann in die Luft gesprengt werden. Es galt, so schnell wie möglich die Zelte abzubrechen und nur das Nötigste mitzunehmen. Sich aus dem Staub zu machen, ohne gesehen zu werden. Über die Feuerleiter, das angrenzende Dach. Aude lief hektisch hin und her und verstaute das Geld und die wenigen Wertsachen der Clique in einer Tasche.

»Vergiss Ophelia nicht«, sagte Ozzy, der sich in ihr befand, in Sicherheit, gemeinsam mit Emma.

»Das ist bloß Ballast. Wie sollen wir unbemerkt entkommen, wenn wir eine Mumie mit uns herumschleppen?«

»Ich gehe nicht ohne sie.«

Aude hatte keine Zeit für Diskussionen. Sie hob die Mumie hoch, die zum Glück kaum etwas wog, und machte sich auf den Weg. Als sie aufs Dach trat, peitschte ihr der eisige Nordwind entgegen. In der Ferne reckten sich die mit Rauchwolken verzierten Türme der Stadt aus der Dunkelheit in die noch zögerliche Morgenröte. Aude steuerte die Feuerleiter an und überquerte mit der Mumie das Dach, wobei es unter ihren Schritten winterlich knirschte. Da erglühte auf einmal der Horizont. Die ersten Sonnenstrahlen trafen Aude mitten ins Gesicht, blendeten sie, spießten sie auf, und plötzlich spürte sie, wie Ozzy sich in ihr aufrichtete. Auch wenn sie noch so sehr in Eile waren, würde er gewiss nicht auf sein tägliches Stelldichein mit Re verzichten, und so bemächtigte er sich jenes Körpers, der doch schließlich der ihre war. Bevor sie noch protestieren konnte, wurde Aude in die zweite Schicht des Bewusstseins ihres Bruders verbannt. Sie sah jedoch weiterhin mit seinen Augen und war sprachlos, denn der Anblick des Sonnenaufgangs, wie Ozzy ihn wahrnahm, bot ein ergreifendes Schauspiel. Es war so, als würde man eine negative Sonnenfinsternis erleben. Gelassen, ihrer Herrlichkeit ganz und gar bewusst, schüttelte die Sonne das schwarze Gold ihrer Haare und entsandte schillernde Wogen, deren Zurückströmen ein Gespinst aus einander überlagernden Wellen schuf. Ihre Strahlen drangen überall ein, sogar in die lichtdurchlässig gewordene Materie, ja selbst in ihre Körper, denen sie ein Lichtkleid umlegten. Emma geriet in Panik. Sie wollte ihrer aller Beine in Bewegung setzen, damit sie sie von dieser unerträglichen Photonenflut forttrugen, doch Ozzy wollte sich nicht ablenken lassen und verankerte sich förmlich im Boden. Emma widersetzte sich, versuchte die Kontrolle über ihren gemeinsamen Körper an sich zu reißen. Ozzy verdrängte sie rücksichtslos in sein tiefstes Inneres, wo er sie allerdings nur mit größter Mühe ruhig halten konnte, da sie weiterhin erbittert kämpfte. Unter der Wirkung der übermäßigen psychischen Spannung, die ihre gegenteiligen Intentionen erzeugten, zerriss plötzlich der Vorhang der Vergangenheit: Er öffnete sich von oben bis unten und offenbarte seine letzten Geheimnisse. So erfuhr Aude, durch welches Erlebnis die Psyche ihres Bruders ihre erste Spaltung erfahren hatte …

Ozzy ist sehr früh aufgewacht. Er hat kaum geschlafen. Er musste immer wieder an seine Schwester denken. Es ist Wochen her, seit Aude ihn verlassen hat, aber er kann sich noch immer nicht an ihre Abwesenheit gewöhnen, sie fehlt ihm nach wie vor. Er versucht sich damit zu trösten, dass er beobachtet, wie sich im Fenster der Horizont rötlich färbt. Das findet er schön: den Morgen, wenn der Tag anbricht. Das muntert ihn auf. Das gibt ihm ein wenig Hoffnung.

Ein Geräusch im Flur. Der Fußboden knarrt. Da kommt jemand. Die Tür geht auf. Gabriel tritt ins Zimmer. Er ist nackt, steht in der bebenden Morgendämmerung. Warum hat er nichts an? Was hat er vor? Gabriel kommt näher. Ozzy würde sich gern ganz klein machen, wie eine Maus, und sich in einem Loch verkriechen, aber er kann sich nur in die Tiefe seines Bettes retten. Gabriel greift nach ihm, reißt ihm den Pyjama vom Leib. Ozzy will schreien, aber Gabriel hält ihm sofort den Mund zu: »Sei still, sonst bring ich dich um«, zischt er ihm zu. Da Ozzy weiß, dass er dazu durchaus imstande ist, wagt er keinen Laut mehr von sich zu geben. »Sieh nicht hin«, befiehlt Gabriel. Er legt Ozzy auf den Bauch und dreht seinen Kopf zum Fenster, hinter dem die Sonne aufgeht. Dann macht er diese unglaubliche, erschreckende, furchtbar schmerzhafte Sache mit ihm. Ozzy ahnt, was das ist: Er hat auf dem Schulhof davon gehört, und Gabriel hat ihm Videos gezeigt, während Madame Huguette zum Einkaufen war. Nur haben die Jungen in den Videos diese Sache mit Mädchen gemacht, nicht mit ihresgleichen: Ebendas ist so unerklärlich. Da es für Ozzy keinen anderen Weg gibt, dem schneidenden Schmerz und der Erniedrigung zu entkommen, stellt er sich vor, er sei nicht im Zimmer, sondern woanders. Er redet sich ein, all das geschehe einem anderen. Einem Mädchen, denn das erscheint ihm logischer. Dieses Mädchen ist in Ozzys Vorstellung sehr stark, und er kann sie sich so gut vorstellen, dass sie auf einmal ganz real wird. Er überlässt ihr also seinen Platz und schlüpft aus jenem Mädchenkörper, über den Gabriel grunzend herfällt. Ozzy flieht. Er entkommt durch das Fenster, flüchtet sich in die aufgehende Sonne …

Ozzy sollte erst viel später, lange nachdem Gabriel fort war, in seinen Körper zurückkehren. Er sollte sich an nichts erinnern. Er wollte nicht wissen, was sich in seiner Abwesenheit ereignet hatte. Er wollte lieber nicht darüber nachdenken. Und tags darauf, als Gabriel wieder im Morgengrauen zu ihm kam, sollte Ozzy, sobald das Knarren des Parketts im Flur sein Kommen ankündigte, erneut fliehen, auf die gleiche Art und Weise. Als Gabriel das Zimmer betrat, traf er dort Emma an, jenes Mädchen, das Ozzy als seine Stellvertreterin erfunden hatte. Emma, stumm geboren, wegen der von Gabriel ausgesprochenen Drohung: »Wenn du sprichst, bring ich dich um.« Emma, die also nicht sprach, die nie etwas sagte, die den Schrecken, den Schmerz und die Scham übernahm, während Ozzy sich weiterhin allmorgendlich durchs Fenster davonstahl und in den Sonnenaufgang beamte, mit dem einzigen Wunsch, für immer und ewig die Pracht der aufgehenden Sonne zu bestaunen.

»Ich bin da!«, rief eine heitere Stimme. Es war die von Raoul.

»Ich auch!«, tönte Mollusque.

»Wuff!«, bellte Nonosse.

Aude spürte die Gegenwart sowohl von Proust als auch von Matsheshu und sogar von Frigon, der wütend in der Nähe herumtobte. Sie tauchten alle gleichzeitig wieder auf, da das ursprüngliche Trauma endlich aufgeklärt war. Sie bildeten nur noch eine einzige zusammengefügte Seele, das Ergebnis all ihrer miteinander verwobenen Persönlichkeiten. Zusammen ergaben sie den wiederhergestellten Ozzy, der auf dem Dach stand und dem Feuer der Sonne die Stirn bot. Von Augenblick zu Augenblick wurde es deutlicher, wie majestätisch die Erscheinung des Gestirns war. Mit seinen frühmorgendlichen Strahlen pries es das Universum, und das war schön, so schön, dass man nie wieder etwas anderes sehen wollte. Die Sonne sang. Aus ihrem Innern drangen arabische Stimmen. Ein Chor aus Muezzin, die zum Gebet riefen, hätte man meinen können. Aude wusste, dass dies die Stimmen der »Ewigen« waren und dass ihr Gesang eine Hymne auf den großartigen Re war, aber auch eine Aufforderung an sie alle. Und in diesem besonderen Moment während des Sonnenaufgangs, in dem die Welten miteinander kommunizierten und sie die Sonne mit den Augen ihres Bruders betrachtete, sah Aude sie endlich auftauchen und alles in Brand setzen, die Insel …

Die Abbrucharbeiter fanden Ozzy gegen Mittag auf dem Dach. Halb erfroren, Ophelias Mumie im Arm, starrte er selig in die Sonne. Später, im Krankenhaus, stellte der Augenarzt fest, dass seine Netzhaut verbrannt und sein Sehnerv irreparabel zerstört sei. Justine Tao war ebenfalls da; Aude erkannte ihre Stimme, beantwortete jedoch keine ihrer Fragen. Warum sollte sie der Psychiaterin etwas erläutern, was deren Verständnis überstieg? Aude hätte ihr von der überwältigenden Reise erzählen können, die sie ins Innere der Sonne unternommen hatten, und ihr die Insel so schildern, wie sie sie vorgefunden hatten, als riesigen Feuerwal, der in einem Ozean aus Kernenergie trieb. Warum aber sollte sie sich die Mühe machen? Mit welchen Worten hätte sie die Herrlichkeit des Ersten Palastes, jener gewaltigen, von Flammen umgebenen Pyramide, beschreiben können, über deren Mauern Wolkenmassen hinwegzogen, und ihrer von zwölf krallenbewehrten Sphinxen flankierten monumentalen Pforte, die sich bei ihrer Ankunft geöffnet hatte, um den Herrscher Osiris und dessen göttliche Clique bei ihrer Rückkehr aus dem Exil willkommen zu heißen?

Nachdem er Ozzy untersucht hatte, verkündete der Arzt, dass er nie wieder würde sehen können. Armer Unwissender – er ahnte nicht, dass er der eigentliche Blinde war, dass ihr aller Blick von nun an weit über seine lächerliche Person hinausgehen und sich über die Jahrtausende bis hin zum ewigen Ursprung erstrecken würde. Das Epos vom »Ersten Zeitalter«, der tosende Kampf zwischen Licht und Finsternis, die markerschütternde Teilung von Himmel und Erde und der urtümliche Glanz der sich in den Urstrom ergießenden Farben, daran erinnerte sich Aude auf einmal, denn sie war Isis, die Gestalterin der Zeit, die Mächtige unter den Göttern. Von Osiris' Odem befruchtet, sollte sie die Zukunft gebären, und ihre Tage wären endlos, voller Heiterkeit, aber auch voller Pflichten, da es an ihnen war, den Verstorbenen die Ewigkeit zu gewähren. An der Seite ihres Bruders würde sie in der Halle des Gerichts thronen; sie würde neben ihm stehen, wenn er die Herzen wog, und Osiris würde kein Urteil sprechen, ohne sie vorher zu Rate zu ziehen. Und wenn Ozzy sich auf die Elysischen Felder begäbe und die Lobpreisungen seines Volkes entgegennähme, würde sie ihn begleiten und mit ihm durch die fruchtbaren Ackerfurchen wandeln; sie würden sich zu Ophelia, der Holden unter den Unsterblichen, aufmachen, um sie zu begrüßen, und sie würde die einstige Rivalin herzlich umarmen, ohne jegliche Eifersucht, da sie Schwestern wären, geeint in der Liebe Osiris'. Und jeden Abend, wenn die Sonne vom Himmel herabsänke und die Schwelle der westlichen Pforte überquerte, würden sie ihr huldigen und sie in der heiligen Barke über die gen Osten fließenden unterirdischen Flüsse begleiten. Sie würden sie vor den Angriffen niederer Dämonen schützen, von denen es in den übel riechenden Eingeweiden der Erde nur so wimmelte; sie würden wacker kämpfen und den Furchterregendsten unter ihnen, das riesige Reptil Apophis, in die Flucht schlagen. Und wenn Osiris' Barke an den Gestaden des Morgens anlegte, würden sie eine neuerliche Morgenröte schaffen, und Re würde sich einmal mehr zum Aufstieg bereitmachen, und wenn ihre Aufgabe erfüllt und ein neuer Tag geboren wäre, dann würden sie die Magie der Morgenröte ausnutzen, um die Sphäre der Lebenden aufzusuchen. Unsichtbar unter ihren Windumhängen würden sie über die verschreckten Städte hinwegfliegen und die Wälder zu Boden zwingen. Sie würden die Berge flüstern lassen und dem Horizont hinterherjagen. Und dann würden sie ans Meer gelangen, und während Ozzy sich einen Spaß daraus machen würde, die Wellen in Bewegung zu versetzen, würde sie sich in aller Ruhe am Strand niederlassen und einfach nur in die Weite schauen. Sie liebte den Anblick des Meeres.